Promets-moi de vivre

Éditions Eyrolles
61, bd Saint-Germain
75005 Paris
www.editions-eyrolles.com

Collection « Romans de développement personnel »

Depuis 1925, les éditions Eyrolles s'engagent en proposant des livres pour comprendre le monde, transmettre les savoirs et cultiver ses passions !

Pour continuer à accompagner toutes les générations à venir, nous travaillons de manière responsable, dans le respect de l'environnement. Nos imprimeurs sont ainsi choisis avec la plus grande attention, afin que nos ouvrages soient imprimés sur du papier issu de forêts gérées durablement. Nous veillons également à limiter le transport en privilégiant des imprimeurs locaux. Ainsi, 89 % de nos impressions se font en Europe, dont plus de la moitié en France.

Composé par Patrick Leleux PAO
ISBN : 978-2-416-01430-7

Yves Le Bihan

Promets-moi de vivre

EYROLLES
Romans

*« La personne la plus hésitante à faire une promesse
est celle qui la respectera avec le plus de foi. »*
Jean-Jacques Rousseau

1

Lyon, 30 décembre 2018, 17 h 30

Elle l'avait arraché des ténèbres. Il avait promis d'honorer la vie. Elle se tenait à présent là, devant lui, sa silhouette évanescente dans l'embrasure de la porte de l'abîme funèbre, le regard tendre et ardent. Prête à être emportée à jamais par ce maudit vent d'hiver. De leur collision improbable, l'éclair de la vie avait jailli. Éblouissant, fulgurant, révélant l'éclat pur de la promesse qu'il porte. Et lorsque la lumière se retire, qu'elle entame sa dernière danse avec l'obscurité, qui peut affirmer, dans la solitude de son âme, « oui, j'étais vivant » ?

Arnaud demeura un instant au volant, écrasé par un terrible sentiment d'impuissance. Il fixa la fenêtre de la chambre de Sophia, au troisième étage de l'hôpital neurologique Pierre Wertheimer. Il scruta la façade triste qui alignait des chambres uniformes sur deux cents mètres de long. Au pied du monolithe, un coin de verdure arboré apportait un peu de vie. Une fine couche de neige recouvrait la minuscule aire de jeux grillagée. Il s'imaginait les enfants et leurs mères, l'été, venant s'extraire un moment de leur pesant protocole de soins. Respirer l'air frais plutôt que l'odeur de la Bétadine.

Celle à qui il rendait visite avait pourtant hanté ses nuits et enflammé ses sentiments. Il se sentait en dette pour toujours avec cette femme qu'il avait rencontrée par l'un de ces hasards bénis, ceux que la vie prodigue. Elle avait été admise à l'hôpital un mois plus tôt pour une tumeur. La pression à l'intérieur de son crâne déclenchait des maux de tête inhumains et des nausées qui lui arrachaient les organes. L'injustice cruelle et froide qui frappait celle qu'il aimait lui brûlait les entrailles. Il devait pourtant dompter sa rage, car aujourd'hui était un jour spécial pour honorer celle qu'il considérait comme son ange providentiel. Comment pouvait-il en être autrement ? Arnaud désirait fêter aux côtés de Sophia le passage à la nouvelle année vingt-quatre heures avant les autres. Chaque journée qui filait en valait cent. En croisant son propre regard affligé dans le rétroviseur, il exagéra le sourire d'un clown triste qui se force à rire. Il remonta le col fourré de son blouson pour affronter les bourrasques de neige qui frappaient désormais le pare-brise. Il prit délicatement le sac en plastique posé sur le siège passager, avant de s'extraire de la voiture.

À l'étage, il flottait une odeur écœurante d'éther, de pansements nauséabonds et de peaux ulcérées. Arnaud la sentait jusque dans sa bouche. Dans une longue apnée, il tentait d'en respirer le moins possible. Alors qu'il repérait les numéros de chambre, un hurlement déchira le silence de l'étage. Une infirmière se précipita en renfort vers la chambre 322, au milieu du long couloir de l'unité B. Sa cheffe tentait de calmer une jeune femme prise de spasmes. On venait de lui apprendre, quelques minutes plus tôt, le décès de sa jeune sœur. La présence tenace de la mort côtoyait celle, plus diffuse, de l'espoir. Arrivant à hauteur de la chambre 312, celle de Sophia, Arnaud frappa à la porte entrebâillée. Il pénétra dans la pièce éclairée par quelques néons blafards et s'immobilisa net. Un homme d'une trentaine d'années, mal rasé, aux cheveux gras, était allongé sur le lit, en train de tapoter sur son téléphone. Il n'avait pas remarqué la présence d'Arnaud.

— Excusez-moi, vous êtes installé dans cette chambre depuis longtemps ?

L'inquiétude envahit un peu plus sa gorge comprimée. Le type le dévisagea.

— Ça fait deux jours qu'ils m'ont mis là, grogna-t-il.

— Avez-vous une idée de l'endroit où ils ont déplacé la femme qui occupait la chambre avant vous ?

— Heu… non. Demandez à l'infirmière de garde.

Arnaud s'apprêtait à faire demi-tour lorsque l'homme, au fort accent slave, le relança. Il voulait visiblement prolonger la conversation, histoire de tuer le temps avant que le temps ne se venge. Personne n'avait demandé à le voir depuis son arrivée, il était condamné à se noyer dans un océan de solitude. Pour lui, le temps n'en finissait pas de s'étirer. L'ennui rongeait sa chair, imprégnait son pyjama élimé. Cette lassitude devenait encore plus insupportable quand le bruit des pas de la dernière visite crépusculaire de l'infirmière s'éloignait. Alors, il ne percevait plus que le souffle de ses soupirs. Arnaud abrégea l'échange et arpenta le corridor.

Où avaient-ils pu la transférer ? Il accéléra le pas vers le bureau de l'infirmière de garde. Son cœur cognait dans sa poitrine. De la porte entrouverte émanait une odeur grasse de cuisine réchauffée et d'huiles essentielles qui l'indisposa. Deux infirmières papotaient avant de reprendre leur service. Il frappa à la porte en glissant la tête dans l'entrebâillement.

— Pardon de vous déranger, dans quelle chambre se trouve mademoiselle Lewinovski ?

— Vous êtes de sa famille ? répondit l'une des infirmières, en blouse rose et pantalon blanc.

— Oui, mentit Arnaud.

— On l'a transférée en soins palliatifs, au quatrième, chambre 422. Elle va…

Il ne prit la peine ni d'écouter la suite ni de remercier l'infirmière. L'avaient-ils déplacée pour soulager ses derniers instants ? « C'est fou comme l'imagination galope quand les faits se cachent », se dit-il. Trop de monde s'agglutinait devant l'ascenseur fatigué, deux vieilles femmes courbées s'arc-boutaient sur leur déambulateur. Il gravit alors les marches trois par trois jusqu'au quatrième étage. Il parcourut ensuite le couloir qui n'en finissait plus, arriva à hauteur de la chambre 422, essuya la sueur de son front du revers de sa manche. Se rendant compte qu'il ne pouvait pas faire entrer son angoisse avec lui, il décida de faire quelques pas pour ralentir son rythme cardiaque. Il devait apporter de l'apaisement à celle qu'il venait soutenir.

Ses ongles frappèrent discrètement la porte. Lorsqu'il pénétra dans la pièce, il perçut le parfum frais exhalé par un bouquet de roses blanches disposées dans un vase, sur la table. Une attention qui ne pouvait venir que de Chloé, l'amie de lycée de Sophia. Elle s'était assoupie après une nouvelle et lourde séance de chimiothérapie. Le bleu vif de son bracelet d'identification attira l'œil d'Arnaud vers son avant-bras menu. Elle avait considérablement maigri depuis son hospitalisation.

Il attendit plusieurs minutes avant qu'elle n'entrouvre un œil. Son visage émacié fit saillir ses pommettes. Ses paupières blêmes recouvraient des yeux qui semblaient, eux aussi, avoir abandonné le combat. Un souvenir lui revint. C'était il y a quelques mois, lors d'un de leurs « rendez-vous », comme il les appelait. Elle avait fait preuve d'une force intérieure admirable. Sophia n'avait rien laissé paraître de la douleur d'avoir perdu sa mère quelques semaines plus tôt. Il y a des êtres qui semblent indestructibles. C'est ce qu'il s'efforçait de croire de toutes ses forces.

Le visage de Sophia s'illumina lorsqu'elle découvrit Arnaud assis à côté d'elle. D'habitude, ses sourires dévoilaient largement sa dentition et une partie des gencives. Ils étaient à son image, pleins de générosité, non pour séduire, mais pour offrir. Cette fois, elle plissa à peine ses lèvres sèches. L'effort était pourtant à la hauteur de son visiteur. Il s'inquiéta à l'idée qu'elle avait peut-être capitulé.

— Je ne te demande pas comment s'est passée ta journée, ma biche. Comment te sens-tu ?

Sophia déglutit et s'exprima d'une voix frêle et lente.

— Y a plus glamour pour entrer dans la nouvelle année, tu ne crois pas ?

Elle marqua une pause.

— Ce n'est pas la grande forme. Ils m'ont dit que la tumeur avait progressé, qu'ils allaient essayer un dosage plus puissant. On verra bien.

Deux poches l'alimentaient. L'une diffusait lentement de quoi hydrater son corps chétif. La seconde, changée le matin même, s'était vidée de moitié. Elle lui injectait la précieuse morphine, anesthésiant autant la douleur que ses pensées. Arnaud décida de changer de terrain pour ne pas se laisser engloutir par le découragement. Pas maintenant.

— Tu as reçu la visite de Chloé ?

— Oui. Comment as-tu deviné ?

— Seules trois personnes sur terre savent que tu raffoles des roses blanches. Samir, Chloé et moi. Samir étant très loin d'ici, je me suis bien douté que cette attention venait de ta copine.

— Elle a fait l'aller-retour depuis Paris hier. Ces fleurs sont magnifiques, non ?

Il se leva et s'empara du vase, porta le bouquet au nez de Sophia. Le parfum encore puissant émanait des pétales ivoire et de leurs étamines dorées. Elle prit une grande inspiration pour s'enivrer des notes de musc et de violette.

— Elles te vont si bien, la complimenta Arnaud.

— Que veux-tu dire ?

— Je ne vais rien t'apprendre. Le blanc, c'est le symbole de la perfection. C'est aussi celui de la bonté.

— Tu me vois trop parfaite. Nos rencontres t'ont aveuglé.

Elle lui fit signe de lui remettre le bouquet sous le nez et se shoota aux effluves de rose. Voilà qui la changeait de la morphine.

— Moi aussi, j'ai quelque chose pour toi.

Il saisit le sac posé au pied du lit et en sortit deux flûtes en plastique et une demi-bouteille encore fraîche de champagne, un blanc de blanc. Le visage de Sophia s'éclaira. C'était son préféré. Cette fois, son sourire plus large réchauffa le cœur d'Arnaud.

— Attends, ma princesse, ce n'est pas fini, lui annonça-t-il, en se rapprochant un peu plus d'elle.

On aurait dit le père Noël s'adressant à une petite fille de cinq ans aux yeux qui brillent. Il sortit du sac une boîte en carton rose et l'ouvrit devant la mine ébahie de Sophia.

— Une tarte citron à la meringue, mon péché mignon ! C'est adorable, prononça-t-elle péniblement.

La fatigue réapparut. Elle chercha à attraper la main de l'homme qu'elle avait appris à aimer, pour lui témoigner sa gratitude. Il prit la sienne délicatement, en évitant le contact avec le cathéter perçant l'épiderme. Sa peau fine faisait ressortir ses veines, comprimées par les sparadraps.

Il déboucha discrètement la bouteille en retenant le liège dans sa paume. Puis il remplit les flûtes à moitié. Le son des bulles fit rejaillir à la surface le souvenir de leur rencontre à Manhattan, deux ans auparavant, peu avant Noël. Qui aurait imaginé le destin qui les unissait à présent ? Il souleva délicatement la nuque de Sophia d'une main et inclina la flûte contre ses lèvres de l'autre. Elle but la seule gorgée que son gosier pourtant brûlant pouvait avaler. Elle laissa ses lourdes paupières obscurcir ses iris pour mieux savourer chaque molécule effervescente qui explosait dans sa bouche. Il reposa avec précaution sa tête sur l'oreiller et leva l'autre flûte en guise de toast.

— À toi, à la vie !

— À nous, à la vie !

Elle remarqua son air inquiet.

— Quelque chose ne va pas ? questionna-t-elle, d'une voix fragile, en clignant des yeux.

Arnaud posa son verre sur la table de nuit, à côté de la pâtisserie inentamée. Il se leva, fit quelques pas et s'approcha de la fenêtre afin de lui cacher ses larmes. Le dos tourné, les mains jointes, il se reprit et entama un monologue sur l'espoir qu'il mettait dans un nouveau protocole de soins à base de nanoparticules. Son groupe venait de racheter la start-up à l'origine de cette thérapie. Les essais cliniques semblaient très prometteurs. Il s'efforçait d'y croire pour survivre à ce sale coup du sort. Il vivait ; elle vivrait, elle aussi. Il serra les poings en fixant le ciel à travers la vitre et sécha ses yeux gonflés de chagrin.

En se retournant, il s'aperçut que sa princesse s'était endormie. Il se pencha sur elle et ajusta tendrement les draps rêches pour couvrir ses avant-bras perforés. Il déposa un long baiser sur son front et lui chuchota au creux de l'oreille, comme à une enfant endormie :

— Je t'en supplie, promets-moi de vivre.

2

Aéroport Paris-Charles de Gaulle, 21 juin 2016, 11 h 30

Le terminal 2E grouillait de passagers tandis que les rayons du soleil inondaient, par les verrières, l'immense jetée en forme de tube. Sophia Lewinovski débarquait à Paris ; elle savait qu'elle jouait gros. Convaincre le comité de recherche de l'Organisation mondiale de la Santé de financer son nouveau programme ne serait pas une sinécure.

La neurobiologiste n'avait pas que des amis dans l'univers sans pitié de la recherche. Après ses études, elle s'était vite taillé une réputation en se destinant à un domaine qui la faisait passer pour un ovni dans l'orthodoxie des sciences fondamentales. Guidée par la volonté d'éradiquer les fléaux du monde, nourrie par la rage intacte de son adolescence, Sophia était devenue une experte des bienfaits des pratiques contemplatives sur le cerveau et la santé humaine.

Un peu plus tôt, dans l'avion qui l'amenait en Europe, le jeune homme assis à côté d'elle n'avait cessé de la mitrailler de questions à propos de son métier. Il l'empêcha de relire les notes du discours qu'elle devait prononcer.

— Mais pourquoi s'intéresser à la santé mentale ? N'est-il pas plus urgent de vaincre la malnutrition ou la pauvreté dans le monde ? lui demanda l'étudiant en informatique.

— Il faut choisir ses combats. Les personnes âgées représenteront un quart de la population mondiale en 2050. Les maladies neurodégénératives comme l'Alzheimer vont exploser, se justifia celle qui dirigeait depuis dix ans le Center for a Compassionate World, basé à Boston, aux États-Unis.

Elle lui fit part des chiffres dramatiques fournis par l'OMS.

— Et comment comptez-vous vous y prendre ? demanda-t-il, sceptique.

— Avec mon équipe, nous avons lancé il y a trois ans le programme baptisé Aiôn.

— Comme le jeu vidéo ?

— Heu... peut-être, répondit-elle, avouant son ignorance dans le domaine.

— C'est un jeu génial, genre *heroic fantasy*, qui se joue à plusieurs en ligne, précisa le gamer.

La chercheuse expliqua ensuite qu'elle avait réussi, avec son équipe, à convaincre plusieurs sommités des cinq continents de se lancer dans cette aventure hors norme : évaluer les effets de la méditation sur la santé mentale et physique de milliers de personnes âgées. « Il faut trouver des solutions autres que médicamenteuses pour contenir les ravages de l'Alzheimer et consorts », se répétait-elle à longueur de temps.

Soudain, la carlingue fut secouée par une violente turbulence. D'inquiétants cumulo-nimbus se rapprochaient. Le commandant invita d'un ton ferme les passagers et même l'équipage à regagner leur siège, ceinture bouclée. Quelques minutes plus tard, la cabine subit plusieurs spasmes qui interrompirent le dialogue de la chercheuse et de l'étudiant. Celui-ci agrippa aussitôt les accoudoirs de ses mains moites. Il venait de comprimer la main de Sophia sous la sienne.

— Désolé, j'ai une trouille terrible en avion.

Habituée aux vols transatlantiques, Sophia tenta de le rassurer.

— L'avion est le moyen de transport le plus sûr au monde, devant le vélo et la trottinette !

Lorsque le signal lumineux indiqua, de longues minutes après, que l'on pouvait détacher sa ceinture et circuler de nouveau, le jeune homme s'assoupit. Sophia en profita pour enfin relire ses notes. La chercheuse consacrait sa vie à explorer l'infini pouvoir de l'esprit. Mue par une conviction quasi mystique, elle s'intéressait aux approches dites intégratives, qui combinent les effets réciproques du mental et du corps. Elle était persuadée depuis longtemps que, par l'entraînement psychique, le patient pouvait limiter les atteintes de terribles pathologies.

Deux heures avant d'atterrir à Paris, une envie pressante poussa Sophia vers les toilettes, à l'arrière. Elle remarqua l'homme qui la précédait. La peau métisse et les yeux verts, il pouvait avoir la trentaine. Sa chemise ajustée épousait un torse que l'on devinait musclé. Un trio d'adolescentes s'extasiait devant l'apollon. Il ne leur prêta pas attention. Voyant Sophia se dandiner, l'homme lui proposa de passer devant.

— Volontiers, accepta-t-elle, touchée par sa galanterie.

— Vous êtes française ?

— Non, américaine, mais je connais bien la France.

Il lui demanda ce qu'elle faisait dans la vie.

— Disons que je suis chercheuse.

— Et vous cherchez quoi ?

Sophia, émoustillée, s'amusa de cette maladroite tentative de séduction à neuf mille mètres d'altitude.

La quarantaine à peine entamée, elle prenait soin de son corps. Quand ses journées lui en laissaient le temps, elle fréquentait la salle de gym du campus. Son activité préférée, c'étaient les tortures du gainage qu'elle s'imposait durant de longues minutes. Associées à une alimentation maîtrisée, ces séances physiques lui donnaient une silhouette affinée sur laquelle les hommes se retournaient parfois. Sophia jugeait sa grande taille comme un handicap, alors que d'autres lui enviaient cette arme de séduction. Les petites rides au coin de ses yeux en amande n'enlevaient rien au charme de son large sourire. Ses cheveux ébène, bouclés, couvraient un front qu'elle trouvait trop large. Ses sourcils fins et son nez pointu faisaient ressortir ses pommettes. C'était une femme d'une beauté ordinaire, mais dont l'allure attirait les regards.

Elle lui répondit du tac au tac, en éclatant de rire :

— Mes recherches portent sur les stratégies de séduction des hommes dans des environnements inattendus.

Ses yeux de velours ne se laissèrent pas démonter, il lui adressa un sourire à peine gêné.

— Et quelles sont les chances d'aboutir pour celui qui choisit un Boston-Paris ?

Sophia était de ces célibataires déjà résignées. Son espoir de trouver l'âme sœur avait laissé place à une douce acceptation de la réalité. Sa passion pour la recherche envahissait sa vie et ne lui laissait guère de temps pour fréquenter les soirées ou les bars. C'était aussi un alibi commode de victime. « L'homme de ma vie, ce sera dans une autre vie », se répétait-elle. Elle aurait adoré prolonger la conversation, mais, n'y tenant plus, elle croisa les jambes. L'Indienne au bindi vermillon libéra enfin le cabinet. Sophia s'y engouffra. Lorsqu'elle en ressortit, le beau gosse la relança.

— J'attends votre réponse !

— Vous ne m'avez pas dit ce que vous faites dans la vie, vous ?

— Je dirige une maison d'édition à Boston, dans Downtown. Je m'appelle Daniel, enchanté.

Il lui tendit une main chaleureuse. Son physique de mannequin sema le doute dans la tête de la chercheuse.

— Moi, c'est Sophia.

Elle faillit lui révéler qu'elle habitait tout près du quartier Downtown, dans sa ville natale. Elle le salua sans savoir qui des deux mentait le plus.

— Au fait, mes recherches montrent que les hommes qui ont le plus de succès en avion choisissent un Boston-Sydney, proposa-t-elle, malicieuse.

Elle retourna à son siège. Vingt-cinq heures de vol avec escale laissaient plus de temps à un prétendant pour convaincre une femme que les sept heures de nuit d'un Boston-Paris.

Le cœur léger, Sophia s'étonnait d'avoir attisé le désir de cet homme charmant. Après tout, être séduite faisait du bien et s'avérait plus efficace que de chercher à séduire. Remarquant un jeune couple qui se tenait par la main de l'autre côté du couloir, elle ne put réprimer un soupir. « Puisque tu sembles plaire aux hommes, comment te débrouilles-tu pour n'en retenir aucun ? » Bridget Jones n'avait rien à lui envier. Sophia devrait peut-être tenir elle aussi un journal intime pour savoir quoi changer afin de ne pas finir sa vie dans la solitude. Bridget avait même un coup d'avance, puisqu'elle tombait enceinte dans le troisième volet de la comédie romantique.

Sophia jeta un œil à sa montre et se dit qu'elle avait encore le temps de revoir pour la énième fois ce film culte. Elle tapota sur l'écran et découvrit avec plaisir que ce classique était proposé. Elle inclina son fauteuil, mit son casque et lança le générique. Les notes de son discours attendraient.

Peu de temps après avoir débarqué à Paris, Sophia croisa le regard du beau métis lorsqu'elle franchit le contrôle des passeports. Elle se mit à rire tout bas. Le vieux grognard devant elle la considéra d'un air étrange. Elle envoya à l'éditeur d'un jour un pouce levé accompagné d'une mimique admirative. Il lui retourna un clin d'œil amical. Après avoir revu la comédie, elle avait compris que le séducteur de haut vol avait poussé l'audace jusqu'à emprunter le métier et le prénom du personnage joué par le sublime Hugh Grant ! Et dont Bridget, éternelle célibataire, tombe amoureuse.

Le signal vert du sas à reconnaissance faciale lui indiqua d'avancer. Elle chercha du regard celui qui l'avait divertie, en vain. Elle débloqua le mode avion de son téléphone et constata qu'elle était en avance. Il lui fallait à présent réussir à attraper un taxi dans la jungle de Roissy.

****

Avant de filer vers Paris, Sophia s'offrit une bouteille d'eau fraîche. Les rayons du soleil cognaient déjà fort en ce début d'été. Elle aimait y retrouver l'ambiance typique de la capitale avec ses quais transformés en plages, ses terrasses de bistrot sur les trottoirs, peuplées de Parisiens et de touristes qui profitaient de la chaleur.

Dans la voiture qui l'amenait à l'hôtel Méridien Étoile, où aurait lieu son grand oral, Sophia engagea la conversation avec le chauffeur.

— Alors, Moussa, comment êtes-vous devenu chauffeur ?

Elle s'amusa à le surprendre en l'appelant par son prénom, révélé par l'application de son téléphone portable au moment de commander la course. Aucun taxi n'était disponible, tous étant pris d'assaut par des hordes de vacanciers. Curieuse de chaque interaction humaine, Sophia ne pouvait s'empêcher d'en faire un terrain d'observation de la société. Et d'y prendre plaisir.

— Je travaille pour Uber depuis six mois. Mais j'ai aussi un autre métier.

— Ah oui, lequel ? demanda Sophia, impatiente de confirmer son intuition.

Elle avait noté chez lui une certaine élégance, doublée d'une grande attention portée à son hôte. Sa veste en cuir noir mettait en valeur le col italien de sa chemise blanche impeccable. Celle-ci sentait encore le neuf. Ses manches ajustées par deux boutons de manchette nacrés enveloppaient deux poignets fins. Ses mains longues et gracieuses semblaient avoir été manucurées. De toute évidence, cet homme apportait un soin marqué à son allure.

— Je suis chauffeur de maître ! lança-t-il avec fierté, guettant sa réaction dans le rétroviseur.

— C'est-à-dire ? Vous conduisez des célébrités, c'est ça ? poursuivit Sophia, ravie d'avoir visé juste.

Prise au piège de sa curiosité, elle dut verser dans les potins de stars dont elle ignorait tout.

— C'est ça, madame.

Sophia jugea sa réponse un peu laconique et le relança, comme une lectrice de magazines people.

— Qui, par exemple ?

— Rihanna, Céline Dion, des princesses du Moyen-Orient, des femmes d'affaires aussi, lâcha-t-il, fier de son effet.

Sophia remarqua que les clients du chauffeur n'étaient que des clientes. Elle n'insista pas.

De la radio s'échappait un vieux rap des années 1980, qu'elle reconnut dès les premières notes.

— C'est Run-DMC, ça, non ? *Walk This Way*, j'adore !

Elle marquait le rythme par de petits hochements de la tête.

— Oui, madame, c'est bien eux.

Satisfait de conduire une amatrice, le jeune Africain la gratifia d'un sourire d'une aisance gracieuse.

— Voulez-vous que j'augmente le volume ?

— Oh ! oui !

À présent, la main de Sophia claquait le tempo sur sa cuisse. Le chauffeur entrouvrit la fenêtre de son Octavia noire. Elle laissa l'air sec de ce premier jour d'été lui caresser le visage. Puis les riffs de guitare électrique cédèrent la place aux notes suaves du saxophone de Charlie Parker. L'esprit de la chercheuse se projetait déjà dans l'intervention décisive qu'elle ferait dès l'après-midi. Elle y présenterait les derniers travaux de son équipe sur les effets de la méditation sur les fonctions cognitives des personnes âgées atteintes de maladies neurodégénératives. Parviendrait-elle à convaincre ses pairs et les pontes de l'OMS ? Rien n'était moins sûr.

La sonnerie de son téléphone la ramena dans la voiture qui filait sur l'autoroute A1 en direction du périphérique.

— Salut, Sophia, t'as fait bon voyage ? demanda la voix qui lui était si familière.

C'était Samir, son bras droit à Boston. Il avait atterri la veille à Paris pour lui préparer le terrain et rencontrer plusieurs personnes importantes, des leaders d'opinion clés, comme on les appelle dans le jargon de la santé.

—Hello, Sam. Oui, merci, j'suis dans le taxi.

La musique couvrait en partie sa voix.

— C'est juste pour te dire que je t'attends dans le hall de l'hôtel. T'es là dans combien de temps ?

Elle jeta un œil au GPS du chauffeur. Vingt-cinq minutes. Elle serait bien sur place vers treize heures, sauf accident sur le périph.

— Tu as pu rencontrer le professeur Schultz ? Qu'est-ce qu'il pense de nos chances d'emporter l'adhésion ? lui demanda-t-elle, un peu fébrile.

Elle espérait que le comité présidé par cet exigeant professeur lui donnerait le feu vert et que l'OMS financerait la deuxième phase du programme Aiôn.

— T'inquiète ma belle, laisse-moi gérer. Arrive et on se pose pour en parler, OK ? la rassura son précieux adjoint.

Il avait perçu l'anxiété chez sa complice de toujours.

— T'as raison, Sam. À tout de suite.

Elle raccrocha, le cœur un peu desserré.

3

Paris, 21 juin 2016, 12 h 10

Il dirigeait GenLife, l'un des plus grands laboratoires pharmaceutiques au monde. Médecin spécialisé en biologie cellulaire et diplômé de Harvard, Arnaud Delapierre avait mené son début de carrière comme ses journées. Sur un rythme effréné, sans se retourner pour vérifier si les autres suivaient. Il était rapidement devenu patron d'unités opérationnelles de la division médecine de spécialité d'un groupe pharmaceutique français, avant d'en prendre la tête. Il avait su, tant par ses résultats spectaculaires que par son sens aigu de la politique, se faire remarquer des dirigeants et des actionnaires de l'époque.

Il venait de fêter ses cinquante-cinq ans. Grâce à l'entraînement physique dur qu'il s'imposait deux fois par semaine, il en paraissait cinq de moins. Taillé comme un ailier de rugby, Arnaud frisait les deux mètres. Sa mâchoire carrée et ses yeux gris acier lui donnaient l'air du méchant dans les *James Bond*. Vêtu ce jour-là d'un blazer chic assorti à son pantalon, il portait une chemise blanche cintrée à col rond. Sa cravate sobre à l'élégant nœud Windsor ne dépassait pas d'un millimètre du col. On remarquait la rigueur extrême de cet homme pressé à la pointe du grand pan de sa cravate qui coïncidait parfaitement avec la boucle de sa ceinture de cuir. Une paire de mocassins impeccablement cirés finissait de montrer qu'on pouvait être à la fois très élégant et sans pitié dans la conduite des affaires et des hommes.

En ce premier jour d'été, l'intraitable dirigeant avait décidé de réunir son comité de direction en dehors du siège parisien du laboratoire. Maria, son assistante, avait proposé que la rencontre ait lieu à l'hôtel Méridien Étoile, porte Maillot. Changer d'endroit devait marquer la rupture. La performance économique du groupe était largement au-dessous des objectifs. Cette réunion devait être celle de la remobilisation pour redresser le tir. Arnaud avait déjà ses cibles en tête. D'abord, Patrice, chargé de la division médecine générale, la plus mal en point. Ensuite, Pierre, le patron industriel, qui ne parvenait pas à résoudre les problèmes récurrents de qualité de deux des médicaments phares du laboratoire.

Après un état des lieux trop long à ses yeux, il interrompit sans ménagement David, son directeur financier, pourtant très dévoué. L'heure était grave.

— Viens-en aux faits ! ordonna Arnaud.

Il se redressa dans son fauteuil et attrapa une canette de Perrier.

Le ton péremptoire ne surprit personne autour de la table. Ce style cassant, empreint d'impatience, était la marque du PDG que personne n'osait contredire, encore moins au sein de ce quarteron masculin de langues de bois qui faisait office de chambre d'enregistrement d'un roi trop puissant. On se serait cru à la cour de Louis XIV, sans les bougies ni les perruques. La voix monocorde de David continuait d'égrener mécaniquement les principaux ratios.

— Notre marge a chuté de douze pour cent ce trimestre. Notre trésorerie a fondu et, plus grave encore, nous devons annoncer une alerte sur notre profit. Les marchés vont sans doute nous sanctionner. Nous allons plonger à la Bourse.

Un silence de plomb envahit chaque recoin de cette salle trop grande pour eux cinq.

Arnaud fulminait. Son calme se fissurait. Il balaya d'un regard noir chaque visage, plantant ses yeux perçants dans ceux des membres de sa garde rapprochée. Chacun trouva dans son écran d'ordinateur, ouvert devant lui, un refuge plus que bienvenu pendant cette tempête glaciale.

— Comment ai-je pu me tromper à ce point sur ce casting ? La valeur de notre société va dégringoler de plusieurs dizaines de millions pendant que nous sommes en négociation exclusive pour racheter GeneTix, et personne autour de cette table n'a la moindre suggestion à faire ? Bon sang, mais vous vous croyez au Club Med ? explosa Arnaud.

Seul Julien, le numéro deux du groupe et bras droit d'Arnaud, osa une sortie qui prit la forme d'une flèche empoisonnée, art dans lequel il était passé maître. Il se tourna vers une proie facile.

— Patrice, peux-tu avancer la sortie du 3X ?

Le 3X était le nom de code du futur médicament star du laboratoire. C'était la tactique préférée de Julien : faire dévier les flèches que décochait Arnaud pour qu'elles aillent se planter dans le dos de l'un de ses petits camarades de jeu. Il savait parfaitement qu'il plongerait Patrice encore plus dans l'embarras.

Si le cynisme d'Arnaud se nourrissait d'une insatiable exigence, celui de Julien prenait racine dans un réel plaisir à critiquer ses supposés partenaires. Il avait dépassé son maître dans l'art de la manipulation. D'un an son cadet, Julien avait toujours été apprécié de son mentor, qui en avait fait un sérieux prétendant à sa possible succession. Leur amitié avait pris naissance dans un groupe de travail pendant leurs études. Un jour, Julien avait subjugué Arnaud et les autres étudiants en s'appropriant le rapport produit par leur groupe, devant un jury incrédule. Sans que personne trouve à y redire, pas même Arnaud, médusé.

Julien était un jeune homme aux allures de gentleman anglais, toujours tiré à quatre épingles. Il maîtrisait à merveille la rhétorique et avait le chic pour trouver les mots justes, qui claquent et emportent l'adhésion. Quel aplomb ! Quelle vivacité intellectuelle ! Sa force de conviction n'avait d'égal que son flair opportuniste. Il fascinait Arnaud, qui avait aussi beaucoup d'emprise sur son complice, par son intuition fulgurante et sa capacité à rassembler les gens autour de lui. Sur près de trente ans, leur amitié s'était construite grâce à une émulation saine et une fidélité réciproque sans bornes. C'était en tout cas le sentiment d'Arnaud avant que les premiers signes de défiance n'apparaissent. Les difficultés que traversait le groupe y étaient pour beaucoup. Il était temps pour Julien de lâcher son ami et de se faire valoir auprès du conseil d'administration.

— Ça suffit ! On arrête cette mascarade ! éructa Arnaud.

Un souffle sibérien traversa la salle de l'hôtel, déjà largement refroidie par une climatisation mal réglée.

— On va trouver, Arnaud, ne t'inquiète pas, tenta de le rassurer Julien.

Les autres ne pipèrent mot.

— Mais c'est maintenant qu'on a besoin d'idées percutantes, pas dans trois mois !

— Je peux tenter d'avancer le lancement du 3X d'un mois, balbutia Patrice.

— Un mois ? Mais cher ami, cela ne suffira jamais à redresser les comptes.

Rien ne se déroulait comme dans une journée ordinaire. Le matin même, une panne de batterie avait empêché Arnaud d'être à l'heure à un rendez-vous crucial à l'autre bout de Paris. Un peu plus tôt, au petit-déjeuner, une violente altercation avait éclaté avec son fils aîné à propos du choix de son futur poste, pas assez ambitieux et trop confortable, selon le père.

La sonnerie du téléphone d'Arnaud permit un répit de courte durée.

— Bonjour, Antoine, je vais bien, et vous ? Oui, nous avons rendez-vous tous les trois avec Denis à treize heures pour déjeuner. C'est bien cela. Je vous retrouve au restaurant. Tout à fait. À tout à l'heure.

En raccrochant, Arnaud jeta un œil à sa montre. Il était déjà en retard !

— C'étaient les administrateurs. Je dois les convaincre avant le conseil d'administration de lundi. Qu'est-ce que je leur dis, bon sang ?

Excédé, il décida d'écourter la réunion. Il rassembla ses dossiers à la manière d'un présentateur du journal télévisé, le sourire compassé en moins, et referma brusquement son ordinateur portable. Il déplia ensuite son mètre quatre-vingt-dix et se dirigea vers la porte. Les muscles contractés de ses mâchoires témoignaient d'une colère de nouveau contenue. Sans même se retourner, il adressa aux autres un dernier message sous forme d'ultimatum. Du jamais-vu.

— Je vous donne cinq jours pour me pondre votre plan et nous sortir de cette merde ! Je vous attends dimanche à sept heures chez moi, lança-t-il, d'un ton cinglant.

Personne ne moufta. Se lever aux aurores le jour du Seigneur pour une journée de travail harassante n'avait rien d'exceptionnel. Tous savaient qu'Arnaud devrait rendre des comptes. Il jouait aussi son poste.

La porte claqua, laissant place à la sidération, sauf chez Julien qui jubilait intérieurement. Il était près de treize heures, Arnaud serait en retard à son déjeuner.

Non, vraiment rien ne se passerait comme dans une journée ordinaire.

4

Paris, 21 juin 2016, 12 h 50

Le chauffeur déposa Sophia dans la contre-allée de l'hôtel Méridien Étoile. Après avoir saisi sa valise à roulettes d'une main et son sac à main de l'autre, elle le salua. Elle fit quelques pas vers la porte tournante et profita du passage d'une femme arrivant en sens inverse pour s'engouffrer dans l'hôtel.

À peine entrée, elle chercha du regard le point de rendez-vous donné par Samir, tout en avançant vers le hall central. Il lui sembla immense. Elle ne prêta pas attention à l'homme qui marchait à vive allure vers la sortie, dans sa direction, les yeux rivés sur son téléphone. Le visage sombre, les sourcils froncés, il semblait très préoccupé. Ses yeux lâchèrent l'écran lorsque les pleurs aigus d'un enfant attirèrent son regard. Un quart de seconde d'inattention simultanée et leurs épaules se télescopèrent. Le corps frêle de Sophia ne pesa guère contre l'imposante masse. Son articulation fut violemment projetée en arrière. Instinctivement, ses épaules se refermèrent. Ses cheveux bouclés couvrirent son visage devenu livide. Sonnée, elle s'accroupit pour se rendre invisible à l'animal sauvage qui venait de l'agresser. Ses doigts relâchèrent les anses de son sac à main qui s'écrasa au sol, y déversant une partie de son intimité.

Un mascara, une paire de clés, quelques tickets de carte bleue et un portefeuille gonflé par une collection de cartes en tout genre jonchaient le sol. Une photo d'elle enlaçant son amie Chloé dépassait aussi du sac.

Sa tête se mit à tourner, elle se sentit défaillir, prête à basculer sur le sol. Elle voulut découvrir le visage de son assaillant. Lui sentit qu'il venait de percuter une femme. Les effluves de son parfum ne laissaient aucun doute. Un sentiment de gêne et de honte l'envahit : à quoi ressemblait la nouvelle victime de ce bulldozer ?

Il se retourna d'un bond vers Sophia, encore saisie de stupeur. Il laissa tomber sa sacoche et se précipita vers elle.

— Oh ! pardon ! Je suis vraiment désolé… Je ne sais pas ce qui s'est passé, balbutia-t-il, en tendant une main à la femme.

Sophia reprit ses esprits et se redressa sans son aide. La grimace sur son visage encore blême accompagnait sa main qui tentait d'apaiser son épaule endolorie.

Soudain, un souvenir éclipsa sa gêne physique. Elle put enfin identifier l'homme qui l'avait heurtée. Projetée vingt ans en arrière, la chercheuse reconnut, dans un éclair, le regard froid de son assaillant. Ces mâchoires anguleuses ne pouvaient être que les siennes. L'homme à la stature de colosse, qu'elle avait tant détesté des années auparavant, se tenait bien face à elle. Il dirigeait à l'époque l'un des départements du laboratoire dans lequel elle faisait son stage d'étudiante en biologie cellulaire. Cette expérience fut traumatisante. Les images ressurgirent une à une. Le souvenir de réunions destructrices, de la violence verbale et du cynisme de cet homme. Une intense nausée s'empara d'elle. De toute évidence, c'était lui, Arnaud Delapierre, son ancien chef du centre de recherche. Celui qui fut malgré lui à l'origine de son choix radical de carrière et de trajectoire de vie était là, devant elle. « Impossible », tenta-t-elle de se raisonner.

— Je ne vous ai pas vu arriver… Je… Je suis désolé.

L'homme insista.

— Vous êtes sûre que tout va bien, madame ?

Sophia hocha la tête en guise de réponse. La résurgence de ce passé qu'elle pensait avoir banni de sa mémoire inhiba toute parole. Tout faire pour écourter le dialogue. Une angoisse sourde avait éclipsé l'ankylose de son articulation. Elle voulut s'éloigner au plus vite pour retrouver le réconfort de Samir. L'homme, quant à lui, semblait avoir oublié cette ancienne étudiante insignifiante.

Elle s'accroupit de nouveau pour remettre ses effets personnels dans le sac à main qu'Arnaud n'osa pas toucher. Le sac d'une femme est son miroir le plus intime.

— Je suis vraiment confus, reprit-il, cette fois sur un ton moins empathique.

Il se baissa pour ramasser sa sacoche et salua la chercheuse d'un regard froid, l'abandonnant à son désarroi. Son esprit était déjà occupé de nouveau par le rendez-vous crucial qui l'attendait. L'incident n'avait fait qu'accroître son retard.

— Ça va aller, au revoir, se contenta de dire Sophia en détournant le regard, soulagée.

Il fallait qu'elle en finisse vite. Elle saisit la poignée de sa valise et balaya le hall d'un regard, à la recherche d'une bouée de sauvetage. Puis elle retrouva le sourire en apercevant Samir, qui accourait vers elle, les bras ouverts.

****

Lorsque Arnaud quitta la contre-allée au volant de sa voiture, l'image de cette femme qu'il venait de bousculer réapparut. Il la dissipa aussitôt. Elle lui avait fait perdre de précieuses minutes. Ce déjeuner serait pourtant décisif. Quelle poisse !

Quelques instants plus tard, il s'engagea à vive allure sur le périphérique, direction sud. Il fit rugir les chevaux de son bolide, qui ne demandaient que ça. La circulation était étonnamment fluide à cette heure de la journée. Sans prêter attention au compteur qui affichait déjà cent trente kilomètres à l'heure, l'homme pressé s'attribua la file de gauche. S'il avait pu privatiser la route pour arriver plus vite ! Il ne pouvait s'empêcher de repasser en boucle les scénarios possibles face aux deux ténors du conseil d'administration. L'idée, suicidaire à cette allure, de taper sur son téléphone « Je suis à vous dans quinze minutes, désolé de vous faire attendre », traversa son esprit. Toujours concentré sur sa route, il s'engouffra dans le tunnel du Parc des Princes. Les néons de part et d'autre défilaient à une vitesse hallucinante. Quelques véhicules, sur les voies de droite, semblaient à l'arrêt, lorsqu'il aborda une courbe, sans grande visibilité.

Comment prévenir ses hôtes de son retard ? Soudain, Arnaud se rappela que sa voiture flambant neuve disposait d'une commande vocale lui permettant de dicter un SMS sans quitter la route des yeux. Il ne l'avait pas encore utilisée. En une fraction de seconde, il détourna son regard de la chaussée et crut repérer l'icône de la commande sur le tableau de bord. Trop tard. Son monstre de deux tonnes fonça sur une voiture restée en panne dans sa voie, les feux de détresse clignotant. Une femme se tenait debout, entre le véhicule et la glissière en béton. Arnaud écrasa la pédale de frein et donna un violent coup de volant désespéré pour tenter d'éviter le terrible choc. On aurait dit deux astéroïdes entrant en collision. La petite voiture grise fut pulvérisée. Un tonnerre métallique gronda dans tout le tunnel. Des étincelles jaillirent de toutes parts. Le 4x4 d'Arnaud se disloqua comme un jouet. Après la déflagration, des amas de tôle et des débris de plastique glissèrent à la dérive sur l'asphalte. Un enjoliveur termina sa course contre la glissière de sécurité. Puis le tunnel fut plongé dans le silence du noir sidéral. Arnaud aussi.

****

La jeune femme du véhicule en panne mourut sur le coup. Son corps démantibulé fut recouvert d'un drap par les pompiers, arrivés les premiers. La police prit des photos, comme sur une scène de crime. On avait peint en blanc, sur le bitume, le contour du cadavre, gisant à plusieurs mètres de sa voiture broyée. Le choc avait été d'une violence inouïe, ne lui laissant aucune chance de survie. Le corps d'Arnaud, inerte, était coincé entre deux airbags ensanglantés. Ses globes oculaires exorbités fixaient le compteur, resté bloqué à la vitesse fatale. Une traînée de sang frais coulait de son cuir chevelu entre les yeux. Quelques éclats de pare-brise dans ses cheveux brillaient à la lumière des gyrophares orange.

En observant à nouveau la scène du carnage, le teint toujours pâle, le lieutenant de police, arrivé sur les lieux depuis dix minutes, n'en revenait toujours pas. Il posa de nouveau la question.

— Tu es bien sûre que lui est encore en vie ?

La jeune urgentiste du SAMU, penchée sur le corps d'Arnaud, par-dessus la portière, confirma la chose en baissant le menton, les yeux clos. Ce oui silencieux tenait du miracle. Elle non plus n'y croyait pas. Dans sa jeune vie de médecin, elle n'avait jamais vu un corps si martyrisé, mais toujours en vie, au point de faire mentir le sombre pronostic.

— Ce type aurait dû y rester, comme elle. En tout cas, s'il s'en sort, sa vie sera un cauchemar, d'autant qu'il aura à jamais un mort sur la conscience. Coupable pour le restant de ses jours. S'il rouvre les yeux, je ne sais pas comment il pourra soutenir les regards de cette famille endeuillée.

Son pouls était déjà presque imperceptible au stéthoscope. Sa survie se jouerait dans les minutes qui suivraient. Une fois désincarcéré, le corps fut déposé sur un brancard. On gonfla la civière. Une poche de sang libéra le fluide qui maintiendrait l'homme dans un ersatz de vie. Mais pendant son transfert vers l'hôpital de Garches, l'électrocardiogramme afficha des valeurs trop faibles pour espérer que la vie l'emporterait. Arnaud sombra dans un coma abyssal. Une longue nuit sans étoiles l'attendait.

Non, vraiment rien ne s'était déroulé comme une journée ordinaire.

5

Paris, été 1975

La sonnerie du téléphone fit sursauter Henri, installé dans son fauteuil. Il posa la partition sur la table basse et se dirigea vers la console du salon. Laissant passer une troisième sonnerie stridente, il saisit le combiné en plastique orange.

— Allô ?

— Bonsoir, Henri, c'est Marc. Pardon de te déranger si tard.

— Bonsoir, Marc. Que me vaut ton appel ?

— Je viens de parler avec Élisabeth. Elle est tombée dans l'escalier cet après-midi et s'est cassé le poignet. Elle annule toute la tournée, la mort dans l'âme, c'est une catastrophe ! Comment trouver une nouvelle soliste, maîtrisant à la perfection les deux concertos pour piano de Chopin, à moins d'une semaine de la première à Pleyel ? C'est comme vouloir faire le tour du monde en voilier, mais sans grand-voile. Impossible, jugea-t-il.

D'abord amusé par la métaphore marine de son ami, Henri ne réagit pas tout de suite, peut-être pour mieux mesurer l'ampleur du cataclysme et évaluer les solutions possibles.

— Mince ! Pauvre Élisabeth, j'ai de la peine pour elle. Elle avait tant répété. Je vais l'appeler. As-tu informé l'équipe et notre attachée de presse ?

— Non, pas encore, répondit Marc, le ton grave. Je m'en occuperai demain à la première heure.

— À présent, il nous faut lui trouver une remplaçante. Hors de question d'annuler la tournée.

— Tu plaisantes, j'espère ! Élisabeth a tout donné pour cette tournée, il faut attendre son rétablissement.

— Marc, j'ai beaucoup d'affection pour Élisabeth, mais les musiciens et le public ne le comprendraient pas, et notre comptable non plus ! Je lui expliquerai. Il doit bien exister sur terre une excellente interprète de Chopin qui ait envie de et soit disponible pour rejoindre l'un des plus prestigieux orchestres au monde, non ? Mettons-nous en recherche au plus vite ! On s'appelle demain, dit Henri, puis il raccrocha, sans laisser à Marc la moindre chance d'argumenter.

Contrarié par cette annonce, Henri n'en laissa rien paraître. Perdre la plus brillante soliste qu'il ait jamais eue, à la veille d'une prometteuse tournée mondiale, était un terrible coup du sort pour un chef d'orchestre. Il allait demander l'impossible à son assistante et activer ses réseaux. Faire plusieurs fois le tour de la « planète classique » pour trouver une remplaçante, sans grand espoir.

Pourtant, deux jours plus tard, alors que Henri répétait sans relâche ses partitions, le grésillement de son tout nouveau télécopieur rompit le silence.

> J'ai repéré quelques candidats et, miracle ! je crois avoir déniché un petit bijou. C'est une Américaine d'origine polonaise. Elle sort de Juilliard, lauréate du concours international de piano Frédéric Chopin, plus un Grammy Award ! Elle donne des récitals aux États-Unis, au Canada et en Europe et serait d'accord pour faire un essai, elle adore la France ! Seul problème… elle n'a que… 25 ans ! Que fait-on ? Appelle-moi dès que tu peux. Monique.

Henri libéra un long soupir de soulagement. C'était une piste parmi d'autres, après tout, qu'il fallait prendre comme une raison d'espérer. Cette jeune pianiste pouvait-elle tenir le rang d'une toute nouvelle tournée de l'Orchestre philharmonique de Paris ? Un sentiment partagé entre la culpabilité de remplacer Élisabeth et l'envie de découvrir ce que valait cette jeune artiste plongea le chef d'orchestre dans un profond dilemme.

D'ordinaire, il aurait tranché sans vergogne. Né en 1938, Henri était de ceux dont le caractère avait été forgé par l'après-guerre et ses cicatrices. Le sien était à l'image des lignes de son visage : rugueux. Issu d'une longue lignée de tisserands lyonnais dans laquelle les sentiments s'effaçaient devant les vertus du travail acharné, de l'abnégation et de la discrétion, le jeune Henri était tombé dans la marmite de la musique classique dès l'âge de cinq ans. Passé par le Conservatoire de musique de Lyon, puis par celui de Paris, le virtuose du violon avait montré un don plus évident encore dans l'art de guider les instrumentistes et de veiller à l'interprétation stricte des œuvres. Malgré son jeune âge, Henri s'était bâti, dans le milieu fermé des grands chefs d'orchestre, une réputation d'intransigeance et de froideur à l'égard de ses musiciens. Irréprochable dans l'art de tenir le tempo et les dynamiques, l'homme se singularisait par une gestuelle musclée, âpre, par une communication quasi militaire des intentions musicales à son orchestre. D'ailleurs, les critiques encensaient le contraste entre les subtiles nuances de son phrasé et la force virile de ses gestes. C'était la marque de fabrique dont il jouait auprès des recrues. Alors, pourquoi refuser d'emblée qu'une inconnue, avec si peu d'expérience, rejoigne le philharmonique ? Le lendemain matin, sa décision était prise : à défaut de solution de rechange parmi les autres candidats, il accepta de recevoir cette jeune Anna.

La rencontre eut lieu dans le majestueux auditorium principal de l'Orchestre de Paris. Henri aurait pu choisir, pour ce premier test, l'intimité d'une petite salle d'audition adjacente, mais il voulait évaluer aussi la résistance au stress de la candidate. « L'intimidation est une méthode infaillible pour révéler ou confirmer les talents », pensait-il. Il était tout juste neuf heures lorsque Anna se présenta au rendez-vous. Monique vint l'accueillir.

— Bonjour, je suis l'assistante du maestro. Nous nous sommes parlé au téléphone. Soyez la bienvenue. Avez-vous fait bon voyage ? s'enquit-elle dans un anglais approximatif.

— Excellent, je vous remercie, répondit la jeune femme dans un français impeccable, marqué d'un léger accent anglo-saxon.

L'assistante montra son étonnement en tournant légèrement le menton.

— Autant vous le dire tout de suite, mademoiselle, Henri est un homme d'une exigence absolue. Mais je ne veux pas ajouter à votre trac, je suis sûre que votre audition sera concluante.

— Vous pouvez m'appeler Anna, osa la jeune artiste.

Sa familiarité avait un côté naïf, presque touchant. Mais elle révélait surtout une inébranlable confiance en elle. Ce que certains auraient pris pour de l'arrogance était en réalité une saine estime d'elle-même, doublée d'une redoutable faculté de travail.

— Savez-vous quel morceau le maestro souhaite que j'interprète ? J'ai travaillé les sonates, les préludes et bien sûr les concertos.

Hésitant un instant, l'assistante ne sut quoi répondre : la rassurer en lui disant que ce serait sans doute l'un d'entre eux, ou la plonger dans l'incertitude en évoquant l'imprévisibilité du chef d'orchestre ? Elle opta pour une troisième voie, l'esquive.

— Nous y sommes presque. C'est au fond du couloir.

Les néons aveuglants, alignés au plafond, donnaient à l'audition un air d'interrogatoire. L'assistante poussa la première la lourde porte qui ouvrait sur la scène et se tourna vers Anna.

— Installez-vous au piano, il ne va pas tarder.

Seule une partie de l'immense plateau était éclairée par quelques projecteurs. La salle, quant à elle, restait plongée dans une obscurité alourdie par le silence qui s'y déployait, à l'exception du fond où deux spots, tels des yeux de chat immobiles, signalaient les portes de l'auditorium.

Les structures de la salle exhalaient une odeur de bois précieux qui rassura la jeune femme, demeurée seule après que l'assistante se fut éclipsée. Curieuse sensation que celle de se retrouver dans un endroit baigné de calme immobile et qui d'ordinaire réunit des milliers de personnes venues s'enivrer d'avalanches de dièses et de bémols. Ses yeux balayèrent la scène et se fixèrent sur le Steinway trônant au centre. Elle reconnut le modèle B-211 à ses proportions parfaites. Après avoir fait le tour de la bête, elle s'assit délicatement sur le banc, qu'elle recula de quelques millimètres. Ses bras frêles déposèrent deux fines mains sur l'ivoire. Le premier accord claqua, libérant un tsunami de notes domptées à la perfection. L'étude pour piano n° 12 de Chopin faisait partie de ses échauffements préférés pour interpréter et surtout honorer les œuvres de son célèbre concitoyen. À peine eut-elle reposé ses mains sur ses cuisses qu'une voix grave l'interpella. Impossible d'identifier son auteur, assis quelque part dans l'obscurité de la salle.

— Pourquoi avoir choisi la *Révolutionnaire* ? demanda le chef d'orchestre, sans se présenter.

C'était le nom qu'avait choisi Frédéric Chopin pour cette étude. Sans se démonter ni même tourner son regard vers celui qui venait de parler, Anna répliqua avec assurance.

— Parce que la musique classique a besoin de révolutions pour se réinventer ! Et parce que Chopin l'a écrite après que les Russes eurent pris Varsovie en septembre 1831 et installé leur domination. Il désirait que le peuple polonais se soulève.

La jeune fille se leva alors d'un geste gracile pour découvrir l'auteur de la question. Celui-ci vint au-devant d'elle en montant à pas lents, presque impériaux, les marches qui menaient à la scène. Le ton était donné. Chacun jaugea l'autre dès le premier regard. Ce serait un combat entre une lionne et un lion, enragé, impitoyable et majestueux. Et une conquête réciproque aussi fulgurante qu'enflammée.

Henri détailla enfin le visage de celle qui venait de jouer avec brio. Ses cheveux bouclés, noir ébène, couvraient en partie un visage encore adolescent. Dire que ses yeux bruns, qui vous envahissaient, révélaient un tempérament de feu, était un doux euphémisme.

— Henri, directeur musical et chef de l'Orchestre philharmonique de Paris. Ravi de vous rencontrer, mademoiselle.

Il lui tendit une main ferme qui dissimulait mal l'impact du charme qui commençait déjà à opérer. Anna le savait et jouait aussi bien de son évident talent de pianiste que de son pouvoir de séduction. Ce dernier la dépassait parfois, et elle appréhendait l'amplitude de ses effets sur les hommes. Le large sourire, souligné par un léger baume à lèvres, faisait ressortir ses pommettes. On lui aurait donné à peine vingt ans.

— Anna, répondit-elle.

Elle allongea avec élégance le bras, le dos de la main offert aux lèvres de son hôte, qui, surpris, n'avait d'autre choix que d'y déposer un baiser maladroit. Ses iris plongèrent dans ceux de Henri, déstabilisé par tant d'audace, qui releva le défi quelques secondes.

La chimie du corps humain opéra aussitôt, libérant ses molécules euphorisantes. Henri n'avait jamais ressenti une telle attirance pour une inconnue. Toujours troublé, il chercha mille raisons de résister, mais n'en trouva aucune. Délicieusement impuissant, sentant sa poitrine s'embraser et son cœur palpiter, le presque quadragénaire savoura l'instant. Cela faisait trop d'années qu'il était à la fois complice et victime d'un simulacre de vie en couple avec son épouse, Jeanne. Tombée aussi sous le charme élégant du maestro français, la jeune artiste ne put réprimer un frisson qui lui parcourut l'échine. Lutter contre les lois voluptueuses de l'attraction lui sembla vain. Lorsque Henri lui proposa de jouer une autre œuvre, pour le plaisir, elle ne se fit pas prier et interpréta le célèbre nocturne n° 2, opus 9, écrit par Chopin. Son choix était calculé, ce sommet du romantisme fit définitivement chavirer Henri. L'audition officielle avec l'orchestre attendrait.

— Puis-je me permettre de vous inviter à prendre un verre avant le déjeuner pour que nous fassions mieux connaissance ? J'aimerais vous expliquer ma philosophie et vous parler de l'orchestre, un ensemble d'instrumentistes formidables. Il y a un bar au coin de la rue, proposa Henri d'une voix enjouée.

La jeune pianiste sourit et accepta. Elle aussi souhaitait en savoir plus sur son probable nouveau partenaire.

Le duo s'installa au fond du bar-restaurant mal éclairé. Il était onze heures, les serveurs s'affairaient à dresser les tables pour le déjeuner. Pendant plus d'une heure, les deux mélomanes ne s'ouvrirent que peu sur leur vie privée. Par pudeur, par commodité aussi. Henri apprit que les parents d'Anna étaient issus d'une famille d'immigrés juifs polonais installés depuis le milieu du dix-neuvième siècle en Amérique. Fasciné par la verve de la jeune soliste, Henri comprit pourquoi elle ne pouvait échapper à son destin musical.

Le berceau polonais de sa famille se nichait dans la petite ville rurale de Sochaczew, non loin de Żelazowa Wola, où était né Frédéric Chopin. Dès ses premiers pas, la fillette avait été plongée dans le répertoire romantique du pianiste polonais. Nostalgiques de leur pays d'origine, ses parents, des mélomanes, passaient à longueur de journée les vinyles du compositeur sur une vieille platine crachotante. Un jour, subjugués de voir leur fille d'à peine quatre ans, immobile, envoûtée pendant des heures par les notes du génial musicien, les parents décidèrent de lui faire suivre des cours de piano. Après quelques semaines seulement, la professeure leur confirma que leur fille était très douée. Devant l'évidence, ils firent l'acquisition d'un piano d'occasion qu'Anna ne lâcha plus jamais. Après l'école, elle passait son temps à déchiffrer les partitions, jusqu'à endolorir ses fines phalanges à force de marteler le clavier.

Bercé par le babil d'Anna, Henri oublia presque de raconter ses années de conservatoire, son acharnement à maîtriser l'art des sons, confirmant lui aussi sa vocation artistique précoce. Le restaurant commençait à se remplir d'estomacs affamés. Henri jeta un œil à sa montre ; il avait un déjeuner à honorer dans Paris. Il dut se résigner à mettre un terme à leur échange.

— Anna, me permettez-vous cette familiarité ? osa Henri, le cœur léger. Je vous propose un essai demain matin à dix heures avec l'orchestre. Nous répéterons le larghetto et le maestoso du concerto n° 1. Cela vous convient-il ?

Ils ressentaient un magnétisme réciproque, que leur ferveur commune pour la musique classique ne pouvait expliquer à elle seule.

— C'est parfait, répondit Anna, d'un sourire affectueux que dessinaient ses lèvres. À demain.

Aucun des deux musiciens ne voulait savoir jusqu'où leur idylle, à peine éclose, les mènerait.

6

Paris, 6 juillet 1996

La pluie battante avait fini par s'arrêter. Cédant leur place au soleil, les nuages se dissipèrent au-dessus de la capitale. Les trottoirs, à peine rafraîchis par les gouttes d'eau, avaient emmagasiné pendant des jours la chaleur suffocante. Ils exhalaient l'odeur typique de bitume mouillé. Sophia affectionnait ces averses d'été qui rendent l'atmosphère plus respirable. Elle se remémorait les processus biochimiques derrière l'expérience olfactive. Cela avait été d'ailleurs l'un des sujets de ses premiers cours de biologie à Normale Sup. Sa mère était tombée amoureuse de la France et avait souhaité que sa fille étudiât au pays de Victor Hugo, patrie qu'avait aussi adoptée Marie Curie.

La jeune étudiante était fascinée par les sciences de la vie, la vie sous toutes ses formes. Déjà, au lycée, la timide Américaine s'était passionnée pour ces disciplines. Chaque cours était une occasion de se plonger dans les ouvrages universitaires, quand ses camarades de classe ne se contentaient que du manuel de première. Insatiable de connaissances, elle témoignait d'une rare curiosité pour son âge. Un matin, elle avait subjugué son professeur en présentant un travail sur les liaisons chimiques. Les autres élèves recrachaient péniblement leur cours sur les basiques du cycle cellulaire, alors que la jeune fille dévorait déjà des thèmes traités en première année d'université.

Le boulevard Saint-Germain, au croisement du boulevard Saint-Michel, était moins encombré à cette heure de la matinée. Plongée dans ses souvenirs à la table d'une terrasse de café bondée, Sophia sursauta lorsque Chloé lui enlaça tendrement les épaules par-derrière.

— Salut, ma belle ! Tu m'attends depuis longtemps ? lui demanda innocemment sa copine de toujours.

— Ben, on avait dit dix heures et il est… dix heures vingt-cinq, répondit Sophia, en s'attardant sur sa montre. T'as intérêt à avoir une excuse valable ! ajouta-t-elle d'un ton de procureur.

— Désolée, ma biche, je n'ai pas entendu le réveil sonner.

Chloé déposa un baiser sur le front de Sophia et s'assit à côté d'elle. Leur amitié, née de leur complicité au lycée, les avait amenées à se jurer de faire leurs études supérieures ensemble, de ne jamais se perdre de vue quoi que la vie leur réserve. Du moins tant que Chloé pourrait suivre le rythme de son amie. Élève fulgurante, Sophia avalait les cours avec une aisance déconcertante. Chloé misait surtout sur sa force de travail et sa persévérance. L'une, infatigable et pleine de vie, était toujours la première à argumenter avec les professeurs, à leur poser la question qui les mettait, malgré elle, dans l'embarras. L'autre, indolente et bucolique, se réfugiait dans sa timidité et dans son excentricité mal assumée. Elles apprirent à l'issue des concours qu'elles entreraient toutes les deux à Normale Sup, en biologie. Ce jour-là, l'événement fut célébré jusqu'à l'aube. Les shots de vodka, versés dans des verres glacés, n'eurent jamais le temps de se réchauffer.

Âme sœur de Sophia, Chloé était aussi son parfait complément. Ses boucles rousses volumineuses lui arrivaient aux épaules. Elle ne les attachait que rarement pour mieux affirmer son insouciance. Avec sa petite robe noire enveloppant ses rondeurs et son collier ras-de-cou aux motifs de crucifix façon Nancy Downs dans *Dangereuse Alliance*, film qu'elle avait vu six fois, Chloé aimait jouer la rebelle. Ses lèvres, rehaussées d'un rouge à lèvres noir mat ravageur, tranchaient avec la pâleur de son visage. La jeune femme affichait déjà haut et fort son goût pour le bizarre et revendiquait ainsi sa singularité, mais d'une façon beaucoup plus exubérante que son amie. Toutes deux se démarquaient de la grande masse normée des autres étudiants.

Chloé héla le serveur et commanda un double expresso. La nuit avait dû être difficile.

— On a fait la fête hier, c'était l'anniversaire de Philippe.

— Philippe, le type dont tu m'as déjà parlé ?

— Oui. Il joue dans un groupe de rap. J'ai un peu picolé, c'est vrai.

Chloé faisait partie de cette minorité qui ne savait absolument pas mentir. Mais sa maladresse était touchante. Sophia savait, *primo*, qu'elle freinait sur l'alcool. *Secundo*, que le type en question s'appelait Éric et jouait dans un groupe de hard rock. *Tertio*, qu'il fallait chercher la raison de ce retard dans une nuit blanche de déception amoureuse. Une de plus. Chloé s'était fait larguer la veille. Ses cernes et sa mine triste en témoignaient. Son amie la connaissait par cœur.

— Ça va, j'ai compris. Une peine de cœur ? Un jour, tu tomberas sur le bon.

— Pff, je les fais fuir.

— Ma chérie, tu as la vie devant toi pour trouver ton homme.

— À condition que je tombe sur le bon manuel pour le garder !

— Allez, montre-moi un joli sourire.

Sophia prit une gorgée de thé au jasmin et décida d'entraîner Chloé sur un autre terrain.

— T'as vu ce scandale de la vache folle en Angleterre ? C'est consternant. Un jour, il faudra bien que nous sachions vraiment ce que nous mangeons avant qu'on nous empoisonne pour de bon.

— Bon, tu m'as demandé de me lever tôt un samedi pour me parler uniquement de la vie passionnante des ruminants ?

Chloé avait une conception bien à elle d'un réveil matinal. Son horloge biologique semblait subir régulièrement des décalages horaires qui la persuadaient que dix heures du matin était tôt.

— Mais non, répondit Sophia sur un ton plus grave.

— Qu'est-ce qui se passe ? T'as l'air contrariée, dis-moi. Toi aussi, tu t'es fait larguer ?

— Il te plaît, ton stage de recherche ? demanda-t-elle pour détourner la conversation. Tu t'éclates vraiment ?

— Heu… Ben oui, sauf qu'y a que des intellos coincés. Le seul mec potable ne décroche pas un mot de français. Pourquoi tu me parles de mon stage ? Tu as un souci avec le tien ?

— Non, non, le sujet de ma recherche est génial.

Sophia se lança dans un long monologue. Elle avait choisi d'explorer les propriétés de la transmission synaptique à partir de coupes fines de cerveaux. Un sujet ardu et l'un des domaines thérapeutiques du laboratoire qui l'accueillait, mais dont personne ne voulait. Les neurosciences émergeaient et n'intéressaient que peu d'étudiants. Ce qui fascinait avant tout Sophia était la perspective de croiser cette jeune science du système nerveux et du cerveau avec les avancées en biologie moléculaire et génétique. Ce goût pour hybrider des disciplines scientifiques avait séduit son jury d'admission à Normale Sup tout autant que le laboratoire pharmaceutique qui l'avait retenue pour son stage d'été. Dotée d'un esprit déjà très ouvert, elle était promise à une trajectoire hors norme. Elle avait reçu pas moins de quatre propositions de stage dans sa boîte aux lettres. Elle avait opté pour GenLife. À coups d'acquisitions effrénées, le groupe se classait parmi les dix plus importants au monde. Il consacrait un important budget à la recherche et employait près de cinq mille personnes. Le site de Saclay, près de Paris, où Sophia faisait son stage, constituait son centre névralgique.

Elle enchaîna sur un ton nettement moins enjoué, le visage lunaire des mauvais jours.

— Non, ce n'est pas ça. C'est ce type qui dirige le centre, un mec insupportable, sans scrupules.

— Raconte ? fit Chloé, curieuse de savoir ce qui entamait le moral, d'habitude en titane, de sa copine.

Le ton de sa voix se fit plus pesant, sa gorge se noua. Son regard un peu perdu semblait chercher du soutien dans les yeux de Chloé.

— Mon chef de stage m'a demandé de présenter mon projet de recherche à ce directeur.

— Et alors ?

Chloé vit un nuage de désarroi envelopper le visage de Sophia. Ses yeux s'humidifièrent.

— Je te jure que rien qu'à cause de sa présence dans la salle de réunion, j'avais une boule de plomb au ventre. Il nous a annoncé, sans même nous saluer, que nous avions quinze minutes, pas une de plus, pour exposer l'état d'avancement de nos projets respectifs. C'est le genre de type qui n'éprouve aucun intérêt pour les autres, qui te pose des questions sans écouter tes réponses jusqu'au bout. Il est centré sur lui-même, le monde tourne autour de lui. Je ne me suis jamais sentie aussi déconsidérée. Mes arguments, pourtant soutenus par mon chef, semblaient n'avoir aucun intérêt à ses yeux. Au bout de deux minutes, ses mâchoires lâchèrent un « Allez à l'essentiel, mademoiselle ». J'avais la sensation, inconnue jusqu'alors, de n'être pas prise au sérieux. Peut-être aussi que mes pensées dévastatrices me jouaient des tours, avoua-t-elle. Je ne sais plus.

En évoquant la scène, ses trapèzes se tendirent, comme si une barre de fer perforait ses omoplates.

— Un autre jour, il a déboulé dans nos bureaux et s'est adressé à Marc, mon chef, tétanisé. Sans même me regarder, il a hurlé : « Comment peut-on pondre des conneries pareilles ? » Il parlait d'une note que j'avais rédigée avec soin sur un projet de recherche inédit, croisant l'exploration du cerveau limbique avec les nouvelles technologies de la biologie moléculaire dans l'espoir de soigner la dépression. Sachant parfaitement que j'étais l'auteure de ce mémo, il s'est adressé à toute l'équipe de l'unité médusée, toujours en m'ignorant. « On vous paye pour produire des recherches sur nos futures molécules stars, pas pour assouvir vos fantasmes de prix Nobel que vous n'obtiendrez jamais ! » Il s'est tourné vers moi et m'a humilié un peu plus. « Mademoiselle, je ne sais pas ce que l'on vous a appris pendant vos études, mais, là, vous délirez. Contentez-vous de faire ce que l'on vous demande si vous voulez un jour gravir les échelons d'un grand laboratoire ! » Puis il a balancé le document et tourné les talons. C'était l'estocade d'une lame bien affûtée, qui m'a achevée. Jamais je ne me suis sentie si méprisée. C'était la première fois que quelqu'un me rabaissait plus bas que terre.

Sophia se cacha le visage dans les paumes et se mit à pleurer. Chloé l'enveloppa dans ses bras.

Ce type l'avait traumatisée jusqu'à la hanter, sans qu'elle puisse prendre le moindre recul, ce qui ne lui ressemblait pas. Il concentrait en lui tout ce que Sophia commençait à exécrer dans ce monde professionnel qui s'ouvrait à peine à elle : cynisme assumé, absence totale d'affect et hypertrophie de l'ego avaient effrayé la jeune étudiante.

Chloé décida de changer de sujet. Elle emmena son amie sur le terrain des vacances qui approchaient à grands pas. Mais Sophia se reprit et sécha ses larmes. Elle devait lui annoncer sa grande décision.

— Au fait, ma belle, je pars en retraite au Népal, juste après le stage. J'en ai besoin. J'espère que tu ne m'en veux pas trop.

Elle fit signe au serveur de leur apporter l'addition et se leva. Chloé, elle, resta assise quelques secondes encore, désappointée. Elle avait compté passer deux semaines avec Sophia en Corse, sur l'impétueux GR20, sac au dos, comme elles se l'étaient promis à Noël. Elle s'était imaginé qu'elles crapahuteraient des jours entiers sur les chemins escarpés, qu'elles s'extasieraient devant les aiguilles de Bavella et sauteraient dans les eaux saisissantes et pures des cascades de montagne. Elle tenta de masquer le chagrin de cette espérance illusoire qui devrait attendre. Chloé sentait pourtant depuis quelques semaines le besoin chez Sophia de répondre à un appel intérieur de plus en plus pressant. Elle voulait maintenant s'extraire de ce monde agité et s'immerger dans un monastère, à l'autre bout du monde, pour enfin donner un sens à sa jeune existence. Le traumatisme subi pendant son stage n'avait fait que hâter sa décision. Chloé décida de ne pas lui rappeler qu'elle s'était engagée à aller en Corse avec elle, puis elle se leva à son tour et lui adressa un faux sourire approbateur, à la fois envieuse et triste que son amie ne lui propose pas de partir avec elle.

— Une retraite ? Génial ! Tu me raconteras ?

— Mais bien sûr ! Tu m'en veux pas ? T'es sûre ?

— Non, t'inquiète, je sais que c'est essentiel pour toi.

Sophia allait toujours au bout de ses idées, sans compromis. Et Chloé l'admirait aussi pour cela.

Cette annonce ne la surprit guère. C'est à Boston que Sophia avait éprouvé le besoin de méditer pour étancher sa soif de spiritualité. Elle avait alors poussé les portes d'un monastère bouddhique. À Paris, pendant ses années de lycée, elle s'était mise à fréquenter un temple où elle avait fait la rencontre de Lama Teunsang, dont elle avait suivi les enseignements avec ardeur. Cette rencontre en appellerait une autre, plus décisive encore, celle de Sanjay, au Népal.

— Maman est à Paris pour deux jours, je dois filer la rejoindre, annonça-t-elle en consultant les aiguilles à son poignet.

— Tu l'embrasses pour moi ?

— Ce sera fait, répondit-elle, impatiente.

— Au fait, comment il s'appelle, ce sale type qu'il faut que tu oublies ?

— Arnaud Delapierre.

Le soleil pointait au zénith, les dernières traces de pluie au sol avaient fini par s'évaporer. Les deux jeunes femmes s'étreignirent longuement et prirent des directions opposées. Chloé était alors loin d'imaginer combien l'été à venir modifierait à jamais la trajectoire de vie de son amie.

7

Garches, juillet 2016

— *Et si tu te contentais de ce que tu possèdes déjà ?*

La question revenait en boucle, lancinante, tandis qu'une nuit noire et désertique m'enveloppait de son voile. Étais-je vivant ou mort ? Quelle sensation effrayante de l'ignorer ! Je me voyais au sol, nu, allongé sur le dos, les bras en croix, immobile. Dans le noir, deux points lumineux me fixaient. On aurait dit le regard du Tout-Puissant depuis la voûte céleste. Voulait-il en silence m'accueillir en son royaume ? Je ne sentais plus mon corps. Incapable de bouger, je demeurais là, à contempler ces mystérieuses étoiles. J'étais impuissant. Une angoisse terrible m'assaillait. Je ne pouvais ni me raisonner ni l'atténuer. Mais où étais-je ? Je priais pour fuir au plus vite ce que je pensais être un purgatoire paranoïaque.

Soudain, le désert noir céda sa place à un monde qui me sembla plus réel, bien que tout aussi traumatisant. Brutalement, des images de mon accident se succédèrent comme des flashs qui vous éblouissent et saturent vos pupilles. Le tunnel, les néons blancs, le fracas terrible des tôles, le noir infini. Toutes ces pièces du puzzle se mélangeant dans la plus effrayante confusion. Puis la réunion à l'hôtel Méridien surgit, et cette femme bousculée dans le hall apparut elle aussi. Le film de mes souvenirs se rembobinait dans un tumulte d'images.

Depuis combien de jours ou de nuits étais-je dans cet état ? Mes paupières, toujours closes, ne laissaient filtrer qu'une lueur rose. Un masque plaqué sur mon nez et ma bouche m'imposait la cadence de mon souffle.

Mon sens auditif, aiguisé quand mes paupières m'abandonnaient, était à peine plus vaillant. Je pouvais ressentir, dans un brouillard cotonneux amassé autour de mon crâne, les gloussements des infirmières, des bruits de talons ou de portes. Je distinguais aussi les sons métalliques des instruments médicaux atterrissant dans le plateau en inox. Quand les médecins parlaient à voix basse, lors des visites, ils semblaient dire que mon état me privait de toute communication fonctionnelle avec ce qu'ils nommaient le « monde réel ». L'image collait à merveille. Je désirais, de toutes mes maigres forces, me persuader qu'ils se trompaient. Désespéré, je tentais de collecter le plus de signes possible de ce monde réel. Perdu dans cette brume où mes sens les cherchaient à tâtons, je voulais plus que tout émettre un signe, déjouer leur constat, prouver que j'étais capable de réagir. Un raclement de gorge ou la moindre phalange remuée auraient suffi à attirer leur attention. Un signe, un seul, auquel j'aurais pu m'agripper pour ne pas être happé dans les entrailles de l'enfer. Surtout, ne pas retourner dans le désert. Mais rien ne venait.

Un matin, je crus deviner une infirmière lorsqu'elle effleura mon bras de sa main fraîche. Elle devait me savoir condamné au silence, enfermé dans ma prison de chair, puisqu'elle ne m'adressa pas la parole. L'effluve qui émanait d'elle chatouilla mon odorat. Ce parfum fleuri me rappela les odeurs de l'été, dans le massif des Maures, où j'avais pris l'habitude de passer mes rares congés en famille. D'abord il y eut celle, sucrée, des pins parasols figés par le poids de la chaleur harassante. Il y eut ensuite celle, iodée, apportée de la mer par le vent, et celle, aromatique, des pousses sauvages de romarin, de thym et de lavande. Par association sensorielle, l'image d'un ciel azur infini envahissait mes pensées. Je retrouvais enfin un peu de sérénité et de couleurs dans mon horizon si sombre. Le léger choc du moniteur qui surveillait mes paramètres vitaux contre le lit me tira de mes vagabondages.

À cet instant, j'aurais voulu hurler ma panique. Qu'est-ce que je faisais sur ce lit d'hôpital, sans savoir si j'étais encore en vie ou bien dans un simulacre d'expiation ? La terreur envahissait mon corps de martyr. Mais toujours aucun mot ne sortait de ma bouche asséchée par l'air que m'envoyait la machine. Mes paupières restaient closes. Quelle impuissance ! Ce sentiment d'extrême vulnérabilité et de dépendance l'emportait sur la douleur physique. La pompe à morphine devait y être pour quelque chose.

— Et si tu te contentais de ce que tu possèdes déjà ?

Encore cette fichue voix.

Se contenter ? Posséder ? Je ne saisissais rien de cette question absurde, pas plus que je ne savais qui me la posait. Ces deux verbes tournaient en boucle dans mon crâne. J'avais beau me concentrer, je ne trouvais aucune logique à ces mots. Me contenter d'être entre la vie et la mort ? Et posséder quoi ? Je ne possédais plus rien. C'était bien le diable en personne qui allait bientôt me posséder.

Un soir, je crois, j'entendis plusieurs voix. Je reconnus tout de suite l'une d'elles. C'était Maud. Son timbre doux et sa présence me firent un bien fou. Celle que j'avais épousée, la mère de nos trois enfants, paraissait calme et déterminée à me tirer de là. Ses mots familiers m'apaisèrent. Pour la première fois, je pouvais me raccrocher au vivant, aux miens. À cet instant, j'aurais voulu rompre les chaînes qui me reliaient aux machines de survie, me redresser et l'étreindre si fort.

Je sentis que Maud s'était assise sur le bord du lit. Elle prit délicatement ma main libre de tout cathéter. À ma plus grande joie, je pouvais l'entendre, mais aussi sentir nos phalanges entrelacées.

Je percevais sa peau au contact de la mienne. J'aurais tout donné pour serrer plus fort mes doigts avec les siens. Les emprisonner pour ne plus jamais les laisser me quitter. Mais je n'avais rien à marchander. C'était une chance unique de lui montrer que je réagissais, que j'étais bien en vie. Malgré mes efforts désespérés, je ne pus déclencher le moindre mouvement perceptible dans mes doigts. Mon cerveau était bien le maître, ma main n'en était que son esclave. Il me fallait m'en contenter.

Dès lors, Maud vint me rendre visite tous les jours, enfin, c'est ce que je percevais. Un matin, elle apprit par un médecin qu'elle devrait prendre une douloureuse décision. J'écoutai, impuissant, leur dialogue.

— Votre mari ne montre aucun signe d'amélioration, annonça l'homme, sans une once de compassion.

Il débita son diagnostic abscons d'un ton mécanique.

— Que voulez-vous dire, docteur ? demanda Maud, la voix fébrile.

— Pardon d'être si direct, madame Delapierre, mais rien ne nous laisse penser que votre mari sortira un jour du coma. Et s'il en sort, ses séquelles graves au cerveau devraient être irréversibles. Je vous laisse y réfléchir. Nous pourrions le maintenir dans cet état pendant des mois, voire des années, mais vous avez la possibilité de le débrancher pour que l'on abrège ses souffrances.

— Parce qu'il souffre, en plus ? s'inquiéta Maud.

— Malgré les sédatifs, il semble que votre mari ressente certaines sensations désagréables, peut-être douloureuses. Il réagit anormalement parfois, répondit de manière évasive le médecin.

Un silence lourd, sans fin, envahit la pièce. Un frémissement, imperceptible par Maud qui tenait ma main, parcourut ma colonne vertébrale. J'étais tétanisé à l'idée que l'on me débranche, que l'on décide de m'ôter la maigre chance de vie qu'il me restait.

Je sentis la main de Maud se dérober sans que je puisse la retenir. J'imaginais une immense tristesse s'emparer d'elle. J'étais incapable de soulager ses sanglots. Ils poursuivirent leur conversation.

— Je sais que c'est un choix difficile. Réfléchissez-y avec vos proches et, quand vous serez prête, nous en reparlerons tranquillement, suggéra le médecin sur un ton plus empathique.

— Merci, docteur, se contenta-t-elle de répondre.

La voix timide et douce de l'infirmière nous apporta un peu de réconfort.

— Je vous raccompagne, madame Delapierre, lui proposa-t-elle.

J'imaginais Maud fissurée par le doute. Je m'en voulais tant d'être désarmé, de lui faire subir ce dilemme. Je me rendais compte de combien elle avait été une femme forte et courageuse, mais je ne le lui avais jamais déclaré à cœur ouvert. Mon ego m'avait aveuglé pendant tout ce temps. Maud était une femme exceptionnelle, qui vivait dans l'ombre d'un homme qui ne lui arrivait pas à la cheville. Elle prendrait la bonne décision.

Une nuit, mais je ne saurais en être certain tellement mes repères temporels étaient bouleversés, la voix me parut presque familière, sans doute à force de l'entendre.

— Et si tu te contentais de ce que tu possèdes déjà ?

C'était étrange, je n'arrivais toujours pas à identifier cette voix extérieure à moi. Était-ce mon cerveau qui adoptait un timbre féminin pour brouiller un peu plus les pistes ? Je devais flotter dans les méandres de ma conscience, perdu, à la dérive dans un trou noir infini.

— Le contentement est un art subtil qui libère celui qui le pratique, poursuivit la voix.

Je fus stupéfait. Pour la première fois, la voix avait prononcé une nouvelle phrase. « Le contentement est un art subtil qui libère celui qui le pratique. » Qui pouvait bien vouloir m'attirer sur ce terrain plus philosophique qu'expiatoire ? Je m'attendais au jugement dernier, pas à une invitation à la réflexion. Je lâchai prise davantage, puisque mon destin ne reposait plus que sur la décision imminente de Maud. Je crus bon de ne plus subir la situation et décidai d'explorer un peu plus les contrées les plus sombres de mon nouvel horizon. Après tout, autant démarrer sur de bonnes bases avec le nouveau propriétaire des lieux, surtout si vous savez que vous le côtoierez pendant un bon bout de temps, en l'occurrence l'éternité.

Si improbable et irrationnel que cela m'apparût, mon état de conscience minimal me permit d'entamer, pour la première fois depuis l'accident, un véritable dialogue avec moi-même. C'est en tout cas comme cela que je tentai de m'expliquer les choses. Mais cette voix féminine n'était pas celle de ma conscience, car elle m'effrayait, en fait. Je cherchais encore mille raisons d'espérer que cette interminable nuit prendrait soudain fin. Je désespérais de retrouver ma femme et mes enfants, de revoir le jour et de laisser le soleil m'éblouir de nouveau. De retrouver la vie.

— Le contentement est un art subtil qui libère celui qui le pratique, affirma la voix une nouvelle fois.

Cette fois, pour ne pas basculer dans la folie, je crus bon d'imaginer la présence d'un corps incarnant cette voix. Elle devait surgir des zones marécageuses les plus sombres de mon cerveau, victime du traitement chimique que mon état désespéré imposait…

Contre toute attente, je décidai de répondre à l'invitation. Lentement, je me laissai convaincre qu'il s'agissait d'un dialogue et non de mon monologue intérieur. Je me voyais tenter en vain de bouger les lèvres, d'émettre un son dans cet échange silencieux dont personne n'était le témoin.

— Qui êtes-vous ? osai-je demander dans ma tête.

Fébrile, j'appréhendais, en guise de réponse, une colère qui se déchaînerait, m'engloutirait un peu plus dans les ténèbres. Je n'avais plus grand-chose à perdre.

— Tu le comprendras plus tard, répondit la voix.

Je me hasardai à poser une autre question, ou plutôt une salve de questions.

— Mais quel est le rapport avec ma situation désespérée ? Où suis-je, d'abord ? Pourquoi me parler de contentement ? Qui êtes-vous, enfin ?

L'image encore diffuse d'un visage de femme se forma alors dans mon esprit. La voix semblait s'incarner. Je ne pouvais distinguer que le contour flou et quelques traits de ce visage flottant dans le noir au-dessus de moi. J'étais perdu.

— La vérité, c'est que tu ne sais pas te satisfaire de ce que tu possèdes déjà. Et l'insatisfaction est une course sans fin. Elle entraîne la recherche d'un absolu qui n'existe pas, une quête éperdue du toujours-plus qui parfois nous stimule, mais qui finit toujours par nous épuiser. Ton culte de la perfection non seulement te ruine, mais il épuise aussi ton entourage. Tu es capable de tirer les leçons de ton accident, conclut la voix.

Je laissai le silence m'envahir. J'étais sidéré. J'aurais payé cher pour sortir de ce cauchemar surréaliste. Mais qu'avais-je à monnayer ? Chaque mot prononcé résonnait dans mon crâne déjà saturé. Je suppliais pour faire taire cette voix. Elle semblait tant me connaître. Je me voyais basculer dans la folie, aux portes de la mort. Je désirais en finir, que Maud opte pour l'option fatidique. Mais une infime partie de moi voulait que ces phrases m'interpellent. Et si la perspective de tirer les enseignements de mon malheur me donnait une nouvelle chance dans cette vie-ci ? Je voulus me raccrocher à cette idée.

Lorsqu'un profond vertige m'envahit, l'image du visage féminin se dissipa en un instant et laissa place au noir des abysses. Je sombrai de nouveau dans la nuit sépulcrale.

****

Le son strident du moniteur envahit alors la chambre de l'hôpital Raymond Poincaré. La ligne verte erratique des pulsations cardiaques ne laissa rien présager de bon.

— Ses constantes partent encore en vrille. Bipe l'interne, qu'il ramène ses fesses dare-dare, lança, d'un ton maîtrisé, l'infirmière de garde. On va finir par le perdre pour de bon !

8

Katmandou, 2 août 1996

L'Airbus 310 de la Thai Airways venait d'amorcer sa descente sur Katmandou. La jeune étudiante avait peu fermé l'œil durant le vol. Mille et une images avaient défilé dans son esprit. Celle de Chloé d'abord, l'étreignant avant qu'elle ne franchisse le contrôle de sécurité pour embarquer à Roissy. Elle avait plongé longtemps tout son visage dans la chevelure de Sophia, laissant l'effluve de son parfum ambré imprégner celle de son amie. Elles s'étaient promis de s'écrire aussi souvent que possible pendant les cinq semaines qui allaient les séparer. L'image, ensuite, moins agréable, de ses derniers jours de stage. Les mines tristes de ses collègues, l'ambiance pesante, l'anxiété rivée au ventre. L'image enfin de cet homme qui dirigeait le département. Elle revit son visage d'ange, lisse comme un lac paisible dont chacun connaissait les fonds ténébreux. Il semait un malaise à chacun de ses passages. Il imposait son goût pour la perfection, la froide mécanique de ses raisonnements. Ses émotions, s'il en avait, il les réservait à sa maîtresse, se moquait-on. Mais Sophia refusa de laisser ces souvenirs encore douloureux lui ronger l'esprit.

Elle décida de se projeter dans la retraite qui l'attendait sur un sommet de la vallée de Pokhara, au nord-ouest de

Katmandou. Confiante, elle n'avait pourtant aucune idée de ce qu'elle allait y découvrir, et c'est bien cela qui l'excitait. Au fond de la poche intérieure de son sac à dos, emprunté à un ami trekkeur, se trouvait un morceau de papier griffonné. Elle l'avait gardé sur elle. Y figuraient trois mots que lui avait soufflés Lama Teunsang à Paris, comme autant d'indices. Le vénérable Rinpoché, qui enseignait à la jeune Sophia l'art de la méditation Vipassana depuis quelques mois, lui avait conseillé de se rendre au monastère de Sarangkot, près de la ville de Pokhara. Voilà pour les deux premiers indices. Le troisième indiquait le nom de son contact sur place, Sanjay, sans aucune autre explication. Et si ce moine n'était pas à la hauteur de sa quête spirituelle ? Si ses innombrables questions restaient sans réponse ? « Quelle présomptueuse fais-tu ! » se dit-elle en haussant les épaules. À travers le hublot, les bâtisses insalubres couleur terre de trois ou quatre étages, aux toits précaires, aux ventres ouverts où s'entassait la misère, se rapprochaient. L'avion allait bientôt se poser sur la piste de l'aéroport qui avait la triste réputation d'être le plus dangereux du monde. Sophia se souvint d'en avoir été prévenue par Chloé. Elle se raidit soudain et se cramponna aux accoudoirs.

Pokhara, Sarangkot, Sanjay… Pokhara, Sarangkot, Sanjay… Sophia se rassurait en prononçant les trois noms dans sa tête. Elle affectionnait le son de ces syllabes exotiques qui allaient lui ouvrir les portes d'un monde qu'elle ne quitterait plus. Le contact brutal des roues avec la piste d'atterrissage rasséréna Sophia. Elle avala les dernières gouttes d'eau restées au fond de son verre et réunit ses affaires pendant que l'avion rejoignait son point de stationnement. En descendant l'escalier d'embarquement qui la mena sur le tarmac et vers la salle de contrôle des passeports, l'étudiante appréhendait une queue interminable.

Elle avait vaguement suivi dans les médias l'insurrection menée depuis février par les rebelles maoïstes. Elle craignait que celle-ci n'entraîne des interrogatoires sans fin. Avait-elle le faciès d'une maoïste occidentale en quête de sensations fortes soutenant la rébellion népalaise ?

— Passeport ! la somma l'agent en chemise bleue à manches courtes, sans pour autant la gratifier d'un sourire.

— *Namaste!* lui dit Sophia, espérant avoir bien prononcé le mot.

— Où allez-vous loger à Pokhara ? lui demanda l'employé dans un anglais approximatif, sans quitter des yeux le passeport de la jeune femme.

— À Sanjay ! bafouilla-t-elle. Non ! Je veux dire à Sarangkot, pardon !

« Ça y est, je suis bonne pour l'interrogatoire. » Le Népalais releva les yeux par-dessus ses fines lunettes métalliques et la dévisagea un instant. Il reposa d'un geste brusque le passeport tamponné du précieux sésame. Il avait déjà porté son regard vide sur le passager suivant.

—*Next, please!* annonça-t-il, avec la mine fermée d'un type dont la longue journée de travail ne faisait que commencer.

Sophia se sentit plus légère en se dirigeant vers le tapis roulant pour récupérer son sac. Elle en sortit aussitôt un gilet. Ici, la fraîcheur vous rappelle que vous êtes en altitude, proche du toit du monde.

Les sept heures d'autocar jusqu'à Pokhara défilèrent aussi vite que les paysages grandioses des abords majestueux de l'Annapurna qui s'offraient à elle. Assise à côté d'un trekkeur hollandais à la peau pâle, elle discuta avec lui de leurs motivations à visiter ce petit pays. Le jeune Batave envisageait de faire le tour des Annapurnas. Elle évoqua son intention de renforcer sa pratique de la méditation et du yoga, sans en dire plus. Il était intarissable comme un guide touristique, mais n'apprit rien à Sophia qu'elle ne connaissait déjà sur le Népal. Elle l'écouta par politesse pendant un trop long moment. Ses yeux gonflés de fatigue lui piquaient, elle avait de plus en plus de mal à soutenir la conversation qui virait au monologue.

L'autocar arriva enfin à Pokhara. À la descente, Sophia fit quelques pas pour se dégourdir les jambes. Elle s'étira en prenant une profonde inspiration. L'air pur qui gonfla ses poumons lui fit le plus grand bien. Une odeur sucrée et épicée lui chatouilla les narines. Les borborygmes de son intestin lui rappelèrent le maigre repas avalé dans l'avion. Après avoir récupéré son sac à dos dans le ventre du vieux car à bout de souffle, Sophia s'éloigna de la gare routière. Elle marcha plusieurs minutes vers le nord afin de s'isoler pour contempler le paysage. La pluie avait cessé de tomber, et la voûte grise du ciel avait cédé sa place à un océan d'azur. En balayant du regard les neiges éternelles des cimes, elle fut tout entière pénétrée de la beauté saisissante des hautes montagnes du massif de l'Annapurna. L'étudiante n'en revenait pas. Elle savourait la chance qu'elle avait. Un immense sentiment de gratitude l'envahit. Bientôt, la nuit allait tomber et la température chuterait. Les pommettes rougies, Sophia enfonça un peu plus son bonnet pour couvrir ses lobes d'oreilles déjà transis.

Les cris de la horde d'enfants qui l'encerclait avaient fini de rompre sa quiétude.

— *Rupaiyãm ! Rupaiyãm !* criaient-ils de leur voix stridente, en tendant leurs petites paumes sales.

En posant les pieds sur le sol d'un des pays les plus pauvres de la planète, peuplé en partie d'enfants orphelins, la future chercheuse savait ce qui l'attendait. Elle ne comptait pas jouer les touristes en feignant d'ignorer ces gamins qui quémandent quelques roupies pour survivre.

— Sarangkot ? Qui peut m'amener à Sarangkot ? tenta Sophia en anglais, ne sachant pas où donner de la tête au milieu de la nuée piaillante.

Elle n'était pas encore à destination.

L'un des plus âgés lui fit signe de le suivre. Un autre lui prit la manche et l'entraîna dans une autre direction, scandant :

— *Follow me! Follow me!*

Mais par où aller ? À qui faire confiance ?

Soudain, un petit garçon d'à peine dix ans, plus malicieux que les autres, attira le regard de la jeune femme. Son pull troué, trop grand pour lui, dépassait de son gilet vert. Un bonnet de laine grise vissé jusqu'aux cils surmontait un visage espiègle. Il riait tout le temps. Une morve épaisse lui coulait jusqu'aux lèvres. Ses joues rouges faisaient ressortir ses beaux yeux bridés. Tout autour de sa bouille, une crasse de plusieurs jours rappelait combien l'hygiène était un luxe ici.

— Sanjay ! Sanjay ! s'époumonait le jeune Népalais.

Le cœur de Sophia cogna plus fort. Par quelle coïncidence ce garçon pouvait-il deviner qu'elle cherchait Sanjay ? Pourquoi était-il le seul parmi cette myriade d'enfants à connaître celui qu'elle cherchait sans qu'elle en ait prononcé le nom ? Les cris aigus donnèrent le tournis à la jeune Occidentale.

Elle s'accroupit à la hauteur de l'enfant et fixa ses yeux pour y sonder la vérité. Elle ne voulait pas se faire balader. Le petit garçon se calma aussitôt, les autres aussi.

— Tu connais Sanjay ? Tu peux me conduire à lui ? lui demanda-t-elle en articulant bien chaque syllabe.

— *Yes, Sanjay, yes!*

Elle n'avait d'autre choix que de le suivre. Après tout, savoir qu'un enfant connaissait son unique point de contact sur cette terre inconnue la rasséréna. Elle se redressa, ajusta les sangles de son sac à dos, puis ils se mirent en route. Elle ne se doutait pas qu'il lui faudrait encore avaler deux heures de marche et sept cents mètres de dénivelé pour atteindre le village perché de Sarangkot. Une poignée d'enfants accompagnèrent la jeune femme et le petit éclaireur, mais ils firent demi-tour quelques dizaines de mètres après avoir quitté la périphérie de Pokhara. Ils avaient fini par obtenir une poignée de roupies de plus.

****

Lorsqu'ils arrivèrent au sommet, les dernières lueurs du jour enveloppaient le gompa blanc d'un halo doré de quiétude. Niché sur la crête, le monastère semblait posé là depuis des siècles, indifférent au temps. Les drapeaux à prières aux cinq couleurs, suspendus entre le toit et les rochers, rappelaient aux visiteurs qu'on y pratiquait le bouddhisme tibétain. En haut des marches, le jeune guide fit signe à l'étudiante d'attendre. Quelques minutes plus tard, un moine à peine plus âgé qu'elle lui proposa d'entrer. Drapé dans sa robe ocre, l'épaule droite dénudée, chaussé d'une paire de sandales usées, le jeune homme semblait insensible au vent glacial qui parcourait les corridors. Le jeune guide n'était pas revenu. Avant même qu'elle ne prononce le moindre mot, son hôte s'adressa à elle.

— Je vous invite à vous asseoir ici.

Il désigna le minuscule banc d'une pièce éclairée par la timide lumière de trois bougies vacillantes. La température ne devait pas dépasser les dix degrés.

— Chagtulk Rinpoché va vous recevoir, annonça-t-il.

Il devait y avoir erreur. Elle venait voir Sanjay, et non Chagtulk Rinpoché, s'inquiéta-t-elle, mais elle n'osa pas rappeler le moine, qui avait déjà tourné les talons. Elle se mordit la lèvre, se reprochant de s'être embarquée dans un possible quiproquo. La fatigue de ce long voyage depuis Paris commençait à entamer son enthousiasme. Ses paupières se faisaient plus lourdes, ses yeux la piquaient davantage. D'un geste lent, elle fit glisser les paumes de ses mains fraîches du front vers les mâchoires inférieures, comme pour soulager les marques de son périple. Elle prit soin de ralentir lorsque ses index et majeurs contournèrent ses yeux clos. Au moment où elle les rouvrit, elle se trouva face à un homme qui pouvait avoir soixante ans. Silencieux, le visage paisible, il avait le buste droit malgré son âge. Elle fut d'emblée touchée par son magnétisme. « Il y a, se dit-elle, des êtres dont vous sentez, dès le premier contact, toute la bonté. Et la confiance qu'ils vous inspirent sans même avoir prononcé un mot. » D'une voix veloutée, il s'adressa à elle.

— Bienvenue, Sophia. Vous devez être harassée par votre long voyage. Voulez-vous une tasse de thé ?

Surprise que l'homme connaisse son prénom, Sophia pensa : « Décidément, dans ce pays, tout le monde vous connaît ! »

— Bonsoir, heu… Merci, mais il doit y avoir une erreur, répondit-elle. Je viens voir Sanjay.

Le lama sourit et lui tendit une main à la peau rugueuse et cuivrée. Sophia sentait qu'elle devait lui faire confiance. Tout en lui serrant la main, elle le regarda dans les yeux comme pour mieux lui ouvrir les portes de sa fragilité.

— Mes amis m'appellent Sanjay. Mais, au bureau, mon nom officiel, c'est Chagtulk Rinpoché, dit l'homme, imperturbable.

Un sourire amusé rida ses lèvres. Sophia se sentait embarrassée par sa méprise, mais l'humour de son hôte lui réchauffa le cœur. Ces paroles libérèrent les tensions de son corps qui avait parcouru des milliers de kilomètres. Elle sentit les muscles de son ventre et de ses mâchoires se relâcher. Bien que terrassée par la fatigue, elle fixa toute son attention sur son hôte. Il réitéra sa proposition de lui offrir le thé.

— Ah, oui, avec plaisir. Enchantée de vous rencontrer.

L'homme lui servit alors une tasse fumante, accompagnée d'un biscuit local. Ses gestes, lents et maîtrisés, inspiraient à Sophia un grand respect. Il l'invita à le suivre à travers les corridors du monastère.

Soudain, les voix profondes et vibrantes des moines qui récitaient leur prière résonnèrent dans tout l'édifice. Curieuse, Sophia demanda au lama pourquoi il ne priait pas avec eux.

— Oh, je les rejoindrai bientôt, répondit-il, sans se retourner. J'ai quelques heures de prière d'avance sur les novices.

Chez Sanjay, sagesse rimait avec humour. Quant à Sophia, elle ne savait pas par quelles questions commencer. Après tout, elle avait parcouru plus de sept mille kilomètres pour s'enfermer pendant cinq semaines dans un monastère et approfondir sa pratique méditative, cela méritait bien quelques éclaircissements.

— Comment ce jeune garçon a-t-il su que je venais vous trouver ? Comment étiez-vous certain que je le suivrais, lui, et pas un autre ?

— Je l'ai envoyé vous guider. Il était le seul à savoir que vous veniez au monastère. L'entendre prononcer mon nom suffirait à vous rassurer.

— Mais comment saviez-vous que je venais suivre une retraite à vos côtés ?

Il esquissa un sourire malicieux qui étira ses lèvres. Ses yeux pétillaient sous ses sourcils dressés. On aurait dit que le moine commençait à apprivoiser son impétueuse visiteuse.

— Vous savez, Sophia, nous sommes en 1996.

Il marqua une pause.

— Nous aussi avons des outils modernes de communication, ironisa le sage, amusé. J'ai reçu un message électronique de mon vieil ami de Paris, Lama Teunsang, m'annonçant votre venue. Alors, vous allez passer cinq semaines dans notre communauté, n'est-ce pas ?

— Oui, mais j'avoue que j'appréhende un peu la chose, répondit Sophia.

Les gorgées de thé lui réchauffaient à présent tout le corps. Elle sentit l'apaisement se diffuser dans chacune de ses cellules. La voix et la présence rassurante du moine y furent pour beaucoup. Mais une autre raison, plus fondamentale encore, expliquait sa soudaine équanimité. Sophia trouvait déjà dans cet homme l'affection d'un père qu'on lui avait ôté avant sa naissance.

Il était plus de vingt-trois heures. Sentant la fatigue envahir sa jeune élève, Sanjay proposa de la faire accompagner à sa chambre. Il lui donna rendez-vous le lendemain matin, dès six heures, pour la première séance de méditation et de prière.

Découvrant sa chambre spartiate, Sophia comprit qu'elle était bien au fond d'une vallée au Népal, dans un monastère, seule Occidentale embarquée dans une longue retraite. Difficile de se l'avouer au moment de s'endormir, mais ni sa mère ni Chloé ne lui manquaient.

9

Madrid, début d'automne 1975

La première à Pleyel fut un triomphe. L'ensemble des instrumentistes, y compris le premier violon, d'ordinaire peu enclin à partager la lumière, adopta la nouvelle soliste. La tournée débuta par les capitales européennes avant de s'envoler vers l'Amérique, puis l'Asie. Henri ne manqua pas de prendre des nouvelles d'Élisabeth, toujours en rééducation. Après chaque représentation, les amants s'octroyaient du bon temps dans la métropole qui les accueillait. Et c'était Anna qui était à la manœuvre. Le maestro adorait se faire surprendre par ses choix décalés. Un soir, la pianiste entraîna Henri dans l'un des tout premiers bars underground du Madrid qui amorçait la révolution contre-culturelle espagnole. La Movida offrait un vent de liberté dans ce pays qui sortait à peine de la longue dictature franquiste. Anna jouait les guides dans une ville qu'elle découvrait elle aussi et dont elle s'enivrait du parfum d'insouciance. Écumant les quelques bars de Malasaña, la pianiste se fondait dans cette cohue bigarrée de jeunes artistes rebelles, tandis que Henri ne lui lâchait pas la main et s'efforçait de tenir le rythme des bières ingurgitées. C'était leur jeu. Lui dirigeait le jour, le temps des répétitions et du concert. Et dès que la nuit recouvrait le ciel de son immense voile sombre, après le spectacle, Anna reprenait la baguette pour les conduire parfois jusqu'aux premières lueurs de l'aube et de ses douces promesses.

Le maestro avait tu à son épouse sa liaison avec la jeune pianiste. On aurait dit deux flammes virevoltantes qui jouaient à s'attraper au-dessus des braises. Leur passion brûlante n'avait d'égale que celle qu'ils vouaient tous les deux à la musique classique. Henri sentait que le temps des promesses allait resurgir. Celle faite à Jeanne, qu'il s'était engagé à honorer toute sa vie. Celle aussi d'une jeune femme au teint diaphane, aux doigts si agiles, au romantisme débridé, éprise de liberté, qui lui demanderait bientôt une nouvelle preuve d'amour.

— J'ai le sentiment d'être un animal sauvage qu'on libère après quinze ans de captivité. Comme si je me réveillais d'une longue anesthésie. Je redécouvre les saveurs de la vie. Je réapprends à aimer éperdument, follement. Avec Anna, c'est plus qu'un coup de foudre. Tout en elle éclate d'une grâce, d'une évidence qui me foudroie de bonheur. Je me perds dans ses éclats de rire, sa sensualité. Son insouciance m'étourdit. Son talent me subjugue. Je suis comme envoûté, impuissant.

Son confident était André, le premier alto. Les deux hommes s'étaient liés d'amitié lors de leurs études au Conservatoire de Paris. Accoudé au comptoir du bar de l'hôtel, André écoutait Henri depuis quelques minutes. Soudain, il arqua un sourcil et l'interrompit d'une voix posée.

— Mais où est le problème, alors ? À voir ta tête, ton idylle a l'air de t'effrayer !

Ayant dit ces mots, il lui lança un sourire d'une douceur réconfortante.

— Justement. Ce que je croyais n'être qu'un moment d'égarement prend des proportions qui m'échappent. Je suis déboussolé. Et Jeanne ? Jamais je ne pourrai l'abandonner pour Anna.

En vérité, Henri avait peur. Une peur froide qui s'infiltrait sous la peau, dans ses veines. Peur de se perdre, loin de sa route, loin du territoire confortable d'une captivité qu'il avait souhaitée. Anna s'était glissée dans son enclos pour le libérer, et l'aube les avait avalés. Il se sentait si fragile, vulnérable, hanté par la peur de l'avenir vissée au ventre.

— Et si tu attendais la fin de la tournée pour y voir plus clair ? suggéra André.

— Mais je serai encore plus perdu ! Et puis Jeanne va finir par découvrir notre liaison.

— Si elle la découvre, tu avoues ?

— J'en sais rien. Oui, probablement... J'en sais foutre rien !

À cet instant, l'aphorisme de Robert Louis Stevenson vint se loger dans sa tête. « Un silence peut être parfois le plus cruel des mensonges. »

— Oui, je crois que je lui dirais la vérité. Je la lui devrais.

À présent, le regard languide, Henri se sentait tiraillé jusque dans ses entrailles. Cette saudade commençait à le ronger. Et s'il avait déclenché un gâchis incommensurable ? Comment un homme aussi droit et intègre avait-il pu basculer dans l'irraison ? En songeant à ses égarements passionnels dans les bras d'Anna, il sentait sa conscience s'asphyxier sous l'étreinte de remords chaque matin plus déchirants.

— *Mi amor*, tu en fais une tête ! lança Anna, venue les rejoindre.

Moulée dans un jean brodé aux pattes d'éléphant qui laissaient deviner des talons en liège vertigineux, Anna portait une blouse bleu électrique ornée d'une ceinture en cuir, percée de strass, qui enveloppait ses hanches souples. Ceints d'un foulard en soie, ses cheveux épais et chatoyants, impeccablement tirés en arrière, révélaient le grain pâle de sa nuque. Ses yeux de chatte, démesurément allongés par un eyeliner ravageur, surplombaient un minois aux lèvres brillantes et sucrées qui annonçaient le ton de la soirée, dans la chaleur suave d'une fin d'été indien madrilène.

— Non, tout va bien ! mentit Henri.

Pourtant, le maestro retrouva en un instant l'enjouement dont il ne se départait jamais en sa présence. Une nouvelle preuve irréfragable du don d'envoûtement d'Anna.

— Alors, *vamos* ! lança la pianiste à son don Juan.

— On se voit au petit-déjeuner, dit Henri en se retournant vers son confident.

— Oui, enfin, l'avion est à quatorze heures, remarqua André. Profitez de votre grasse matinée !

André adressa un sourire complice à son ami. Plus personne dans l'orchestre n'ignorait leur liaison.

— *Hasta mañana*, André !

Anna prit la main de Henri dans la sienne, sans lui laisser le choix, et l'entraîna dehors où elle héla un taxi. Bien décidée à aimer cet homme de toute la puissance de sa déraison, à se consumer d'amour pour lui s'il le fallait, à chaque instant et jusqu'au bout de la nuit, lorsque les premières lueurs de l'aurore perceraient le ciel encore étoilé.

10

Garches, août 2016

LES BLOUSES BLANCHES venaient matin et soir, je crois, débattre de mon sort désespéré, au pied de mon lit. L'une de ces blouses, un jeune interne à la voix encore juvénile, se hasardait à pronostiquer l'imminence de ma mort cérébrale. Une autre, à peine plus optimiste, suggérait de tenter un dernier traitement. Une troisième proposa de ne rien changer, dit qu'il fallait attendre. Soit, mais attendre quoi ? La décision de Maud ? À vrai dire, je n'avais aucune idée du temps qui s'était écoulé depuis l'accident ni du temps qu'il me restait à vivre. Des jours, peut-être quelques semaines. Je percevais un vague cycle de vingt-quatre heures, rythmé par les visites des soignants. Sans le savoir, ils étaient mes seuls points de repère temporels, avec les visites de Maud.

Un matin, alors que ma machine crachait à intervalles réguliers le son aigu de mon rythme cardiaque, j'entrouvris pour la première fois les paupières, lourdes comme des portes de prison. Je devinai une chambre et un lit dont l'horizon métallique donnait sur une lithographie accrochée au mur. Le jaune pâle de ce mur contrastait avec la lumière artificielle des écrans de contrôle. Des tubes et des câbles, tels les tentacules invasifs d'une pieuvre, me reliaient à la vie.

La nuit qui suivit, la voix se fit plus précise dans ses suggestions. Et le visage féminin, nimbé d'une aura blanche, me sembla moins flou que d'habitude. Je pouvais maintenant distinguer ses traits paisibles. Elle avait de fins sourcils, des yeux en amande et une peau claire. Difficile de lui donner un âge, mais elle pouvait avoir une trentaine d'années, en tout cas dans la quatrième dimension où j'étais plongé. Ce visage me rassura : cette autre personne ne pouvait pas être moi. La folie s'éloignait peu à peu.

— As-tu réfléchi à notre première conversation ? Peux-tu te contenter de ce que tu possèdes déjà ? Ton accident va-t-il te servir de leçon ?

Ça recommençait. Je sentis ma gorge, pourtant entravée par un tube, se nouer. J'avais la conviction, brûlante et sourde, absurde, de n'être qu'un pantin actionné par cette femme. Je me laissais de nouveau submerger par une vague de désespoir au cœur de cette nuit dantesque qui n'en finissait plus.

Je pris de longues secondes avant de répondre, mesurant le surréalisme de ce dialogue.

— D'abord, je ne sais toujours pas qui vous êtes ni d'où vous sortez. D'ailleurs, vous ne pouvez pas me parler puisque vous n'existez pas.

— Je suis là pour t'aider, n'aie crainte. As-tu réfléchi à notre première conversation ?

Je tentai une pirouette en l'amenant sur un terrain que je pensais maîtriser mieux.

— Pour m'aider ? Soit. Le métier de dirigeant d'entreprise ne souffre pas l'approximation ni le contentement, osai-je.

Je m'exprimais au présent, comme si j'allais retrouver ma vie d'avant, sans séquelles. Je poursuivis.

— Il faut toujours se réinventer, se remettre en question, sous peine de se faire croquer par ses concurrents. D'abord, que savez-vous

de la difficile loi de la concurrence et du rôle de chef d'entreprise ? Et puis, tout ce que je possède, comme vous dites, il me semble l'avoir mérité à la mesure de tout ce que j'ai sacrifié pour cette société pendant plus de vingt ans.

Parler de mon travail m'évitait de m'exposer trop intimement. Je devais rester vigilant.

— Tu sais que tu peux te racheter, chuchota la voix, attendrie. Tu sais au fond de toi les déviances qui t'ont mené à ces comportements.

Je tressaillis à l'idée que cette femme, fruit de mes délires, puisse pénétrer ainsi mon intimité. Pour mettre un terme à cette intrusion, je refusai de poursuivre le dialogue et la laissai parler toute seule. J'allais être servi.

— Ton incapacité chronique à te poser pour profiter de l'instant ou pour savourer tes succès t'apparaît au grand jour. Or, tu serais capable de tout inverser, si tu le décidais.

Quel gâchis ! Quel germe d'espoir, aussi ! L'homme que j'étais et dont la vie dépendait en partie de ces moniteurs qui le cernaient commençait à saisir l'ampleur des trésors déjà présents en lui et autour de lui. J'étais comme un gosse qui ouvrait une malle emplie de pièces d'or et de pierres précieuses. Mais mes yeux n'avaient jamais su ou voulu les voir. Rien n'était perdu, me rassurai-je, bien au contraire.

— Comme de nombreux dirigeants, hélas, tu t'es formaté. Piégé par tes croyances, tu es devenu si prévisible ! Un bon dirigeant doit-il obligatoirement épuiser ses troupes, leur demander l'impossible en permanence, et refuser de reconnaître les efforts de ses collaborateurs ? Un bon dirigeant doit-il être intraitable pour être respecté, froid comme une machine pour éviter de révéler sa satisfaction ? Je suis certaine que non et certaine aussi que tu peux libérer ce que tu as de meilleur en toi.

La voix gagnait en liberté, en compassion aussi. Ce que je pensais être un réquisitoire semblait tourner au conseil amical. Son timbre se fit encore plus doux, plus intime et bienveillant. Je restai néanmoins sur mes gardes.

— Le lâcher-prise, c'est savoir se détacher de ses pensées ou des situations difficiles. Il ouvre un champ des possibles incroyable. Laisser les choses être ce qu'elles sont, les accepter telles qu'elles sont, comme des événements successifs, ouvre la voie du contentement. Accepter de ne plus contrôler ce qui peut sembler incontrôlable, voilà un acte de sagesse, et non une preuve de faiblesse.

Contre toute attente, ces derniers mots eurent sur moi l'effet d'une dose de morphine. Un shoot d'apaisement qui irradiait partout dans mon corps encore traumatisé. Accepter ces paroles me faisait du bien. Je parvenais peu à peu à apprivoiser cette voix. Mes pupilles réapprenaient à réagir aux éclats de lumière projetés par les néons ou par les reflets métalliques. Le soleil éblouissant m'obligeait de nouveau à fermer les paupières. Parfois, entre deux cillements, mes rétines captaient de nouveaux détails de ma chambre. Et si le contentement était la voie royale vers la paix intérieure ? Fragile et toujours désemparé, je n'avais d'autres choix que d'aller au bout de cette histoire dingue.

Malgré moi, je fus alors projeté dans mon passé. Contentement ? Acceptation ? J'avais beau fouiller chaque recoin de ma mémoire vacillante, aucun de ces mots n'apparaissait dans mon enfance ou mon adolescence. La faute à mes parents austères et prisonniers d'une conception trop rigoriste de leur foi ? Trop facile, mais si déculpabilisant. Le premier flash qui me revint fut un patriarche me rappelant régulièrement qu'il fallait garder ses sentiments pour soi, lui-même incapable d'exprimer et d'assumer la moindre émotion. Aussi loin que je puisse explorer mes souvenirs, je ne crus pas me rappeler avoir reçu un seul « Je t'aime » ni une seule étreinte dans les bras de mon père. Par pudeur ou facilité, je n'ai moi-même qu'en de trop rares occasions exprimé mon affection à Maud ou à nos trois enfants.

J'avoue m'être comporté comme un sale égoïste avec cette femme que je sentais s'éloigner peu à peu de moi. Cet évitement sentimental était en fait un refuge confortable. J'en mesurais à présent les ravages.

Contentement ? Acceptation ? J'aurais voulu hurler mes regrets à l'horloger du temps, le supplier de me concéder une autre chance. Rien n'y faisait. Je ne pouvais que subir et écouter les paroles de cette femme qui visait si juste et qui, au fond, me faisait le plus grand bien.

Une nuit, je finis par lui demander qui elle était, pour me connaître si bien.

— Je suis le miroir apaisant de ta conscience, se contenta-t-elle de répondre.

— Et quel nom porte ce miroir ?

Jamais elle ne se livra à moi, me plongeant un peu plus dans l'incertitude. Cette femme semblait mieux me connaître que Maud. Elle explorait le tréfonds de mon âme. Le désirais-je ? Je ne pouvais qu'espérer d'elle ma rédemption, sans savoir où celle-ci me mènerait. Mais, cette nuit-là, grâce à elle, j'appris à me contenter.

11

Katmandou, août 1996

Réveillée par les sons mats et cuivrés, grandissants et mourants des bols chantants, Sophia eut, au début du séjour, du mal à s'extraire de la petite natte qu'on lui avait attribuée. Elle dormait en partie recroquevillée, autant pour conserver sa chaleur que pour garder son mètre soixante-douze à l'intérieur du matelas tressé. En s'étirant, le premier matin, elle se rendit compte que ses pieds dépassaient la natte de plusieurs centimètres.

Après quelques jours au monastère, la jeune femme se sentit plus apaisée. Ses interrogations pourtant demeuraient nombreuses. Ce qu'elle affectionnait déjà le plus, c'étaient les enseignements du soir du lama Sanjay, comme elle l'appelait affectueusement. Sophia se trouvait privilégiée de s'entretenir en tête-à-tête avec l'incarnation d'une lignée remontant à Milarépa. Le lama lui suggéra un jour la lecture d'un petit livre en anglais retraçant la vie de ce yogi, poète et grand maître du bouddhisme tibétain. Ce récit en forme de légende la captiva jusque tard dans la nuit.

Un jour, alors que les pluies torrentielles de la mousson envahissaient les ruelles boueuses de Sarangkot, la jeune femme fit couper court ses cheveux bruns par une villageoise aux mains habiles. Elle voulait marquer son corps pour se rappeler de ne jamais s'écarter de la promesse qu'elle s'était faite ici, en terre népalaise : suivre désormais sa voie.

Un autre matin, elle se rendit au village et se fit tatouer à l'intérieur de l'avant-bras un discret symbole de l'infini. Encore un clin d'œil au pont qu'elle désirait bâtir entre les sciences et la sagesse, au service du bien le plus précieux sur terre : la Vie. Jour après jour, son visage émacié par la frugalité des repas et ses tenues sobres lui permirent presque de se fondre parmi les jeunes moines. Ils l'avaient adoptée, mais sans s'y attacher. En les saluant par les mains jointes à hauteur du visage, Sophia se sentait chaque jour plus à l'aise dans cet univers d'enseignements plurimillénaires. Elle avait appris la plupart des mantras par cœur et dévorait les livres de la petite bibliothèque durant ses heures de repos. Son corps aussi semblait exprimer l'évidence de cette révélation mystique. Ainsi, les articulations de ses jambes, assouplies par des heures de pratique de la méditation, l'autorisèrent petit à petit à rester immobile chaque fois un peu plus longtemps dans la position du lotus. Plongée dans l'immobilité extatique, elle montrait un visage impassible, en paix. À mesure que les séances s'enchaînaient, sa tête devint la cime, ses bras, les versants, et son bassin, la base solidement ancrée d'une montagne immuable avec laquelle elle ne faisait plus qu'un. Ses progrès ne l'étonnaient guère. Elle se laissait porter et ne se forçait jamais à réussir quoi que ce soit. Elle emmagasinait ces trésors de sagesse au plus profond de son être parce qu'elle était convaincue qu'elle aurait à les transmettre plus tard. Elle en était persuadée, cette retraite n'était qu'une douce et inéluctable rencontre programmée avec elle-même.

Le rendez-vous quotidien avec Sanjay était l'occasion pour la future chercheuse de trouver des réponses à certaines de ses questions. Un jour, elle hésita avant d'évoquer la prégnance douloureuse du souvenir de son dernier stage. C'était pourtant bien le moment de trouver des explications à son malaise, et c'était le lieu pour le faire. Elle se demanda quel rapport elle pourrait établir entre cet événement et sa quête spirituelle. Forçant le trait, comme pour obtenir des éclairages plus tranchés de Sanjay, elle brossa un portrait peu glorieux de son ancien directeur.

— Comment un homme peut-il à ce point mépriser ses semblables ?

Elle lui raconta par le détail les réunions ravageuses, la pression exercée sur les salariés du centre de recherche, laquelle s'apparentait à du harcèlement assumé. Sophia lui restitua fébrilement l'humiliation qu'elle avait subie. L'homme qui dirigeait le centre de recherche imposait la loi du silence à ceux, de moins en moins nombreux, qui contestaient ses objectifs pourtant inatteignables. Elle se demandait encore au nom de quel principe cette machine de guerre sans âme pouvait justifier la destruction de la santé mentale des êtres les plus fragiles. Regrettant d'avoir abordé ce sujet, elle espéra cependant trouver dans les mots du moine un peu d'apaisement à ses ressassements. Sanjay acquiesça en hochant la tête. Il lui témoignait ainsi son empathie. Celle qui s'exprime par la simple présence mutique. Le lama commençait à s'attacher, malgré lui, à cette jeune femme si singulière. Et elle, à ce père d'adoption.

— Je crois saisir ce que tu ressens, Sophia, mais tu ne peux réussir à changer les hommes à toi seule. Il est vrai que le monde compétitif du travail et la course effrénée au profit ne laissent que peu de place aux vertus de la sagesse.

Jusqu'alors, Sophia pensait que ces moines vivaient reclus, à l'écart de l'actualité frénétique de la civilisation occidentale. Elle se trompait. Équanime et dépouillé, l'homme assis face à elle avait une parfaite connaissance de l'état des lieux de l'autre monde.

— Crois-tu qu'un jour les pratiques spirituelles millénaires se diffuseront au plus grand nombre, dans les écoles, les hôpitaux, les entreprises, les lieux du pouvoir politique ? demanda naïvement la jeune femme.

L'homme fut touché par l'audace de la question. Il prit deux longues respirations avant de répondre à celle qui désormais le tutoyait aussi.

— Je n'en sais rien. Je l'espère. Les religions sont la meilleure invention des hommes, mais aussi la pire. Ce que je souhaite ardemment, c'est que chaque être trouve la paix intérieure, peu importe le nom de la foi qui l'anime. Souvent, par ignorance ou facilité, les gens confondent religion et spiritualité. Leurs finalités se rejoignent, sauf que l'une t'impose ses chemins souvent dogmatiques et ses codes, tandis que l'autre t'invite à trouver ton propre chemin.

C'était un moyen de sa part, sans l'imposer, de mettre en avant les vertus de la philosophie bouddhique. Cette distinction lumineuse nourrit Sophia durant de longues semaines.

Leur complicité grandissait chaque jour au rythme de leurs tête-à-tête, entre les prières vespérales et le coucher. À chaque enseignement important, Sanjay posait une main tendre et paternelle sur l'épaule de Sophia. La soif de l'étudiante semblait inassouvissable. Sa transformation, en quelques semaines seulement, était spectaculaire. Sanjay n'en revenait pas. Il lui offrit en plus, une fois par semaine, la possibilité d'approfondir un thème. Une sorte de cours particulier de sagesse dont Sophia savourait chaque minute. Elle disait qu'elle avait tu le bruit intérieur qui avait jusqu'alors bourdonné sans cesse en elle. Que son esprit ressemblait désormais à un lac de montagne, majestueux et impassible. Sophia profitait aussi des temps de silence avant le dîner pour réfléchir en profondeur aux leçons qu'elle allait tirer de cette retraite. Elle notait avec soin, au début de son carnet, les mots et les thèmes qui l'avaient le plus touchée au cours de la journée. À la fin du calepin, Sophia s'efforçait de coucher, noir sur blanc, les décisions qu'elle pourrait prendre à l'issue de sa parenthèse népalaise. Force était de constater que ses rares résolutions ne pesaient guère devant les notes de sagesse qui noircissaient déjà les trois quarts du carnet.

Un soir où la lune pleine inondait le monastère de ses reflets argentés, Sophia décida d'emmener Sanjay sur un terrain qu'elle affectionnait.

— J'ai lu un article qui parle de spiritualité et de science.

Ses yeux se mirent à briller. Après ses études, elle rêvait de symposiums qui réuniraient d'éminents chercheurs et de grands maîtres spirituels autour des questions plurimillénaires qui occupaient son esprit. Elle décida donc de sonder ce père adoptif auquel elle s'attachait chaque jour davantage. « Au fond, ce n'est pas tous les jours que vous avez un lama tibétain sous le coude pour y voir plus clair », se dit-elle, en souriant intérieurement. Elle débita d'une traite ses questions, sans laisser le temps au moine d'amorcer ses réponses.

Elle en vint à celle qui la taraudait depuis sa lecture d'un magazine scientifique. N'arrivant pas à interrompre la verve de sa jeune élève, Sanjay décida d'attendre qu'elle épuise son réservoir à questions.

— Le chercheur, dans l'article que j'ai lu, voulait montrer les effets de la pratique méditative sur les zones de l'attention du cerveau humain.

À son insu, ses questions s'étaient transformées en un vibrant plaidoyer en faveur de la pratique contemplative. Patient, Sanjay n'avait toujours pas ouvert la bouche.

— Je trouve cette perspective totalement révolutionnaire et enthousiasmante. Si un jour on arrivait à prouver scientifiquement les bienfaits de la méditation pour nos fonctions cérébrales, tu imagines ? La méditation pourrait peut-être même soigner certaines de nos maladies neurodégénératives ! s'emballa Sophia.

L'aspirante neurobiologiste était convaincue qu'en explorant le fonctionnement du cerveau, les chercheurs découvriraient des ressources inexploitées pour soigner le monde, rien de moins. Sanjay profita d'une brève pause pour demander :

— Qui est ce chercheur ?

— Il travaille au MIT, à Boston. À la Health Sciences and Technology Faculty, je crois.

Les yeux rêveurs, la jeune femme se projetait déjà dans cet univers qu'elle pensait inatteignable. Voyant qu'il avait fait mouche, le lama s'engouffra dans la brèche.

— Et si tu lui écrivais pour lui proposer de travailler avec toi après tes études ?

Cette idée improbable traversa comme un éclair l'esprit de la future chercheuse, et son visage s'illumina. Puis elle soupira en haussant les épaules et elle redressa le menton, comme pour mieux relever le défi que venait de lui lancer son hôte. « Après tout, si ce chercheur explore ces sujets, je peux l'intéresser », se dit la jeune femme. Elle pinça les lèvres et lâcha un « génial ! » à Sanjay. Lui se contenta de rendre un sourire.

— Ça, c'est une idée ! Je lui écrirai dès que je rentrerai à Paris !

Cette retraite, elle le sentait au plus profond d'elle, la mettrait sur le bon chemin. Lorsqu'elle quitterait Normale Sup, dans peu d'années, elle savait maintenant qu'elle ne rejoindrait pas les rangs d'une multinationale de l'industrie pharmaceutique, laquelle lui ferait pourtant un pont d'or. Non, Sophia avait décidé qu'elle embrasserait la carrière plus incertaine d'enseignante-chercheuse, dans une discipline qu'elle contribuerait elle-même à créer et dont la portée dépasserait tout ce qu'elle imaginait. Ce qu'elle ne savait pas encore, c'est que ses résultats exceptionnels lui ouvriraient aussi les portes de la prestigieuse Health Sciences and Technology Faculty du MIT, à Boston.

12

Garches, fin août 2016

Un jour, Maud pénétra seule dans ma chambre. Elle s'assit au bord du lit et me caressa le visage. Après mûre réflexion, guidée par sa foi, elle avait sommé les médecins de me maintenir artificiellement en vie. La vie était le don le plus précieux, et il fallait tout faire pour le préserver. Malgré tous mes efforts, mes paupières ne purent jamais s'ouvrir sur cet instant crucial, mais je n'oublierai jamais les paroles de ma femme.

— Mon amour, nos trois anges me soutiennent dans ce choix difficile.

Mon cœur allait exploser.

— Je veux que tu reviennes. Nous refusons donc de mettre fin à ta vie. Promets-moi que tu reviendras, promets-le-moi, Arnaud.

Ces mots eurent l'effet d'une onde de choc qui parcourut tout mon corps. L'espérance, tel un sérum de vie, envahit chacune de mes veines. Je vivrais. J'honorerais cet engagement mutique à vivre ma seconde vie. Réunir Hugues, Robin et Alice pour prendre cette décision difficile avait dû être douloureux pour Maud. Alice avait dû s'effondrer en larmes, inconsolable, hurlant son sentiment d'injustice. Robin, d'un ton maîtrisé, les yeux humides, avait dû peser chaque argument en faveur des deux options, sans trancher.

Quant à Hugues, dévasté lui aussi, il avait sûrement pris sur lui, en tant qu'aîné, pour nourrir le débat sans en forcer l'issue. Je les voyais serrer Maud dans leurs bras pour la soutenir. Cette image me déchira de douleur malgré l'heureuse nouvelle. Soudés comme jamais, ils avaient finalement décidé, d'un commun accord, de me laisser branché sur ces machines. Je leur devais de rester en vie, même si celle-ci risquait de virer au calvaire perpétuel.

Peu après avoir appris mon sursis, le visage féminin me rendit de nouveau visite, flottant au-dessus de moi.

— Imaginons que tu sortes indemne de cette épreuve, me lança la femme d'un ton encourageant. Que serais-tu prêt à changer en toi pour apprendre à te contenter davantage ?

La prémisse de cette question me stupéfia. Imaginons que je m'en sorte indemne… Pétrifié à l'idée de ne pas m'en sortir, je compris pour la première fois qu'une porte de sortie hors de cet enfer s'offrait peut-être à moi, à supposer que cet esprit, qui m'apparaissait sous la forme d'une femme, possédât réellement le pouvoir d'influer sur le cours de ma vie. Mon cerveau me jouait-il encore un tour ? Étais-je sous l'emprise d'une illusion due aux sédatifs ?

J'avais désormais une certitude bien maigre à laquelle je me raccrochais. Cette femme imaginaire ne voulait pas ma fin, au contraire. Elle l'aurait déjà obtenue si elle l'avait voulue. Je voulais croire que nos dialogues déboucheraient sur une issue favorable. Je me mis donc en tête de faire de cette voix une alliée.

Peu à peu, je me surprenais à m'habituer à sa présence, parfois même à m'impatienter de ne pas la voir arriver. J'ose dire que nos échanges venaient rompre des nuits interminables. Une certaine familiarité s'installa entre nous.

— Qu'es-tu prêt à changer pour apprendre à te contenter davantage ? me répéta-t-elle.

— Acceptez-vous que j'y réfléchisse ? rétorquai-je, afin de gagner encore quelques heures.

C'était absurde, j'avais tout mon temps dans le purgatoire intemporel où l'on m'avait enfermé.

— Et si c'était tout réfléchi ? poursuivit-elle avec un aplomb insoupçonné.

J'eus besoin de prendre une longue inspiration, mais mon masque crachait de l'air à intervalles réguliers, m'empêchant de ralentir le flux d'oxygène qui gonflait mes poumons. Je n'étais même plus libre de respirer comme je le souhaitais. C'était le comble, pour quelqu'un qui voulait tout maîtriser. Ma cage thoracique semblait se gonfler un peu plus à chaque afflux d'oxygène. Quand je cherchais à me calmer en expirant plus lentement, la machine m'envahissait encore davantage.

La femme sembla poser alors une main sur mon avant-bras, sans doute pour m'apaiser. J'eus l'étrange impression de ressentir, pour la première fois, le contact de sa peau sur la mienne.

Ses mots résonnèrent de nouveau :

— Qu'es-tu prêt à changer de manière irréversible pour te contenter davantage ?

Et si c'était une proposition, une chance d'envisager une sortie ? Je devais la saisir sans hésiter. Après tout, la contrepartie qu'elle exigeait ne me paraissait pas inatteignable, à condition de m'en sortir indemne et, surtout, de changer mon logiciel de vie.

Je tentai une nouvelle pirouette.

— J'admets que cette difficulté à me contenter peut… pardon, pouvait heurter mes collaborateurs ou user mes proches. Mais qui vous dit que ce n'était pas un moteur pour moi ?

Je crus deviner la peau satinée du visage de la femme se plisser légèrement lorsqu'elle sourit du coin des lèvres. Je me trompais sûrement, bien que je distinguasse de mieux en mieux ses traits. La clarté qui l'auréolait se fit plus intense. Cette pointe d'humanité me donna une lueur d'espoir de plus.

— C'est possible, répondit-elle avec assurance. Mais j'avance l'hypothèse que tu n'oses pas t'avouer ni même imaginer tout le bien que tu pourrais tirer de ces temps de contentement.

La voix décida de me lancer un autre défi.

— Décris-moi la dernière fois où tu t'es senti pleinement satisfait.

C'est fou combien les gens comme moi ont du mal à trouver très vite des exemples personnels de joie profonde ou de satisfaction intense. Par contre, nos motifs d'insatisfaction sont légion. J'incarnais à merveille ces travers. J'étais même un champion du monde de la catégorie. Impossible de trouver ne serait-ce que le début d'une expérience jubilatoire dans mon passé. Comme si la satisfaction et son cousin, le contentement, étaient de rares oasis dans un désert où ne régnaient que les critiques et les marches forcées. Quelle sécheresse émotionnelle !

Soudain, des images rejaillirent. D'abord, le visage radieux de nos trois enfants et celui de Maud. Ensuite, cet horizon magique où le soleil couchant tutoie les pitons rocheux de la baie de Phang Nga, en Thaïlande. C'est un des rares voyages que nous avons faits tous les cinq, histoire de tenter de recoudre les lambeaux de notre couple et de me rapprocher de mes enfants que je ne voyais pas grandir et qui s'éloignaient de moi. Je me remémorai ces longues heures passées tous ensemble, à jouir du spectacle de la nature. Une palette subtile de nuances allant du bleu ciel au jaune doré. Les reflets du soleil sur les vagues tranquilles venant mourir sur le sable m'éblouissaient. Je me souvins d'un pêcheur, au loin, rentrant de sa journée au large, qui traversait le décor au rythme du petit moteur de son embarcation. Nu-pieds dans le sable encore chaud de la journée, sirotant l'un de ces cocktails dont le nom seul vous fait voyager, nous savourions en silence cette carte postale idyllique.

Sauf que, dans la réalité de l'époque, cette expérience fut tout autre. J'avais passé une bonne partie des journées au téléphone avec mes collaborateurs, dans le centre d'affaires de l'hôtel. J'avais laissé Maud et les enfants partir en excursion sans moi, préférant traiter mes dossiers. J'avais consulté sans cesse mon téléphone portable pendant les repas, guettant les réponses à mes questions adressées à mon bras droit, Julien. Mon corps était bien là, mais mon esprit encombré était resté à Paris.

Désormais, le caractère précieux de la vie me sautait aux yeux. Je commençais à distinguer ce qui relevait de l'essentiel, trop rare, et le reste, souvent dérisoire. « Voilà encapsulée dans mes souvenirs une profonde source de contentement. Il doit y en avoir d'autres », tentai-je de me convaincre. Il suffisait d'ouvrir le bon coffre et de chausser les bonnes lunettes. Pour voir avec les yeux ce que le cœur voit sans effort. Vulnérable comme jamais devant cette femme qui me guidait peu à peu vers ma propre lumière, je compris combien j'étais reconnaissant envers la Vie. Je n'avais plus qu'une seule obsession : vivre, éperdument.

« Et si tu te contentais de ce que tu possèdes déjà ? » me remémorai-je.

La force de l'évidence me sauta au visage.

« Mais j'ai déjà tout, me dis-je. Tout est là. »

Nuit après nuit, les dialogues avec cette présence féminine s'enchaînaient, toujours plus intenses et salvateurs. L'irrépressible insatisfait que j'étais devenu se laissait surprendre à ressentir par le corps ce que la quiétude et la saveur de ce que l'on possède déjà pouvaient procurer. Une douce sensation de chaleur se diffusait en moi. Un soir, je crus que la pompe à morphine venait de se déclencher tellement je me sentis bien, malgré mon état. En réalité, c'étaient bien ces paroles et l'exploration de ma vie qui induisaient ces perceptions. J'en voulais encore, comme un toxicomane qui réclame un nouveau shoot. Bien que jeune débutant en matière de sensorialité, je pus percevoir mon visage, d'habitude fermé, se détendre autour des yeux et le long des joues. Je pouvais observer mes mâchoires se relâcher, libérant des années de rigidité, de retenue. Je me sentais progresser dans mes perceptions les plus primaires. Mon spectre sensoriel s'élargissait à présent aux odeurs typiques de l'hôpital. Je distinguais les effluves fleuris du savon de ma toilette quotidienne. Mes phalanges et la plante de mes pieds percevaient les draps râpeux. Je discernais de mieux en mieux les variations de la lumière. Quand je parvenais à entrouvrir les paupières, je savais que les ombres de la nuit noire céderaient à la douceur du crépuscule et de l'aurore. Laquelle, elle-même, s'effacerait au profit d'une clarté irradiée par l'astre céleste. Je n'avais jamais tant désiré revoir le soleil, quitte à me brûler les yeux.

« J'ai déjà tout. Tout est là », me répétai-je avec délectation.

Chaque syllabe claquait dans ma tête. Je me sentais comme un enfant excité à l'entrée d'un parc d'attractions.

— Et si tu sortais indemne de cette épreuve, dit de nouveau la femme, quelles leçons en tirerais-tu ?

Cette fois, je ne voulus pas me dérober. Je n'en avais ni l'envie ni la force. Après quelques instants de réflexion, je m'engageai comme un enfant qui promet d'obéir après avoir été puni.

— Eh bien, si je sors entier de cet enfer, je promets de savourer chaque instant que je vivrai avec ceux que j'aime, annonçai-je fièrement.

J'avais compris les leçons, me semblait-il.

— C'est un bon début.

— Comment ça, un bon début ? répliquai-je, un brin agacé.

Espérait-elle que je devienne un saint ? Allait-elle surenchérir ?

Elle disparut. Je compris qu'elle m'encourageait dans cette voie.

J'avais déjà tout. Tout était là.

Je quittais peu à peu l'obscurité. Les premières lueurs de l'aurore venaient blanchir mon horizon.

13

Katmandou, fin août 1996

Ce matin-là, Sophia ne croyait pas qu'elle était sur le point de basculer dans sa seconde vie. Dans une existence délestée de ses derniers fardeaux mentaux. Une existence fondée sur sa rencontre avec elle-même, avec ce qu'elle avait de plus essentiel. Personne, pas même Chloé, ne la reconnaîtrait.

Sanjay avait détecté chez sa jeune élève, derrière la soif de connaissances, un désir insatiable et radical. Il avait décidé de lui faire vivre une expérience décisive, qui la marquerait à jamais, avant son retour en Europe. Comme un rituel, un passage sans retour vers une nouvelle étape dans son apprentissage de la sagesse.

Sanjay l'invita à s'asseoir face à lui.

— Pour quoi es-tu reconnaissante, Sophia ?

Il prit soin de bien détacher le « quoi » du « pour ». Les yeux de Sophia quittèrent un instant ceux du sage pour chercher l'inspiration dans le ciel pur, déserté par la brume matinale.

— Envers quelles personnes ou pour quelles choses éprouves-tu de la reconnaissance ?

Sophia prit le temps de sonder son passé avant de répondre.

— Eh bien, disons que je suis reconnaissante à ma mère de m'avoir soutenue dans mes études et encouragée à faire cette retraite, par exemple. Qui d'autre qu'elle pouvait le faire ?…

— C'est un bon exemple. Nous avons tous beaucoup de raisons d'être reconnaissants.

Le lama l'invita ensuite à chercher au plus profond d'elle-même. Ce disant, son cœur se serra un peu. Il sentait que l'étudiante projetait sur lui le père qui lui manquait tant.

— Mais pourquoi dire merci pour quelque chose qui nous semble normal ? objecta Sophia.

— C'est bien l'un des drames de notre myopie sociale. Nous prenons l'habitude de ne plus reconnaître ce qui nous arrive de bon. Ou de tarir le puits de nos émotions agréables, ce qui nous empêche d'exprimer notre gratitude pour un bienfait ou envers un être cher.

Après avoir marqué une pause, Sanjay poursuivit.

— La culture de la critique et le goût immodéré, parfois cynique, pour le pessimisme nous empêchent de reconnaître la chance que nous avons. Enfin, que la plupart d'entre nous ont, précisa-t-il.

— Mon père me manque, Sanjay. Il me manque terriblement. Alors, j'ai du mal à être totalement reconnaissante envers ma mère, tu le comprends, j'espère ? Elle ne m'a jamais dit la vérité à son sujet. Je ne sais même pas s'il est toujours en vie…

Sanjay fixa Sophia du regard. Pour la première fois, une larme roula sur ses joues creuses. Il s'adressa à elle comme à la fille qu'il n'aurait jamais.

— Je sais combien il te manque. Je devine la rancœur que tu éprouves pour ta mère. La gratitude et le pardon panseront ton cœur, crois-moi. Et puis la première source de reconnaissance, c'est d'être en vie, non ?

Sans lui laisser le temps de réagir, il se leva et l'entraîna par le bras sur l'étroite bande d'herbe qui tapissait une partie de la cour intérieure déjà réchauffée par les rayons obliques du soleil.

— Déchausse-toi.

Sophia écarquilla les yeux et s'exécuta, un peu embarrassée par les regards furtifs des jeunes moines qui se dirigeaient vers la salle de prière. Sanjay ôta ses sandales et lui fit faire quelques pas à son côté.

— Sens-tu le sol sous l'herbe ?

— Heu... oui. Enfin, je crois.

— Peux-tu nommer les sensations que tu éprouves sous la plante de tes pieds ?

— Eh bien... Je dirais que c'est doux..., chaud..., répondit Sophia, hésitante.

Concentrée, elle arpentait de ses longues jambes le rectangle vert, précédant maintenant le lama.

— Quand as-tu pour la dernière fois laissé les derniers rayons de soleil du jour caresser ton visage ? C'est de cette chance-là que je parle, la chance que tu as de te sentir vivante. Et c'est bien en te sentant chaque jour plus vivante que ce feu qui brûle ton esprit, ce désir de connaissance, de vérité et de justice, d'attachement et de rejet, finira par s'éteindre.

Sophia comprenait enfin ce que cette reconnaissance-là signifiait. On aurait dit une enfant de trois ans, amusée de sentir les trèfles chatouiller ses petits pieds potelés. Ses pas ralentissaient, comme pour mieux éprouver la chaleur que la terre avait emmagasinée. Les plantes de ses pieds étaient à présent comme des capteurs par lesquels Sophia sentait les moindres irrégularités du sol. Elle se surprenait à fouiller dans son vocabulaire pour décrire ses perceptions. Ici, un petit caillou désagréable ; là, une brindille sous le gros orteil. Absorbée dans cet exercice, elle ne quittait plus le sol des yeux. Elle sentait le poids de son corps se porter d'une jambe sur l'autre, pas après pas. Elle se sentait à la fois enracinée jusqu'aux entrailles de la terre et capable d'effleurer le ciel de la main. Un sentiment de plénitude infinie l'envahit. Elle osait enfin se l'avouer : les regrets et les manques étaient dérisoires devant le privilège de se sentir vivante. Ce matin-là, pour la future chercheuse, exister précédait, de très loin, tous ses essentiels.

****

En descendant l'escalier de pierre qui la ramenait au lac Phewa, où elle reprendrait le car pour Katmandou, Sophia avait conscience que cette retraite s'était muée en voyage initiatique. La rencontre avec le lama Sanjay avait été décisive, vitale. Dans sa trajectoire, il y aurait un avant et un après. Et la promesse qu'ils s'étaient faite de ne jamais se perdre de vue.

Le car partait dans deux heures. La jeune femme jeta un œil à sa montre, fit une pause pour contempler les eaux vertes du lac. Elle aperçut un stūpa blanc au sommet doré. Le vent diffusait de doux parfums de genévrier et de santal.

En tournant la tête vers la ville, Sophia repéra la boutique d'où l'encens s'échappait. Elle y acheta quelques bâtonnets. Avant de monter dans le car pour Katmandou, elle se tourna une dernière fois vers Sarangkot. Le cœur gros, elle était cependant certaine qu'elle recroiserait le chemin de Sanjay. Elle alla s'asseoir à l'arrière, à côté d'une jeune maman népalaise qui portait sa fille sur ses genoux. Elles échangèrent quelques mots et un sourire. Sophia scruta les cimes enneigées de l'Annapurna.

Elle avait hâte de retrouver Chloé et de partager avec elle les trésors rapportés du Népal.

14

Paris, décembre 1975

Henri but une dernière gorgée de café et déposa un baiser tendre sur le front de sa femme. Son fils était déjà sur le chemin du collège. Cette pause de quelques jours dans la tournée avait permis à l'orchestre de s'oxygéner. Cela faisait trois mois qu'il se produisait dans les grandes capitales, dans des salles combles. Les répétitions, les déplacements et les représentations laissaient peu de répit aux musiciens.

Avant de monter dans le taxi qui l'attendait au pied de l'immeuble pour l'amener à Roissy, où il s'envolerait pour le Japon, Henri salua d'un geste timide Jeanne, qui avait pris l'habitude de le regarder partir par la fenêtre. C'était leur rituel, pour ainsi dire leur routine. Mais ce geste se vidait peu à peu de son sens, perdait de son intensité originelle, sombrait dans une banalité mécanique. L'ennui balayait tout désir, tout sentiment amoureux au sein de ce couple en décomposition avancée, tandis que la tension constante entre le renoncement à Anna et le besoin de tomber dans ses bras ne lâchait plus Henri. Elle taraudait son ventre et serrait sa poitrine chaque fois qu'il s'endormait.

De Tokyo à Osaka, le Japon entassait déjà ses habitants dans ses mégalopoles ogresses. Entre révolution informatique, système traditionnel plurimillénaire incarné par l'indétrônable empereur Hirohito, et vie politique corrompue, secouée par des scandales à répétition, l'abeille Maya s'était dévoilée au monde entier.

L'orchestre donnerait un concert au Bunka Kaikan. Henri ne l'oublierait jamais. Tokyo serait un sommet dans sa fougueuse relation avec Anna.

Ce jour-là, les répétitions de l'après-midi avaient enthousiasmé Henri et insufflé une belle énergie à tous les instrumentistes, qui avaient adopté Anna depuis plusieurs semaines déjà. L'harmonie régnait dans l'orchestre et au sein de son duo vedette. Un regard tendre lancé par Henri à Anna avant chaque entrée sur scène, des phalanges qui s'entremêlent avec discrétion quand les deux artistes se retrouvent côte à côte ou qu'ils saluent le public conquis.

Le soir du 21 décembre, la salle était pleine, ce qui témoignait de la vigueur de l'intérêt récent des Japonais pour la musique classique occidentale. Alors que les musiciens s'étaient déjà installés depuis quelques minutes, Henri s'impatientait dans les coulisses. Que faisait Anna ? Elle s'était cloîtrée dans sa loge, et il ne l'avait pas revue depuis une heure, une éternité pour lui. Voulait-elle le surprendre encore, comme elle en avait pris l'habitude ?

— Quelqu'un peut-il aller frapper à la porte de la loge d'Anna ? demanda Henri, le visage concentré. Nous devons démarrer.

La scène qui suivit le stupéfia. Comme un ange qui s'était invité au concert, sans prévenir. Sculptée dans sa robe de satin et de dentelle blanche, Anna, la rebelle, arborait un vertigineux décolleté dans le dos. Ses bras fins étaient comme deux bijoux, recouverts par la dentelle formant des notes de musique. Ses cheveux bouclés et chatoyants bordaient des lèvres carmin.

Perchée sur de vertigineuses aiguilles, la soliste diffusa à tout l'auditorium l'effluve de son *Numéro 5*. Le tableau avait été travaillé avec minutie pour produire un maximum d'effets.

Subjugué, Henri resta quelques instants sans voix dans les coulisses, devant ce spectacle qu'il devrait bientôt partager avec plus de deux mille trois cents spectateurs. Quelle audace inouïe pour une si jeune femme ! Oser une telle tenue dans le monde très codifié et conservateur de la musique classique revenait à allumer un bâton de dynamite dans un entrepôt d'essence. La pyromane savait parfaitement bien ce qu'elle déclencherait.

— À tout de suite, *darling*...

Elle lui lança ces mots avec un clin d'œil ravageur à la Betty Boop, tout en se déhanchant, tel un mannequin, vers son Steinway. De quoi faire oublier sa partition à tout maestro !

— Tu ne crois pas que ta robe est un peu trop...

Trop tard, la mèche s'était allumée. Anna brillait déjà sous les projecteurs et les regards ébahis des spectateurs.

Contrairement au protocole d'entrée en scène, Henri se présenta à son tour au public, vêtu de sa queue-de-pie. À l'applaudimètre, il comprit qu'il ne pouvait lutter contre la tigresse slave. Une fois de plus le charme agissait.

Il grimpa sur son estrade, pivota pour saluer le public et se concentra. Avant de lever sa baguette, il jeta un œil vers Anna, pour se rassurer une dernière fois. Dans un coin de son esprit, une petite voix priait pour que sa géniale pianiste jouât à la perfection. Pour que le public, ébloui, se laissât enivrer par son interprétation de Chopin autant que par son audacieuse apparence. Et dans le coin opposé, une autre voix lui intimait l'ordre de lâcher prise et de lui faire confiance. Cruel, mais délicieux dilemme.

Anna, le visage stoïque fixant le clavier, semblait déjà possédée par sa partition. Après l'introduction de l'allegro par l'orchestre, la virtuose plaqua les premiers accords de ses doigts gracieux qui balayèrent les touches, libérant dans le public les plus belles émotions. La magie pouvait opérer.

De l'avis des critiques musicaux internationaux et des spectateurs, ces deux concertos pour piano de Chopin furent parmi les plus magistralement interprétés. La *Deutsche Grammophon* avait eu le flair d'enregistrer le concert pour graver sur vinyle ce moment d'extase. Le larghetto du concerto n° 2 atteignit les sommets du romantisme et bouleversa la salle. Ce soir-là, Anna se transcenda vers le sublime. Chaque doigt posé sur l'ivoire et l'ébène avait dosé à la perfection les notes agencées par le génial Polonais. L'artiste était comme envoûtée, hors du temps, ne faisant qu'un avec le compositeur. Son interprétation, à la fois flamboyante et intensément tendre, emporta tout sur son passage, bouleversa les amateurs comme les professionnels. Les larmes roulèrent sur les joues blanches des spectateurs. Les gorges se nouèrent, les poitrines étaient prêtes à exploser. Lorsque le chef d'orchestre abaissa lentement sa baguette, une fois achevé le final du second concerto, l'auditoire retint son souffle pendant d'interminables secondes, statufié, avant de libérer, tel un barrage rompant sous la puissance de l'eau, un torrent fougueux d'applaudissements. La musique fut ce soir-là le plus beau des langages universels. Et le plus merveilleux des cadeaux qu'une femme amoureuse pût offrir à son amant.

L'ovation dura dix longues minutes. Enivrante. Éternelle. Devant l'orchestre debout, les mains d'Anna et de Henri ne voulaient plus se quitter. Après cinq rappels, le lourd rideau de velours rouge tomba.

Dans la nuit qui suivrait, hors du temps, le destin du couple basculerait à jamais.

15

Paris, été 2016

Sophia s'amusait à mémoriser un par un les craquements des marches en bois qui la conduisaient à son nid parisien. Situé au cinquième étage dans un immeuble sans ascenseur, son deux-pièces lui rappelait ses belles années d'étudiante en biologie à Saint-Germain-des-Prés. Les bras lestés de sacs de courses, elle parvint au quatrième étage, son préféré, autant parce que les marches alternaient grincements et silences, que parce que c'était celui de Rose, sa meilleure amie de l'immeuble.

Cela faisait plusieurs semaines que Sophia n'avait pas remis les pieds dans sa tanière française, happée par ses recherches et par les conférences qu'elle donnait. Les sacs commençaient à lui lacérer les phalanges. Tenir encore vingt-deux marches, vingt et une, vingt…

— Besoin d'aide ? proposa le voisin de palier de Rose, qui descendait à heure fixe promener son golden retriever.

« Il est si prévisible, bien plus que son chien ! » se dit Sophia, moqueuse.

— Merci, monsieur Paul, c'est très aimable de votre part, mais j'y suis presque.

Les six bouteilles de lait qu'elle soulevait du bras droit lui brûlaient l'épaule, celle que ce type avait percutée à l'hôtel Méridien. Elle fit une courte pause à quelques marches de la délivrance, espérant éviter une discussion interminable avec monsieur Paul. Ne sentant presque plus ses doigts rougis, Sophia prit une grande inspiration et s'apprêta à reprendre ses instruments de torture lorsque son téléphone lâcha quelques notes stridentes. C'était un SMS de Chloé.

> Ça te branche, un thaï, ce soir ? J'ai plus rien dans le frigo.
> Et puis ça fait deux mois qu'on n'a pas causé.
> J'ai une révélation à te faire☺. Dis-moi, que je réserve, biz.

Bien que ses courses regorgeassent des produits frais dont elle raffolait et qu'elle se serait fait un plaisir de cuisiner, elle se réjouissait à l'idée de retrouver son amie de toujours. En rentrant chez elle, Sophia savait qu'Anakin serait là, derrière la porte. La pensée de prendre sa boule de poils dans ses bras, d'écouter ses ronronnements et de recevoir ses tendres coups de tête l'emplissait de tendresse. Comme si c'était pour lui dire combien elle lui avait manqué.

— Alors, mon Doudou, Rose s'est bien occupée de toi, on dirait ! dit-elle en constatant le léger embonpoint de son matou.

Elle avait adopté ce chartreux gris aux yeux jaunes lors d'une visite à la SPA et l'avait gratifié du nom d'un héros de la saga *Star Wars*. Elle ne regrettait pas son choix tant le caractère du félin pouvait souvent être agréable et aventurier, mais aussi parfois insaisissable, voire désagréable. Son côté obscur, sûrement.

Sophia se permettait de s'absenter longtemps parce qu'elle pouvait compter sur sa voisine. Quel personnage, cette Rose ! Malgré ses quatre-vingt-seize printemps, elle habitait encore seule. Elle forçait l'admiration des résidents de l'immeuble tant par sa vivacité d'esprit que par sa forme physique. Ses cheveux fins d'un blanc-gris pur faisaient ressortir un visage qui irradiait la joie de vivre. Le large sourire qui accentuait ses rides épaisses témoignait de cette générosité incarnée, trop rare. Dieu avait dû faire don d'une partie de son altruisme à cette femme, jugeant peut-être qu'elle pouvait en faire bénéficier le plus grand nombre de ses concitoyens. Il aurait eu raison. Rose était de ces personnes qui vous touchent par leur présence, qui vous inondent de leur bonté. Malgré l'adversité, ou grâce à elle. Victime des guerres qui avaient ravagé son pays, le Vietnam, elle avait dû fuir pour échapper aux terribles camps de rééducation communistes, laissant derrière elle toute sa famille. Réfugiée en France depuis quarante-six ans, Rose vivait d'une maigre retraite dans son petit deux-pièces. Elle vouait une vive gratitude à ce couple de Français qui l'avait accueillie à son arrivée en France. Sans descendants, ils lui avaient cédé leur appartement dans ce quartier très prisé de Paris. Elle se sentait toujours privilégiée, après tant d'années de privations et de souffrance. Aucune rancœur envers ses bourreaux du Front national de libération du Sud-Vietnam. Aucune nostalgie du pays qui l'avait vue naître ni de sa famille décimée. Rose avait cette incroyable faculté de pardon et de résilience, source d'un bonheur qui semblait aussi indestructible que du carbone. Une alimentation exclusivement végétalienne, une heure de qi gong quotidien dans le petit square Gabriel-Pierné, et du thé vert à profusion semblaient expliquer sa forme incroyable. Chaque fois que vous veniez lui faire part de vos états d'âme ou de vos douleurs, Rose vous apaisait en vous écoutant d'un silence réconfortant, en prenant vos mains dans les siennes. Fines et légères, couvertes de taches brunes, les mains de Rose étaient parcourues de grosses veines gonflées. Ses paumes sèches enveloppaient les vôtres dans un écrin de douceur et de compassion. Vous ressentiez sa chaleur se diffuser en vous progressivement, comme un sachet de thé libérant ses parfums dans l'eau chaude. Sophia ne pouvait s'empêcher de la comparer au personnage d'*Oscar et la dame rose*, la tendre héroïne d'Éric-Emmanuel Schmitt. Rose aurait très bien pu lui dire qu'« il faut distinguer deux peines, ma petite Sophia, la souffrance physique et la souffrance morale. La souffrance physique, on la subit. La souffrance morale, on la choisit ». Ou lui prodiguer ce précieux conseil : « Regarder chaque jour le monde comme si c'était la première fois. » Que de sagesse dans ce petit bout de bonne femme, malgré la tragédie qu'elle avait vécue !

De nouveau, le téléphone de Sophia émit trois notes rapides. Un autre message de Chloé.

Alors, c'est oui ou c'est non ?

Sophia répondit à son amie.

C'est top. 20 h 30 ? Hâte d'en savoir plus…
Je t'embrasse.

Sa montre indiquait dix-neuf heures cinquante-deux, ce qui lui laissait largement le temps de ranger ses courses et de se poser un moment avant de rejoindre le Jardin de Bambou, à deux stations de métro. Après avoir ouvert une boîte de friandises pour chats dont Anakin raffolait, Sophia fit le tour de son nid, rangea quelques vêtements qui traînaient et constata que ses plantes vertes et son bonzaï avaient été aussi bien traités que son félin par Rose.

En se glissant dans son vieux jean, devant le miroir, Sophia croisa son propre regard et se figea net. L'image d'Arnaud Delapierre surgit. Pensant l'avoir effacé de sa mémoire, elle avait appris son accident dans la presse, quelques semaines auparavant. Sophia n'avait pu s'empêcher de revivre la scène du Méridien, où elle était sûre de l'avoir reconnu, même vingt ans après. Impossible d'oublier ce regard inquisiteur et froid qui vous pénétrait.

Je suis au fond à droite, je t'attends… pour une fois. ☺

Ce nouveau texto de Chloé extirpa Sophia de ses souvenirs douloureux d'étudiante. Zut ! Vingt heures vingt-cinq ! « Je suis en retard », se dit Sophia sans vraiment s'en culpabiliser, abusant de la bienveillance inconditionnelle de son amie. Elle enfila son blouson de cuir, attrapa son sac à main, l'inspecta vaguement pour vérifier si elle avait sa carte bleue, son portable et des tickets de métro. Une dernière gratouille sur la tête d'Anakin, puis elle claqua la porte avant de dévaler les marches, sans prêter attention cette fois à la musique de leurs craquements.

****

Le restaurant était bondé, comme chaque soir. Normal, on y servait le meilleur pad thaï de Paris, le péché mignon de Sophia. Le sourire de Chloé, assise dans la salle du fond, emplit de joie son amie. Deux mois qu'elles ne s'étaient pas revues, une éternité. Leur étreinte se prolongea en silence. Puis les corps se détachèrent lentement, laissant les mains de Sophia envelopper celles de sa meilleure amie, quelques secondes, avant que les deux femmes ne s'asseyent l'une face à l'autre.

— C'est bon de te revoir, ma grande, dit Sophia.

— Idem, ma chérie ! Alors, ce congrès à Paris, c'était en juin dernier, si je me souviens bien, non ? On n'en a pas parlé, avec tous tes déplacements à l'étranger. Qu'est-ce que ça a donné, tes travaux sur la méditation chez les personnes âgées atteintes d'Alzheimer ?

Sophia pardonnait à son amie ses raccourcis de profane en neurosciences. L'important, c'était que celle-ci mesurait bien toute l'énergie et l'espoir qu'elle investissait dans ses travaux.

— Ça avance. On a pu les convaincre de lancer un nouvel essai clinique pour mieux comprendre les effets de la méditation sur les modifications épigénétiques. On veut savoir si la méditation aide à modifier certains gènes pour atténuer les effets de la maladie.

Au bout d'un quart d'heure à ce régime, Chloé interrompit son amie.

— Bon, je te laisse encore dix minutes. Non pas que tes histoires d'épi-je-ne-sais-quoi ne m'emballent pas, mais j'ai vraiment un truc important à t'annoncer, la taquina Chloé. Et j'ai une faim de louve !

Sophia sourit, compréhensive. Après tout, Chloé devait lui faire une révélation, et non assister à un cours de faculté.

— OK, tu as raison, je fais court. Donc, je veux comprendre quelles fibres neuronales des méditants malades sont plus nombreuses et plus denses selon les régions cérébrales, comparativement aux non-méditants. Si la pratique contemplative peut soulager en partie leurs souffrances, là, je me dis que mon équipe et moi sommes utiles !

— Super ! Je suis tellement fière de toi, après tant d'années d'effort !

— Merci, ma belle. J'en ai fini avec mes histoires d'épi. Alors, cette révélation, raconte-moi tout !

— Devine ! répliqua aussitôt Chloé, le visage illuminé.

— T'as un mec ?

— Pff ! Dix mille fois mieux !

— Non ? T'es sérieuse ?

Sophia la connaissait par cœur.

— T'attends un *baby* ?

Le sourire de Chloé haussant les épaules ne laissa planer aucun doute.

— Eh oui ! C'est du bonheur en barre !

Une larme roula sur sa joue rougie par l'émotion. Et la contagion fut immédiate. Sophia ne put retenir les siennes. Elle sortit deux mouchoirs, tendit le propre à son amie et se moucha dans l'autre. Sa main droite vint serrer fort la main gauche de la future maman. Aucun mot ne s'immisça entre leurs regards attendris. Qu'importait le brouhaha des autres clients. Sophia ne souhaitait que savourer la bonne nouvelle. Comment ne pas partager tant d'allégresse ?

— Avez-vous fait votre choix, mesdames ? les interrompit le jeune serveur dont le tact et la capacité d'attention étaient visiblement perfectibles.

— Deux pad thaïs et deux thés verts, s'il vous plaît, répondit Sophia, sans prendre la peine de demander son choix à son amie. Elles se connaissaient par cœur.

Le jeune homme suggéra une bouteille de vin rouge, sans succès.

— Et quand arrivera ce bébé ? Pour rien au monde je ne voudrais manquer ça ! Je serai à tes côtés quand tu donneras la vie.

— C'est adorable. Début février. Tu ne me demandes pas qui est le géniteur ? s'étonna à moitié Chloé.

— Non. Dorénavant, ce qui compte à mes yeux, c'est ton bonheur et ce bébé. J'imagine que tu n'as pas l'intention de vivre avec le père ?

La question resta sans réponse. Le père avait fui ses responsabilités et la future maman.

En dégustant leur plat, les deux femmes se posèrent mille questions sur la maternité et l'éducation d'un enfant. La bonne nouvelle avait décuplé leur appétit ; elles commandèrent un dessert à la noix de coco. Les interrogations fusèrent encore à propos des implications de la venue de cet enfant. Sophia était si heureuse pour son amie ! N'étant pas encore maman, et déjà dans la quarantaine, elle se réjouissait à l'idée de s'occuper de l'enfant de Chloé quand elle le lui demanderait, entre deux déplacements. Elle ne put toutefois réprimer un léger pincement au cœur. Pendant que le restaurant se vidait, Sophia semblait préoccupée.

— Qu'est-ce qui t'arrive, t'as l'air ailleurs ? s'inquiéta Chloé.

— Je ne sais pas pourquoi je pense à ça maintenant, mais…

— Quoi donc ?

— Non, rien… Ce n'est pas le moment…

— Alors ?

Sophia hésita à changer de sujet, puis se lança.

— Il y a deux mois, j'ai heurté le type qui dirigeait le laboratoire dans lequel j'avais fait mon stage de deuxième année en biologie, tu te souviens ? C'était au Méridien, porte Maillot.

— Et alors ? C'est une simple coïncidence, rien de plus, non ?

Sophia marqua une pause, puis elle poursuivit, l'air de plus en plus perturbée.

— Je ne sais pas bien. Ça fait vingt ans, mais c'est comme si c'était hier. C'est quand même lui qui m'a dégoûtée des laboratoires pharmaceutiques. Donc je tombe sur lui il y a deux mois, et plus tard, le même jour, j'apprends sur Google qu'il a eu un accident de la route et qu'il est dans le coma. C'est bizarre, tu ne trouves pas ?

Elle poursuivit sur un ton plus énigmatique.

— J'ai un sentiment étrange. C'est fou, mais j'ai l'impression qu'il n'y a pas de hasard. Je n'ai rien à voir avec ce type, nous sommes aux antipodes lui et moi, et pourtant je le croise de nouveau.

Sophia força un sourire pour masquer son désarroi, puis elle demanda :

— Ce n'est pas un hasard si je l'ai revu, non ? Il a fait comme s'il ne me reconnaissait pas. Mais moi j'ai vu dans son regard qu'il me remettait. J'en suis certaine. Pourquoi voulait-il éluder notre passé commun ?

Machinalement, Sophia se massa l'épaule droite. Le corps garde tout en mémoire. Il n'oublie jamais.

— Tu délires, ma fille. Il ne t'a tout simplement pas reconnue, et c'est bien normal. Je ne veux pas te faire de peine, ma belle, mais à l'époque tu n'étais qu'une simple stagiaire. Comment aurait-il pu se souvenir de toi vingt ans après ? À moins que tu ne m'aies pas tout dit sur votre relation ? demanda-t-elle sur un ton malicieux. Je te rappelle qu'il est le patron d'un des plus grands laboratoires pharmaceutiques au monde, alors il a d'autres choses à faire que de fouiller dans sa mémoire pour se souvenir de toi, non ?

Toujours absorbée par cette étrange concomitance, Sophia n'écoutait plus sa confidente. Elle consulta son portable. Trois messages et douze emails. Sophia aurait voulu se confier davantage à son amie, mais elle se ravisa : les huit heures de décalage horaire avec Sydney commençaient à faire leur effet.

— T'as raison, c'est sûrement un pur hasard. N'en parlons plus. Bon, je suis cuite. Ça ne t'ennuie pas si on décolle ?

— C'est pour moi, je t'invite, dégaina Chloé en faisant signe au serveur.

— C'est gentil, merci. Le prochain sera pour moi. Ah ! Au fait, Daniel, enfin, Mark de son vrai prénom, tu sais, le type qui m'a draguée dans l'avion en se faisant passer pour un Hugh Grant version américaine, eh bien, il a réussi à trouver mon numéro de portable et m'invite à déjeuner. Je crois que je vais dire oui.

— Mais bien sûr que tu vas accepter son invitation, ma Bridget ! Et laisse tomber ta croyance débile que tu ne trouveras jamais l'homme de ta vie. Tu m'avais dit qu'il est éditeur, en plus ? Ça t'irait bien, un homme de lettres.

— Pff… non. C'est un promoteur immobilier.

Sophia jeta de nouveau un œil sur ce satané portable, cette fois en détaillant les auteurs des messages. Elle fit défiler les SMS et ouvrit celui de Samir.

Appelle-moi dès que tu peux, c'est urgent !

16

Garches, septembre 2016

Maintenant que j'étais en sursis, depuis que Maud et les enfants en avaient décidé ainsi, je saisissais chaque parcelle de chance qui s'offrait à moi. Et je fus servi. Je tentais de réapprivoiser la notion de temps. J'apprenais à reconnaître les cycles de vingt-quatre heures en me concentrant sur les variations de la lumière naturelle à travers mes paupières. Selon l'intensité du soleil sur les stores de ma chambre, je sus progressivement distinguer le matin du soir, le jour de la nuit. Quand j'étais éveillé, sans encore pouvoir émettre le moindre son, les yeux clos, je captais les « bonjour, docteur » et les « bonsoir, Stéphanie, à demain », comme autant de jalons dans les phases de la journée. Retrouver une prise sur le temps me réjouissait. Mon moral se nourrissait de chacune de ces petites victoires.

Le visage de la femme me rendait visite tous les jours, parfois même deux fois par période de vingt-quatre heures. Ses apparitions semblaient réglées sur les allées et venues des soignants. Comme si elle faisait partie de l'équipe médicale. Je m'avouais de plus en plus que ses mots et sa présence réconfortante me faisaient un bien fou. Je ne prêtais guère plus attention aux bips des machines. Je me surprenais de l'impatience qui m'habitait avant chacune de ses apparitions. Elle était la seule personne avec qui je conversais. Ces visites que j'avais considérées comme des attaques me semblaient maintenant pleines de bienveillance. Même si j'occupais toujours l'épicentre des dialogues, ceux-ci me nourrissaient désormais. J'avais le sentiment de devenir un peu meilleur chaque jour. Comme si elle aussi tenait à ce que je m'en sorte.

— Bonjour, Arnaud. Comment te sens-tu aujourd'hui ? me demanda-t-elle un matin, d'une voix enjouée.

Notre complicité intime m'invitait à envisager sérieusement la sortie de ce long tunnel noir.

— Eh bien, mieux qu'hier, lui répondis-je, assumant la banalité de mes propos.

Je décidai de lui annoncer la très bonne nouvelle de la veille, si toutefois elle ne le savait déjà.

— J'ai pu maintenir les yeux ouverts de longues minutes, dis-je fièrement. Je m'émerveille devant chaque objet, même d'une simple poche de perfusion flétrie, devant chaque visage que je découvre autour de moi. J'ai réussi à bouger les doigts et à serrer ceux de Maud. Je fus tel l'enfant émerveillé par ses premiers pas. L'infirmière de garde n'en revenait pas, elle a vite appelé l'interne. Durant ma toilette, je pouvais sentir le gant de l'aide-soignante glisser sur ma peau savonnée. Mon épiderme frissonnait au contact de ses mains épaisses. Mes muscles semblaient se réveiller après avoir hiberné.

— Bravo, Arnaud, tu es sur le bon chemin ! Je suis certaine que cette épreuve va te servir, me rassura-t-elle, heureuse.

Malgré mes questions pressantes, elle ne se prononçait jamais sur les conditions de mon éventuel retour à la vie. Mais je sentais que je serais bientôt fixé.

Un matin, lorsqu'une escouade de blouses blanches et bleues envahit ma chambre, je compris qu'il se passait quelque chose d'anormal. Au début, je pris peur, mais très vite les propos que j'entendis me donnèrent la force raisonnable d'espérer.

— Monsieur Delapierre, m'entendez-vous ? Pouvez-vous bouger les doigts ? articula le chef de service en personne.

Je m'exécutai. Désireux comme jamais de saisir cette occasion inespérée de revenir dans le monde des vivants, je m'appliquai comme un forcené à lever le plus possible chaque phalange de la main droite, comme le bon élève qui veut quitter la salle de classe en premier. Une longue série d'examens en tout genre s'ensuivit. J'étais devenu l'attraction du service, le miraculé que le gratin des neurologues devait voir absolument.

— Ce n'est pas croyable, toutes ses constantes sont bonnes, dit le jeune interne, impatient et désarmé, qui avait pronostiqué mon décès quelques semaines auparavant. Il réagit aux stimuli. Il semble n'avoir aucune séquelle au cerveau. Qu'est-ce qu'on fait ?

— On arrête la sédation, répondit l'un des médecins plus expérimentés.

Je n'arrivais toujours pas à sortir le moindre son de ma bouche, mais mes doigts et mes yeux parvenaient à parler pour moi. Une autre blouse blanche aux cheveux gris me proposa de converser avec les yeux.

— Souffrez-vous encore beaucoup, monsieur Delapierre ?

Il espérait que je lui répondrais. Je clignai des yeux deux fois pour signifier que non.

— Savez-vous ce que vous faites ici ?

Je baissai les paupières une seule fois, plus longuement, afin de lui prouver ma lucidité retrouvée. Notre code fonctionnait. Son visage irradiait l'espoir. Le professeur qui dirigeait le service de réanimation retenait sa jubilation. Il n'avait jamais vu de rétablissement aussi rapide et inespéré après un tel accident.

On me désintuba le lendemain. Mon service de sécurité personnel me collait pourtant toujours aux basques. Mes deux principaux gardes du corps à roulettes continuaient d'émettre des bips à intervalles réguliers. Pour la première fois, je changeai de service. En traversant les couloirs, toujours depuis mon lit, je m'émerveillai de chaque visage. Je cherchai à capter le moindre éclat du jour à travers les vitres des chambres qui défilaient. On m'installa dans l'une d'elles, baignée de la lumière chaude d'une fin d'été. Elle sentait bon l'air frais et respirait l'apaisement, la promesse de vivre. Une fois installé, je laissai les rayons du soleil saturer mes pupilles et caresser mon visage. « Peut-être suis-je dans l'antichambre de ma vie d'avant ? » espérai-je.

— Arnaud, je suis heureuse pour toi, me dit la voix, un matin.

J'ouvris les yeux et distinguai son visage avec netteté. D'un ton plus solennel, elle enchaîna :

— Lorsque tu retrouveras de nouveau les tiens, peux-tu me promettre deux choses ?

La perspective de sortir bientôt de ce gouffre infernal me procura une énergie folle, malgré l'anémie de mon corps. J'étais prêt à faire n'importe quelle promesse à ce visage. Je lui étais si redevable, oubliant le rôle vital qu'avaient joué les soignants et les sédatifs.

— Tout ce que vous voudrez, m'avançai-je, sans réserve.

— D'abord, je souhaite que tu tiennes tous les engagements que tu as pris pendant nos multiples dialogues, sans exception, insista-t-elle.

Il y en avait tellement que j'eus le tournis. Parviendrais-je à être ce nouvel homme qui me semblait encore très loin de l'être que j'étais avant cette maudite nuit de juin ? En tout cas, je signai des deux mains à y mettre toute ma fougue.

— Et la seconde promesse ? demandai-je, un peu fébrile, tant le premier défi me semblait déjà ardu.

— Ensuite, promets-moi que tu te souviendras de moi, si un jour nous devions nous revoir.

Sa requête me déconcerta. Avait-elle ce pouvoir de naviguer entre ici-bas et l'au-delà, pour savoir déjà que je retournerais dans ce cloaque ?

— Mais comment pourrais-je vous le refuser ? m'empressai-je de la rassurer, bien qu'inquiet. Je vous dois tant.

Elle sourit et baissa les yeux, satisfaite. Le halo autour de ce visage devint encore plus éblouissant.

— Nous reverrons-nous un jour ? tentai-je.

Mes pupilles ne purent soutenir l'éclat de la lumière. Le visage s'évapora. Cet ange de lumière disparut ainsi.

Ce fut la dernière fois que je dialoguai avec elle. Je ne savais même pas son prénom, si toutefois elle en avait un. Ce matin-là, je quittai ma nuit interminable et revis enfin le jour.

****

Sorti du coma depuis quelques jours, Arnaud réapprenait ce que vivre voulait dire. Chaque battement de cils était une victoire. Chaque respiration l'éloignait un peu plus de cette longue nuit noire. Les syllabes articulées avec difficulté le rapprochaient du monde des vivants. L'interne pénétra dans la chambre, accompagné de deux infirmières. Sa barbe de quelques jours rappelait qu'il fréquentait encore les bancs de la faculté de médecine. Sa chemise dépassait des manches trop courtes de sa blouse blanche. Celle-ci n'était fermée que par les deux boutons du haut, laissant deviner un léger embonpoint. Ses cheveux en bataille et ses cernes témoignaient d'une longue nuit de garde. Il s'approcha du lit, parcourut le relevé de santé d'Arnaud. Il marmonna quelques mots à l'une des infirmières avant de s'adresser au rescapé.

— Monsieur Delapierre, comment vous sentez-vous ce matin ?

Il n'attendait bien évidemment aucune réponse complète d'Arnaud, lequel était tout juste capable d'émettre des bribes de mots pour établir un dialogue. En revanche, ses yeux semblaient vouloir dire « beaucoup mieux ». L'homme en blouse blanche, stéthoscope à la main, s'adressa de nouveau à Arnaud d'un ton placide.

— Vous êtes un véritable miraculé, monsieur Delapierre. Vous sortez d'un coma profond de plusieurs mois, après trois arrêts cardiaques et de multiples chocs à la tête et aux membres lors de l'accident. Vous en souvenez-vous ?

Arnaud acquiesça en émettant un vague « mmm... » accompagné d'un léger hochement de tête. L'interne poursuivit ses explications.

— Nous avons arrêté la sédation il y a quelques jours. Aucune atteinte motrice, sensorielle ou neuropsychologique n'a été relevée. Un miraculé ! Nous nous sommes rendu compte, quelques semaines après votre accident, que vous étiez affecté par ce que nous appelons un syndrome d'enfermement. Cela veut dire que vous demeuriez conscient, les yeux ouverts par moments, mais que vous étiez incapable de vous exprimer ou de vous mouvoir.

Il usa alors d'une métaphore pour décrire l'état d'Arnaud.

— C'est un peu comme si vous aviez été enseveli par une avalanche. Vous avez perdu vos repères de temps et d'espace. Avec la rééducation, vous devriez retrouver peu à peu vos fonctions et vos sens, mais il faudra être très patient. Cela dit, je dois vous avouer qu'il s'est produit un phénomène inexplicable. Le professeur en chef du service m'a dit qu'il n'en revenait pas lui non plus...

Arnaud écarquilla les yeux comme pour mieux entendre ce qu'allait lui révéler le médecin.

— C'est difficile à expliquer... C'est comme si vous aviez été pris en charge psychologiquement, ce qui n'a pas été le cas, je vous l'assure. Comment dire ?...

Il leva les yeux au ciel pour trouver les mots qu'il cherchait.

— Je sais, c'est absurde, mais c'est comme si quelqu'un vous parlait chaque nuit. Vous étiez très agité au début, pris de spasmes, il a fallu vous donner des sédatifs. Mais, progressivement, vous sembliez être entouré d'un univers familier. Vous montriez parfois des signes d'activité cérébrale, comme si vous réagissiez à des messages chaleureux, à des voix apaisantes. Vous sembliez conscient de stimuli affectifs. Votre pouls, votre respiration et même la teneur en oxygène de votre sang variaient sensiblement, sans explication, pendant ces phases.

Au moment où l'interne prononçait ces mots, l'infirmière remarqua sur l'écran une légère accélération des pulsations cardiaques d'Arnaud. Surprise, elle se tourna vers le médecin, qui l'avait aussi notée. Et si ces messages chaleureux, cette voix apaisante avaient bien existé ? Et s'il avait vraiment dialogué avec cette femme imaginaire durant toutes ces longues nuits noires ? Insensé. Il devait y avoir une explication rationnelle. Arnaud se figura, sans pouvoir encore l'exprimer clairement, qu'une infirmière de nuit particulièrement attentionnée avait dû lui souffler à l'oreille des mots réconfortants. Ou bien qu'on lui avait caché qu'il était le cobaye d'un nouveau protocole expérimental consistant à faire entendre de la musique douce aux comateux. Déstabilisé par sa propre version, Arnaud chercha une autre raison. Mais, au fond de lui, il commençait à accepter l'idée absurde que la présence de cette femme chimérique à ses côtés lui avait été salvatrice. Avait-elle été ce soutien psychologique inexpliqué, évoqué par les médecins ? Quoi qu'il en soit, Arnaud se considérait à présent comme un miraculé.

— Tout va bien ? s'inquiéta la plus jeune des deux infirmières, en s'adressant autant à Arnaud qu'au médecin.

— Oui, répondit le médecin. Il prend conscience de ce qui lui est arrivé. Laissons-le se reposer. Sa femme ne devrait pas tarder à arriver.

— C'est un grand jour. À tout à l'heure, monsieur Delapierre.

Le médecin était en réalité à des années-lumière de ce qu'Arnaud avait vécu pendant sa longue nuit sans étoiles.

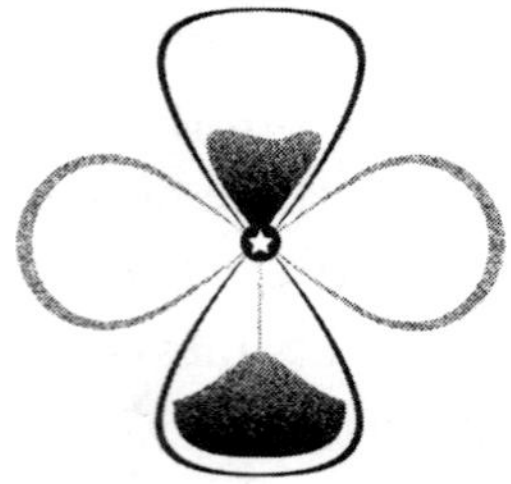

Chronos, Kairos, Aiôn[1]

1. Ce symbole des trois temps a été créé par l'auteur.

17

Boston, fin août 2016

Appelle-moi dès que tu peux, c'est urgent !

Sophia avait pris l'habitude de ne conserver dans son téléphone que les SMS porteurs de bonnes nouvelles. Celui du 22 août de Samir y avait sa place. Elle se trouvait alors à Paris et Samir venait de recevoir les premiers résultats, très prometteurs, du programme de recherche Aiôn. Depuis son retour à Boston, Sophia consacrait ses journées et une grande partie de ses nuits à analyser toutes les données que Samir et son équipe collectaient. Il faut dire que l'étude menée auprès de plus de vingt mille sujets, répartis dans le monde entier, constituait la plus vaste et la plus ambitieuse investigation jamais réalisée dans leur domaine.

L'immeuble du Center for a Compassionate World tranchait avec l'architecture de la petite ville de Cambridge, en banlieue de Boston. Ce monolithe en bois et en verre surgissait au milieu des briques rouges de style géorgien des bâtiments adjacents. Non loin de la rivière Charles serpentant dans Boston, le centre de recherche se voulait un lieu intemporel, où l'étude des traditions millénaires de sagesse côtoyait les recherches en neurosciences les plus pointues de la planète. Le centre que dirigeait la professeure Sophia Lewinovski portait le nom peu orthodoxe d'Aiôn & Co. À contre-courant, comme cela lui arrivait souvent, Sophia tenait le nom d'Aiôn de la conception du temps associée dans l'Antiquité à la vie éternelle. Chaque fois qu'elle prononçait ce mot, elle jetait un œil discret sur son avant-bras. On y avait tatoué, lors de sa première retraite au Népal, le symbole de l'infini. Et l'image de Sanjay réapparaissait, pour son plus grand bonheur. Sophia préférait mille fois cette troisième dimension du temps, moins connue, à celles du *chronos,* le temps qui s'écoule, et du *kairos,* l'instant à saisir. Ce temps cyclique, sans bornes, comme les saisons ou la respiration, incarnait la sagesse et l'espoir de la vie infinie auxquels elle croyait tant.

D'origine indienne, Samir était neurobiologiste. Après ses études à Mumbai, il avait fait sa thèse de recherche à la Health Sciences and Technology Faculty du MIT de Boston, où Sophia l'avait pris sous son aile. C'est à cette époque qu'était née leur collaboration, qui s'était vite doublée d'une amitié et d'une admiration réciproques. Samir était de ceux, dans l'ombre, qui se dévouaient sans retenue à la cause de leur mentor. Il faisait preuve d'une curiosité et d'une ouverture d'esprit rares. Et parce que son émerveillement enfantin le distinguait des autres chercheurs du centre, il était devenu son collaborateur le plus proche, son confident aussi.

Né dans la caste des vaishya, Samir était l'aîné d'une famille modeste. Son père était commerçant dans le textile et sa mère devait se consacrer à leurs sept enfants. Ses pairs lui enviaient son tempérament doux et son infinie patience. Mais, à la différence de ses concitoyens, pour qui le soleil fait souvent office de montre et une heure de retard à un rendez-vous pouvait sembler normale, il avait une conception très stricte du temps. Ses quinze années passées aux États-Unis et sa rigueur de scientifique l'avaient probablement façonné ainsi. Ses collègues du centre le taquinaient quand, par malheur, il avait quelques minutes de retard aux réunions. Impassible et malicieux, Samir leur répondait par un sourire en coin. Tous connaissaient son dévouement aux travaux qu'il menait aux côtés des autres. Dire qu'il ne comptait pas ses heures était un euphémisme. D'ailleurs, il lui arrivait parfois de dormir sur le canapé du premier étage, destiné à accueillir les visiteurs d'Aiôn & Co. L'Indien avait aussi un autre talent. Un matin, devant toute l'équipe, il voulut remonter le moral en berne de la chercheuse à la suite du refus de subventions qu'elle venait d'essuyer. Il se lança dans un discours digne d'un candidat à l'élection présidentielle pour galvaniser son électorat. D'ordinaire plus réservé, il exprima ce jour-là une ferveur qui fit un bien fou à toute l'unité de recherche. Avec les mêmes mimiques qu'un prétendant à la Maison-Blanche, empoignant le pupitre à pleines mains pour marquer sa détermination, il expliqua combien les chercheurs, tenaces, se devaient de repousser chaque jour les frontières du pouvoir de l'esprit.

— Nous sommes les nouveaux héros, nous faisons converger les secrets de la sagesse ancienne avec la science et les technologies les plus avancées pour sonder les mystères du cerveau humain. Notre dessein consiste à réunir ce que l'Histoire a séparé pendant plus de deux mille cinq cents ans. Notre mission n'est-elle pas de libérer le monde de la souffrance ?

Une salve d'applaudissements et des rires suivirent l'émouvant plaidoyer. Depuis ce jour, Samir était devenu la coqueluche du centre de recherche.

Après une courte pause, Samir revint avec une tasse de thé dans chaque main, dans le bureau exigu de l'unité de recherche

UR08–Neurobiologie et sciences contemplatives, qu'il dirigeait. Sophia s'était déjà replongée dans ses notes.

— Tiens, ton thé préféré. Tu n'as encore pas beaucoup dormi cette nuit, dit-il en remarquant les cernes de la professeure.

Il lui tendit une tasse encore fumante.

— Merci, Sam.

Sophia souffla sur la surface du breuvage, avala une première gorgée et se replongea dans son cahier afin de faite part à Samir de ses découvertes nocturnes.

— Pour l'échantillon XP des malades ayant suivi un entraînement à la méditation, on voit une récupération nette du volume de l'hippocampe.

Elle pointa son stylo sur les images en coupe du cerveau d'un patient.

— L'hippocampe retrouve partiellement son rôle de médiateur pour mieux stocker et organiser la mémoire dans le cerveau, poursuivit-elle.

La communauté scientifique était très partagée sur cette question. L'équipe de l'unité de recherche UR08, elle, en était convaincue : l'hippocampe était le siège de la mémoire à long terme, et c'est elle qu'il fallait stimuler. Elle est notre mémoire primaire, celle du tout premier instant où l'Homme fut capable de se souvenir. Sophia l'appelait la « mémoire de la vie », celle qui construit l'identité, qui permet de transmettre aux autres. De se reconnaître.

— Attends, ce n'est pas tout.

Elle but plusieurs gorgées de thé et se redressa sur son fauteuil.

— Il y a le cas stupéfiant d'un jeune retraité de soixante-quatre ans à qui l'on a diagnostiqué l'Alzheimer. Ses proches ont déclaré qu'il perdait la mémoire depuis deux ans et qu'il avait de plus en plus de mal à se rappeler leurs prénoms. Après six mois de protocole Aiôn, son entourage a constaté une nette amélioration. L'homme se souvient des visages de toute sa famille, et elle est nombreuse, plus de quinze petits-enfants et de nombreux cousins ! Après avoir fait ses tests, notre neuropsychologue adoré n'en revient pas. Le malade a recouvré une mémoire presque intacte !

Homme longiligne aux muscles secs, le visage austère accentué par de fines lunettes métalliques, Gunther, le neuropsychologue, ne laissait d'emblée rien paraître de son humour caustique. Arrivé au centre dix ans auparavant, il était chargé de vérifier si le protocole Aiôn pouvait restaurer les fonctions mentales des patients.

— Mais Gunther est toujours très enthousiaste devant les résultats, pondéra Samir. Et que donne la rémanence ?

Sophia attendait la question.

— L'ampleur de l'amélioration mémorielle est sans précédent. Ce programme semble efficace. Toutefois, quand les sujets stoppent l'entraînement mental, sans surprise, leur capacité de mémorisation se remet à décliner. En revanche, quand ils continuent à suivre le protocole, certains de leurs troubles régressent. Parfois, on observe même une inversion du déclin cognitif !

À cet instant, Samir comprit. Il revit Sophia fixant du regard la photo de sa mère posée sur son bureau, jusqu'à s'en étourdir, lorsqu'elle lui avait annoncé fièrement le lancement du projet Aiôn. Il mesura, une fois de plus, l'immense espoir qu'investissait la chercheuse dans ce protocole révolutionnaire susceptible de sauver des milliers de vies, dont celle de sa mère, atteinte depuis plusieurs mois de la maladie d'Alzheimer. Un frisson parcourut toute la surface de sa peau. Il pouvait ressentir les ondes de l'immense compassion qui animait la professeure Lewinovski. Ce programme était pour elle un défi tant scientifique que personnel.

****

C'est en découvrant, au cours de plusieurs échanges téléphoniques, la difficulté de sa mère à trouver ses mots et à se souvenir des événements récents, que Sophia décida de lui faire passer une série d'examens médicaux. Lorsque le neurologue leur annonça la terrible nouvelle, ce fut davantage un choc pour la fille. Minimisant la portée de ses symptômes, la mère ne comprit pas tout de suite la gravité de sa situation.

— J'ai toujours cherché mes mots, répétait-elle.

Sophia ressentit pour la première fois un mélange intense de désespoir et d'impuissance. Elle en vint même à se sentir coupable de ne pas s'être spécialisée en neurologie. Elle aurait peut-être pu mieux soigner sa mère. Sophia s'en était ouverte à son ami Sanjay, qui avait su trouver les mots pour l'aider. Par la suite, la mémoire de sa mère se dégrada. Elle peinait chaque jour à trouver ses mots et à nommer les objets les plus ordinaires. Les aide-mémoires autocollants décrivant les étapes rudimentaires pour utiliser le four ou pour aller au marché et en revenir commencèrent à fleurir un peu partout dans sa maison. Peu à peu, la rage engloutissait Sophia. Même le professeur de yoga, qui enseignait la méditation à sa mère, était impuissant à ralentir le fléau de sa maladie. Sans compter les médicaments qu'elle avalait. Il était difficile de se l'avouer, mais le protocole Aiôn était un échec dans son cas. Peut-être parce que la maladie était déjà installée trop profondément. Ce que redoutait Sophia par-dessus tout, c'était le jour où sa mère ne la reconnaîtrait plus. Le jour où leurs souvenirs communs, jusqu'aux plus récents, s'effaceraient aussi vite que la traînée blanche d'un avion dans le ciel. Ce qu'elle ressentait en y pensant, c'était une peine immense. Elle se disait qu'elle avait échoué dans sa quête scientifique, oubliant que des milliers de personnes allaient peut-être bénéficier des avancées de la médecine grâce à ses recherches.

****

— Ces travaux vont marquer l'histoire de l'humanité ! martela Samir, contaminé par l'enthousiasme de sa collègue. Nos efforts guideront les études futures sur les bienfaits des pratiques contemplatives. Bientôt, de toutes nouvelles connaissances scientifiques éclaireront la façon dont ces approches spirituelles pourraient atténuer la souffrance des êtres humains afin de rendre le monde meilleur !

— Ton énergie me fait du bien, Sam. Elle fait du bien à toute l'équipe, en vérité, lui avoua Sophia en se calant dans son fauteuil.

Il était près de dix-huit heures lorsqu'elle décida d'aller s'aérer dans les allées du campus et profiter de cette longue soirée d'été. En déambulant pieds nus sur l'herbe, elle sentit soudain sa poitrine se réchauffer. Plusieurs images incohérentes se télescopèrent dans son esprit. On aurait dit que quelqu'un — ou quelque chose — voulait lui transmettre un message. Une étrange sensation de dépossession s'empara d'elle. C'était comme si un appel l'invitait au loin. Sa voix intérieure lui susurra d'y prêter intérêt. Elle s'allongea sur l'herbe, les bras en croix, les yeux grand ouverts pour embrasser l'immensité du ciel. Alors, son pressentiment fut de plus en plus prégnant. L'image d'un homme alité, en danger, appelant à l'aide, se précisa. Elle ferma les yeux et se retrouva dans une chambre à peine éclairée. Elle flottait dans l'air, au-dessus de l'inconnu. Une sensation agréable envahit son corps. Mais lorsque la silhouette l'interpella, Sophia prit peur et rouvrit les paupières. Perturbée par cette expérience, la chercheuse n'en parla à personne, pas même à Samir.

Qui aurait pu imaginer qu'au même moment, à plusieurs milliers de kilomètres de Boston, Sophia était au cœur d'un incroyable dialogue ?

18

Garches, septembre 2016

— Monsieur Delapierre, votre femme est là, annonça la soignante. Le chef de service est d'accord, mais vous n'aurez qu'une heure parce que vous êtes encore trop faible.

Elle semblait heureuse de ne rien dévoiler de la surprise.

La perspective de ce premier retour à la vie d'avant réchauffa la poitrine d'Arnaud.

Lorsque sa femme pénétra dans la chambre, la gorge d'Arnaud se noua. C'était la première fois qu'il la dévorait des yeux depuis son réveil. Maud hésita : elle crut ne pas reconnaître tout à fait celui qu'elle aimait. Était-ce à cause de son visage émacié aux traits anguleux ou de ses bras couverts d'hématomes causés par les cathéters ? Ses cheveux hirsutes et sa barbe mal taillée par un infirmier finissaient de lui donner l'allure d'un réfugié de guerre. Ou bien était-ce de le revoir bien vivant ?

Maud s'assit au bord du lit. Bouleversée, elle éclata en sanglots en se cachant le visage dans les mains. Les yeux rougis, elle était incapable de prononcer autre chose que des « C'est bien toi ? ». Arnaud lui tendit la main. Elle hésitait à la saisir par peur d'amplifier ses douleurs. Par crainte aussi de trahir les maigres sentiments qu'elle éprouvait encore pour cet homme rescapé. Saisi par l'émotion, impuissant à émettre le moindre mot, Arnaud souleva quelques doigts pour lui signifier son désir de la toucher. Elle sécha ses larmes de joie teintée d'amertume et glissa sa main sous la sienne, jusqu'à ce que leurs pouces s'entrelacent. Maud commença à le caresser. Les paroles étaient vaines. Sa présence suffisait à réconforter l'homme de sa vie. Les larmes coulèrent de nouveau sur ses joues et embuèrent les yeux d'Arnaud. Maud ne ressentait pourtant aucun scrupule à lui révéler son autre décision.

De longues minutes s'écoulèrent, chacun plongeant dans les pupilles de l'autre. Aucun ne désirait interrompre le dialogue silencieux. L'homme prit soin de la regarder comme s'il la découvrait pour la première fois. Cela faisait une éternité qu'Arnaud n'avait pas détaillé les traits du visage de son épouse. Il ne restait presque rien du léger mascara qui soulignait ses yeux encore humides. Ses cheveux châtain clair, coupés au carré, la rajeunissaient de quelques années. Un léger fard sur ses joues pâles masquait mal l'inconsolable tristesse qui avait accompagné ses journées d'espoir interminables. Des journées empreintes aussi d'un sentiment d'immense gâchis à cause d'une vie à attendre que l'autre change, en vain. Des semaines de regrets et de doutes. Des matins de culpabilité, d'hésitation à lui annoncer sa décision. Arnaud n'en finissait plus de dévorer ce visage qui masquait de moins en moins le désir de soulager sa conscience. Aucun grain de beauté, tache ou ridule ne lui échappait, à la manière d'un Léonard de Vinci composant ses madones. Pourtant, depuis des années, Maud lui était devenue quasi invisible, comme fondue dans son décor d'homme aveugle à son propre aveuglement. Il comprit avec effroi qu'il était incapable de se remémorer la dernière fois où il l'avait prise dans ses bras ou qu'il lui avait témoigné la moindre affection. Il eut beau chercher dans son désert sentimental, il ne tombait que sur un cœur sec comme la pierre. Il s'en voulait tant! Arnaud désirait lui crier combien ses nuits étaient cruelles, vides de sens, sans elle.

De longues minutes s'écoulèrent encore dans le silence. Maud trouva enfin la force de prononcer les mots.

— Arnaud... Tu nous as tant manqué, dit-elle dans un long soupir. Promets-moi de vivre, le supplia-t-elle. Pour nos enfants, jure-le!

Il se délecta de chaque syllabe que Maud prononça. Loin de ses nuits de cauchemar, il semblait entendre pour la première fois cette voix douce qui l'avait aussi accompagné.

— Ma chérie..., je suis vivant. Je... te le jure! articula-t-il avec difficulté, sans lui lâcher la main.

Il l'attira vers lui et eut du mal à la prendre dans ses bras. Ses muscles lui faisaient encore défaut. Maud s'inclina sur son torse, reconnaissant l'odeur de sa peau. Elle n'osa peser de tout son poids. L'oreille collée à sa poitrine, elle sentit son cœur battre et l'étreignit un peu plus encore.

Arnaud lui raconta combien, sur son lit de réanimation, relié aux machines, il l'avait suppliée de venir, avec les enfants, lui dire au revoir avant qu'il ne parte pour de bon. Elle lui expliqua qu'elle avait mis un genou à terre. Elle avait dû être solide malgré les doutes qui l'assaillaient tous les jours. Il avait fallu rassurer les enfants, porter l'espoir, alors que ses jambes vacillaient. Elle avait beaucoup réfléchi sur l'après. Puis elle lui raconta qu'elle s'était consumé l'esprit à imaginer la vie sans lui. Un soir, Maud avait décidé qu'elle lui survivrait si le pire se produisait. Qu'elle se trouverait une nouvelle raison d'être. Elle avait maintenant le regard fixe.

— J'ai cru te perdre pour de bon... parce que je t'avais déjà perdu, Arnaud. Depuis trop longtemps. J'ai essayé de te dire ma souffrance d'être invisible à tes yeux. J'aurais voulu que tu m'écoutes, mais tu ne faisais que m'entendre, machinalement. J'aurais tout donné pour que tu me voies de nouveau, mais tu te contentais de me regarder, sans prêter attention à ma personne. Notre complicité s'est évaporée. Mon amour pour toi s'est asséché. J'ai tenu bon pour nos enfants et parce que je connais le fond de ton âme. J'ai enduré ces années pour me prouver que j'étais forte, plus forte que toi. J'ai pensé t'annoncer notre divorce quelques jours avant ton accident. Je m'étais convaincue que le vide serait comblé par ce passé si riche de joies et de merveilles à cinq. Et par l'avenir que je comptais bien m'offrir, sans toi.

Ce jour-là, elle avait décidé, avec l'approbation des enfants, de lui donner une chance de vivre. Ce même jour, elle avait aussi choisi de remettre à plus tard son choix douloureux de le quitter, pour lui laisser le temps de changer.

Bouleversé, Arnaud écouta Maud de toutes ses forces, sans la juger. Puis il lui restitua les souvenirs sombres de ses longues nuits noires. Il lui demanda de lui pardonner. De le croire quand il lui ouvrit son cœur et qu'il évoqua ses mystérieux dialogues avec cette voix. Il dit s'être senti en dehors du monde des vivants, sans être encore dans celui des morts. Cela l'effrayait toujours. Il aurait voulu lui révéler tout cela et tellement plus, lorsqu'on frappa à la porte. Contrarié, Arnaud s'attendait à ce que l'infirmière annonce la fin de la visite. Il avait encore tant à dire.

Maud se redressa et se dirigea vers la porte. Elle se retourna vers son mari, lui offrit un sourire radieux.

— Regarde qui est là, dit-elle.

C'est alors qu'Alice, Robin et Hugues pénétrèrent dans la chambre d'un pas feutré. Leurs cœurs battaient fort, au même rythme. Ils entourèrent leur père miraculé, de part et d'autre du lit. Tous ressentaient l'irrépressible besoin de le toucher. Un des enfants lui saisit une main, les deux autres s'agrippèrent à la main restée libre.

— Papa, tu es là ! Mon petit papa d'amour ! lança Alice, posant une joue tendre sur la main d'Arnaud.

Maud s'était écartée de la meute. Telle une lionne, elle devait partager le festin avec ses petits.

— Mes amours ! sanglota Arnaud. Que c'est bon de vous voir, de vous toucher enfin !

Les larmes des retrouvailles roulaient sur toutes les joues. D'habitude sobre dans la manifestation de ses émotions, Robin laissa aussi éclater sa joie :

— Papa, tu nous as manqué.

Arnaud raconta son triste quotidien, ses sensations et les images qui le traversaient, omettant les passages les plus sombres de sa nuit interminable. Les silences alternèrent avec le récit du chef de tribu. Insatiable, Arnaud voulut, en retour, tout savoir sur ce qu'il avait manqué pendant son absence. D'ordinaire indifférent aux petites histoires de tous les jours de ses enfants, Arnaud se régala de chaque péripétie de ses trois anges, comme il les appelait désormais. Tous trois se regardèrent et constatèrent que leur père n'était plus tout à fait le même. Il était devenu attentif au moindre détail, buvait leurs paroles, ne les lâchait pas du regard. Ils avaient peut-être retrouvé un père présent.

Soudain, l'infirmière toqua à la porte. Un peu gênée, elle s'adressa à Maud.

— Madame, je regrette, mais il est temps de laisser votre mari se reposer.

Pour rien au monde Arnaud n'aurait voulu qu'on vienne interrompre la parenthèse de bonheur dans laquelle il s'était réfugié. Agacé par cette intrusion, il ne ressentait pas du tout le besoin de se reposer. « Maudit protocole », se dit-il. Il aurait voulu implorer les autorités de l'hôpital de leur accorder une heure de plus. Impuissant, il se résigna, tout comme sa tribu.

— Je reviendrai bientôt avec les enfants, quand le médecin nous y autorisera, annonça Maud.

Elle déposa un dernier baiser sur son front et referma la porte derrière eux. Le silence s'installa de nouveau dans la chambre, plongeant Arnaud dans un océan de solitude et d'espoir. « Promets-moi de vivre. » Cette supplique ne le quitterait plus. Il se jura d'honorer la promesse faite à Maud.

L'instant d'après, l'image de la compagne de ses nuits gagna son esprit. Songeur, Arnaud se dit qu'il était trop tôt pour révéler à Maud l'autre promesse qu'il avait faite pendant son coma. Cela viendrait plus tard. Ils devaient réapprendre à vivre, ensemble, avec plus d'intensité que jamais. L'homme pressé devait pourtant dompter la patience. Le rescapé qu'il était n'avait d'autre choix que de tenter d'apprivoiser le temps et d'en faire son meilleur allié.

****

Le service de rééducation de l'hôpital Raymond-Poincaré, à Garches, figurait parmi les plus réputés de France. Depuis la sortie du tunnel noir, Arnaud n'avait guère chômé. Il voyait défiler les experts de la rééducation qui l'aidaient à retrouver une vie normale. Le visage austère et le sourire rare, l'orthophoniste était d'une redoutable efficacité. Elle lui faisait pratiquer des exercices d'articulation et elle l'enregistrait afin qu'Arnaud entende sa propre voix. Il avait du mal à se reconnaître, mais se réjouissait de ses progrès rapides. Désormais, il parvenait à se faire comprendre, c'était l'essentiel.

— Vous vous améliorez sans cesse, monsieur Delapierre. Poursuivez vos efforts, le complimenta la soignante en le fixant des yeux par-dessus ses lunettes en demi-lune.

— Merci, maîtresse, j'ai l'impression de retourner à l'école, tenta Arnaud.

Il obtint un sourire de l'orthophoniste, proche de la retraite.

Arnaud se pliait volontiers aussi aux supplices que lui imposaient chaque jour le kinésithérapeute et la jeune ergothérapeute. Lui mesurait au moins un mètre quatre-vingt-dix. Son visage était fin et sec. Les manches courtes de sa tenue se prolongeaient en de puissants avant-bras. Son imposante carrure de nageur olympique devait lui être utile. Il manipulait des corps inertes, accidentés, à longueur de journée, des tonnes de chairs flasques auxquelles il tentait de redonner les mouvements de la vie. Il devait ses yeux verts et sa peau cuivrée au métissage de ses parents. Elle, au contraire, était menue et ne dépassait pas le mètre cinquante. Elle nageait dans sa tunique médicale verte. Le col en V de son tee-shirt pointait vers une poitrine aux timides reliefs. Les muscles de son cou saillaient sous sa peau fine. Relevés en un impeccable chignon banane, ses cheveux blonds lui donnaient un air de Grace Kelly.

Il n'y avait pas photo. Arnaud préférait mille fois les soins et les paroles rassurantes de l'ergothérapeute aux mouvements douloureux imposés par le kinésithérapeute. Il savait toutefois très bien qu'il avait besoin des deux pour réapprendre à se mouvoir et espérer vivre comme avant. Un autre kiné, un remplaçant, lui proposait des stimulations sensorielles plus douces, qu'il prenait comme un hymne à la vie. On lui apprenait à célébrer le corps qu'il avait trop longtemps négligé.

Les séances d'ergothérapie suivaient celles de kinésithérapie. « La douceur après la torture », se réjouissait Arnaud. Ce qu'il appréciait par-dessus tout, c'étaient les échanges avec l'ergothérapeute quand elle l'interrogeait sur les facteurs psychosociaux et environnementaux de son « après », comme elle le nommait pudiquement.

Un jour d'atelier, l'ergothérapeute apporta une petite enceinte sans fil et passa plusieurs airs d'opéra.

— Tiens, vous aussi vous aimez Puccini et Bellini, articula-t-il avec peine.

Arnaud avait reconnu les passages. Même s'il disait toujours que la musique d'opéra s'écoute fort, il les savoura en fond sonore.

— Qui vous dit que cette musique n'est pas d'abord là pour vous faire plaisir ? répondit-elle, en l'encourageant à malaxer de la pâte à modeler.

— Mais alors, comment savez-vous que j'aime écouter la Callas ?

— Ah, c'est que je dois être magicienne ! En vérité, votre femme a répondu à un questionnaire à propos de vos goûts. Cela nous permet de vous stimuler et de réveiller vos souvenirs par les sens. C'est aussi grâce à ces informations que l'on vous sert parfois vos plats préférés.

Arnaud comprit pourquoi un flacon de son parfum trônait sur sa table de nuit. Ces attentions le touchèrent. Jamais il n'aurait imaginé qu'il passerait du temps à écouter une jeune rééducatrice lui parler de ses goûts ou de la configuration de son futur lieu de travail, des bienfaits des relations sociales apaisantes ou encore de ses modes de déplacement.

Lui qui revendiquait l'indépendance comme vertu cardinale n'avait d'autre option que de savourer sa totale dépendance aux blouses, qu'elles soient blanches, bleues ou vertes. L'humiliation de s'en remettre à une aide-soignante pour soulager sa vessie ou pour se laver avait cédé à un profond sentiment de gratitude. Arnaud prit conscience qu'il était tout aussi important de faire semblant de comprendre le jargon technique d'un grand professeur de médecine vous expliquant votre pathologie que d'écouter les mots simples, ancrés dans le quotidien, d'une jeune professionnelle de santé passionnée. Il mesurait combien il avait toujours eu, comme premier filtre social, les signes statutaires d'éducation ou de pouvoir. Arnaud reconnaissait qu'il ne se serait jamais intéressé avant à cette personne malgré l'ardeur avec laquelle elle exerçait son métier. Sans le savoir, la jolie rééducatrice lui ouvrait les yeux sur des territoires vierges pour lui. Elle évaluait chaque mouvement basique de la vie, comme plier un bras, serrer la main, enlever son haut de pyjama, se toucher les lèvres seul. L'apprentissage de la respiration sans machine, comme se mouvoir, était exténuant. On aurait dit que son enveloppe charnelle sortait d'une presse de casse automobile. Ses muscles avaient fondu en plus de s'être rétractés. Pourtant, jour après jour, son corps réapprenait les gestes auxquels d'ordinaire on ne prête jamais attention. Des gestes automatiques, insignifiants, essentiels.

Un matin, la chambre était baignée par le soleil des dernières journées d'été. La rééducatrice fit glisser la paume de sa main jusqu'à l'extrémité des phalanges d'Arnaud pour évaluer ses réactions. Il fut troublé par la sensualité de ses gestes lents. Elle proposa qu'il lui prenne la main. La douceur de sa peau luisante au contact de la sienne le fit frissonner. Il la retira après quelques secondes, un peu gêné. La rééducatrice s'en amusa.

— Recommencez, monsieur Delapierre. Prenez votre temps, serrez ma main dans la vôtre.

Son cœur palpita davantage. Il se souvint alors de la longue nuit, quand Maud lui prenait la main, impuissant qu'il était à bouger la moindre de ses phalanges. Cette fois, en pensant à sa femme, il ne se priva pas de serrer les doigts de la rééducatrice. Arnaud fixa alors ses yeux pour mieux lire sa compassion et lui signifier, en retour, sa profonde reconnaissance. Elle lui rendit un sourire qui creusa les fossettes de ses joues rosies. Inutile de prononcer le moindre mot, le langage du regard suffisait. Sans en mesurer encore toute la portée, Arnaud était en train d'opérer la métamorphose de sa vie.

Un jour, afin d'évaluer les conditions d'un hypothétique retour à ses activités professionnelles et à sa vie privée, la jeune femme lui posa quelques questions auxquelles il devait répondre par des phrases complètes. Ses progrès le rendaient chaque jour plus léger. Le vocabulaire protocolaire qu'elle utilisa le fit sourire. Elle parlait d'« adaptation à vos limites et à votre potentiel » et de « réinvestissement de vos activités et de vos rôles sociaux antérieurs ». Arnaud ne put s'empêcher de revoir la bande-annonce du mauvais film de sa vie d'avant : des journées harassantes de travail, des décisions complexes à prendre, des heures passées dans les avions et les hôtels. Ou encore ces week-ends à travailler, sans relâche, négligeant ses proches et ses amis. Tout pour GenLife, sa vraie, sa seule famille. Il se répéta les mots « adaptation à vos limites ». Et s'il les avait dépassées, en ce jour du 21 juin ? Et si ce miracle lui était désormais offert, comme une invitation à tout remettre à plat dans sa vie ?

Incrédule, Arnaud était convaincu qu'il avait grillé son unique joker. Oserait-il tenir les promesses faites à cette femme pendant l'interminable nuit noire ? Ces questions lancinantes lui revenaient en tête comme des vagues en furie s'écrasant sur la jetée.

19

Tokyo, une nuit de décembre 1975

La nuit qui suivit le concert au Bunka Kaikan avait laissé augurer une relation passionnée que seule la mort interromprait. Porté par le succès de son orchestre et par les critiques favorables, Henri se délectait sur son nuage. Son septième ciel était occupé par une créature de douze ans plus jeune que lui, pianiste surdouée d'une beauté divine. Le temps semblait retenir son souffle. Après le dîner avec l'ambassadeur de France et l'élite culturelle de Tokyo, les deux amants s'étaient éclipsés pour rejoindre leur chambre d'hôtel. Main dans la main, ils déambulèrent dans le quartier d'Asakusa pour s'imprégner des odeurs du Tokyo traditionnel. Pendant qu'ils contemplaient le temple de Sensõ-ji, un passant aborda poliment la soliste dans un anglais au fort accent nippon.

— Merci, mademoiselle, vous m'avez bouleversé par votre interprétation magistrale de Chopin ce soir. Puis-je vous demander un autographe ?

Surprise de croiser l'un des spectateurs dans cette mégalopole, Anna recula d'un pas titubant. Elle s'était laissé tenter par le champagne servi au dîner. L'homme, d'une quarantaine d'années, portait de petites lunettes rondes et noires. Il lui tendit le programme du récital et un stylo. Anna n'avait plus le choix.

— C'est gentil, avec plaisir. Comment vous appelez-vous ?

— A-ki-hi-ro, décomposa l'homme pour mieux se faire comprendre.

L'artiste s'appuya sur un distributeur automatique de journaux pour dédicacer la couverture du programme du concert. L'homme la remercia de nouveau et disparut dans la foule encore dense des rues commerçantes. Pas un mot sur Henri ni sur l'orchestre.

Elle ressentit un pincement au cœur. « Ce n'est pas juste », se dit-elle. Elle admirait le talent de son amant. Sentant monter la culpabilité, elle s'apprêta à s'adresser à Henri, mais celui-ci la devança.

— Tu le mérites, tu sais. Tu as été extraordinaire, comme tous les soirs, lui glissa-t-il à l'oreille.

Il n'avait jamais éprouvé un amour aussi vertigineux auparavant. Ses sentiments pour Anna prenaient aussi racine dans une admiration sans réserve du talent de l'artiste. Il aimait aussi ses frasques, ses rébellions et son absence totale de compromis. Tout ce qui échappait à Jeanne.

— Merci, Henri. Je te dois beaucoup, tu le sais, confessa la soliste.

Il sentit l'étreinte de la main d'Anna, en guise de gratitude.

Une fois dans la chambre d'hôtel spacieuse, Henri appela le room service pour commander du champagne. Anna en raffolait et fut touchée par cette marque d'attention. Elle déposa un tendre baiser sur la bouche du maestro. Il lui tendit une flûte effervescente et proposa de porter un toast.

— À nous ! Merci pour tout le bonheur que tu m'apportes chaque jour, et pour son lot de surprises aussi, lança Henri, le bras levé.

— À nous, *darling* ! renchérit Anna, avant de vider la moitié de sa flûte d'une traite.

Aucun des deux ne voulait prendre le risque de faire éclater cette bulle d'intense bonheur en évoquant l'avenir de leur couple. Mais Henri savait que cette parenthèse idyllique prendrait fin. L'ivresse gagnait petit à petit le duo. Le room service revint plusieurs fois livrer la délicieuse boisson. Puis les corps fusionnèrent jusqu'au petit matin. Ils firent l'amour sur les notes romantiques et fougueuses du concerto n° 2 de Rachmaninov. L'insouciance était le seul sentiment qui inspira cette nuit et les jours qui suivirent.

20

Manhattan, 17 décembre 2016, 18 h 10

Jetant un œil discret à la montre offerte par son épouse cinq ans plus tôt, Arnaud ne put réprimer un bâillement légitime. Cela faisait trois jours que son équipe de direction et les deux cents principaux cadres du groupe se réunissaient à l'occasion de leur séminaire annuel à New York. Il s'agissait d'établir le bilan peu glorieux de l'année et de se projeter en 2017. Arnaud ambitionnait surtout de faire de cette nouvelle année celle de la révolution culturelle de son groupe. Il tenait à mettre en œuvre les promesses qu'il avait faites pendant l'été à cette mystérieuse femme qui avait occupé son long sommeil. Plus ouvert et attentif à son environnement, Arnaud n'était plus un homme pressé. Désormais, il prendrait son temps en toutes circonstances et accorderait de l'attention aux êtres et aux choses aussi souvent que nécessaire. Sa profonde métamorphose qui débutait ne pourrait que rejaillir sur sa manière de diriger GenLife.

Les trois grands lustres donnaient à la salle de bal Fitzgerald de l'hôtel Affinia un air de salle de gala. Surmontés d'alcôves sobrement arrondies, plusieurs damiers de miroirs fixés aux murs ajoutaient au caractère majestueux de la salle. Aux fenêtres, de grandes tentures crème bordaient des voilages qui laissaient deviner les premiers néons. La nuit tombait sur Times Square.

Le directeur de la communication clôtura la journée par un « Merci à tous » et invita les participants à se retrouver à dix-neuf heures pour le traditionnel et incontournable cocktail. Il fut à peine écouté, les uns dégainant leur téléphone pour se précipiter sur leur boîte mail, les autres entamant un échange à propos de leur tenue vestimentaire.

Arnaud avait toujours été fasciné par Manhattan. La ville où tout est possible. Il resta silencieux un moment au premier rang, songeur. Et dire qu'il y a encore quelques mois, il n'était que le prisonnier de lui-même ! Cent fois il s'était dit qu'il aurait dû y rester. Il en était persuadé, la femme qui avait peuplé ses nuits noires ne pouvait être que son ange gardien. Sa volonté farouche avait fait le reste pour expliquer son spectaculaire retour à la vie.

Il se dirigea vers l'une des fenêtres, en écarta le voilage de l'index et du majeur. Ses collaborateurs avaient déjà quitté les lieux, seuls quelques duos ou trios continuaient à converser debout.

Arnaud balaya du regard cette partie de la Septième Avenue qui mène vers le Theatre District, haut lieu des comédies musicales. Ses yeux s'attardèrent sur le Madison Square Garden, temple des spectacles new-yorkais. Majestueuse, sa forme cylindrique évoquait les arènes romaines, version paillettes et show laser. Au pied de ce temple du divertissement, Penn Station déversait ses hordes de touristes à quelques jours des fêtes de Noël. Les souvenirs du voyage en famille dans la *Big Apple* émergèrent les uns après les autres. Les petits yeux ronds, remplis de bonheur, de sa fille lorsqu'elle avait découvert, tel une caverne d'Ali Baba, chaque étage regorgeant de jouets et de peluches du célèbre magasin FAO Schwarz, sur la Cinquième

Avenue. Ou encore le visage émerveillé de ses deux garçons qui n'en revenaient pas de découvrir l'imposante limousine noire qui les avait attendus sur le parking de l'aéroport JFK pour les emmener naviguer dans cette mer de gratte-ciels. Et ce chauffeur afro-américain trapu, corpulent, engoncé dans son costume trop juste, qu'on aurait pu retrouver le soir même dans un combat de catch. Enfin, le visage radieux de sa femme, Maud, ravie de l'effet de surprise sur leur petite tribu.

C'était il y a quinze ans.

Les vibrations de son téléphone interrompirent ce doux vagabondage qui lui faisait du bien. Toujours en avance de deux ou trois coups, son assistante, Maria, lui rappela d'apporter le discours de clôture du dîner, qui marquerait aussi la fin du séminaire. Malgré l'envie de continuer à s'enivrer de chaque détail qu'offrait cette Septième Avenue grouillante de touristes et de New-Yorkais, Arnaud lâcha un long soupir et se résigna à tourner les talons.

Il décida de repasser par la réception avant de regagner sa chambre pour se changer. Il dévala les marches qui menaient vers le hall lumineux, savourant l'absence de la moindre séquelle de son accident. Quelques couples étrangers et des femmes d'affaires sirotaient un verre. Son regard se posa sur la curiosité architecturale du lieu. Un îlot central accueillant de confortables banquettes en velours vert, tout en arrondis. On aurait dit que la structure d'un blanc satiné avait été sculptée par son designer pour représenter plusieurs couches de sédiments en forme de pyramide. Comme si chaque strate était une tranche temporelle lui rappelant la valeur inestimable du temps.

Au moment de se faufiler dans l'ascenseur déjà bien rempli, Arnaud aperçut un des écrans plasma du hall. On y lisait ces mots : *Conférence de la professeure Sophia Lewinovski, Center for a Compassionate World, Boston. La science et les effets de la méditation sur le cerveau, l'esprit et le corps, de 15 heures à 18 h 30, Rockwell Room.* Il se figea net, gênant un couple de retraités asiatiques qui se pressait pour pénétrer dans la cabine.

— *Oh, sorry !* s'excusa-t-il en reculant.

Les portes métalliques s'étaient déjà refermées devant lui.

Son sang en ébullition inonda ses veines. Le sol se dérobait sous ses pieds, il dut s'appuyer d'une main sur la console toute proche. Le contraste entre sa peau moite et le métal froid le ramena un instant vers l'écran. Son regard s'arrêta sur la photo de la conférencière. Comment était-ce possible ? Une ressemblance troublante, une simple coïncidence, rien de plus ? Étourdi, Arnaud ressentit dans son corps la morsure du malaise qui pénétrait chaque cellule de son être, l'obligeant à cligner des yeux pour retrouver la lucidité qui le fuyait. Rien n'y fit. Il tremblait désormais. Le visage qui apparaissait à l'écran ne pouvait être celui qui l'avait accompagné pendant ses nuits interminables ! C'était impossible. Cette illusion n'était qu'un énième mauvais tour que lui jouaient encore les plis cotonneux de son cerveau traumatisé. Les battements de son cœur martelaient sa poitrine. Il frémissait, ses sens vacillèrent. Il s'assit dans l'un des fauteuils qui jouxtaient l'ascenseur. De larges auréoles de transpiration maculèrent sa chemise. Il lui fallut plusieurs minutes pour retrouver peu à peu ses esprits.

La sidération fit place au questionnement, à l'évidence. Ce visage… C'était celui qui ne l'avait pas quitté durant ses trois mois à l'hôpital. Celui qui hantait son esprit depuis son retour à la vie. Son sang cessa de bourdonner dans ses tempes. Il devait en avoir le cœur net, maintenant.

Rockwell Room, deuxième étage. Il emprunta l'escalier pour se rendre à la petite salle de conférence. Il hésita et entra afin d'écouter la fin de l'intervention. Il restait dix minutes. Il reconnut la voix. Et le temps se figea de nouveau...

Il s'installa sans bruit au dernier rang, à la seule place restée disponible, à côté d'une jeune femme visiblement absorbée par les propos de l'oratrice. Subjugué, Arnaud n'en revenait toujours pas. C'était elle, bien réelle, derrière ce pupitre. De nouveau il fut pris d'un vertige. Tiraillé par des forces irrationnelles, celle de l'angoisse d'une situation qui lui échappait encore, celle de l'impatience fiévreuse d'en percer le secret, il eut du mal à se concentrer sur les propos de la scientifique. Elle s'exprimait dans un anglais parfait, d'une voix passionnée. Jusqu'alors, il n'avait entendu que son rythme familier et il reconnut les intonations de leurs dialogues nocturnes. Mais soudain, il en découvrait le timbre, chaud et enveloppant. Son malaise s'estompa petit à petit, laissant place à l'excitation d'en savoir plus sur cette inconnue qui lui semblait si familière. Arnaud savoura sa victoire : il pouvait enfin mettre un nom et un visage sur cette voix de sirène qui l'avait accompagné dans ses longues nuits passées à dériver. Il se concentra sur la fin de la conférence.

— Nous pouvons affirmer à présent que les pratiques contemplatives, comme la méditation de pleine conscience, peuvent influer positivement sur les capacités cognitives telles l'attention et la mémoire, et sur le corps ou l'esprit. La plupart de nos hypothèses de recherche ont été confirmées.

Elle dévoila alors une nouvelle diapositive à l'écran.

— Elles suscitent de formidables espoirs dans le traitement des personnes en grande souffrance ou atteintes de certaines pathologies du cerveau.

La chercheuse balaya du regard l'auditoire, comme si elle souhaitait instiller quelques gouttes d'espoir dans chaque visage.

Notamment chez les éminents professeurs de médecine et chez les chercheurs réputés, si difficiles à convaincre.

— Alzheimer, épilepsie, Parkinson, Huntington…, poursuivit-elle d'un ton plus grave. Nous savons que d'ici à 2030, ces maladies seront les premières causes de mortalité dans le monde occidental.

Elle fit une pause pour maintenir l'attention du public avant d'annoncer, d'une voix fière, ses découvertes.

— Soixante-quinze patients atteints d'une forme précoce d'Alzheimer ou de son stade précurseur MCI, *Mild Cognitive Impairment*, ont vu leur déclin cognitif s'inverser et leur mémoire s'améliorer.

Elle marqua de nouveau un temps d'arrêt.

— Grâce à une prise en charge personnalisée, portant notamment sur des exercices de méditation. Nul besoin de vous rappeler les effets cliniques de cette pratique contemplative sur la réduction du cortisol, l'hormone du stress, si délétère pour le cerveau des malades.

Au fond de la salle, laissant de côté son éternelle réserve sur ces approches spirituelles (pour lui, méditer ne pouvait être pratiqué que par les adeptes de Bouddha), Arnaud se laissa emporter par l'exposé de plus en plus technique de la chercheuse.

— L'amélioration cognitive fut nette pour tous les patients, que ce soit lors des tests neuropsychologiques ou à la lecture de leurs IRM. Une récupération du volume de l'hippocampe, structure cérébrale essentielle à la mémorisation, comme vous le savez, a été constatée. Nous allons bien sûr poursuivre ce protocole auprès d'autres patients pour confirmer nos premiers résultats, très prometteurs.

Elle répondit à quelques questions et termina sa conférence.

— Je vous remercie de votre attention, dit-elle en regroupant ses notes.

Elle semblait satisfaite. Une salve d'applaudissements nourris dura près d'une minute. Peu après, Arnaud se fraya un chemin à travers l'attroupement qui l'entourait. Maria lui envoya un SMS, elle s'inquiétait de son retard. Il attendit encore plusieurs minutes que Sophia fût seule pour se présenter. Son cœur battait à tout rompre. Pourquoi replonger dans cet épisode si sombre qui le ramenait six mois en arrière ? Au plus profond de lui se mêlaient inextricablement le désir fiévreux de découvrir enfin son ange providentiel et la répulsion des sombres abîmes de sa conscience qui l'effrayaient à l'idée d'y rebasculer. Comment s'y prendre ? Allait-elle le reconnaître ? Lui annoncer qu'elle était peut-être celle qui avait accompagné ses longues nuits de dérive dans un hôpital parisien ? Absurde. Délirant. Au moment où la scientifique tournait les talons pour quitter la salle, Arnaud l'interpella d'une voix vibrante.

— Madame Lewinovski ? Pardon de vous importuner, je m'appelle Arnaud Delapierre, j'ai écouté avec beaucoup d'intérêt la fin de votre exposé. Auriez-vous quelques minutes à m'accorder ?

La chercheuse se figea. Elle reconnut elle aussi le timbre et l'accent français de cet homme. Ébranlée, elle ne voulut pas y croire. Elle se mordit les lèvres pour retenir sa stupéfaction et lui répondit dans la langue de Molière.

— Bien sûr, dit-elle en le fixant droit dans les yeux. Je n'ai que quelques minutes, car je dois aller dîner avec les autres congressistes à l'autre bout de la ville. Quelle idée d'aller dans un restaurant de Lower Manhattan, alors qu'il y a tout ce qu'il faut à Time Square, vous ne trouvez pas ?

Troublé par le regard bleu marine de la jeune femme, Arnaud sentit son pouls s'accélérer. Par où commencer ? Ne voyant aucun badge épinglé à sa veste, elle lui demanda :

— Vous n'êtes pas congressiste, je suppose. À qui ai-je l'honneur ?

— En effet, je suis à l'hôtel pour le séminaire annuel de l'entreprise que je dirige. Ce que je vais vous dire va vous paraître très déroutant…

Il s'interrompit, le visage blême, et s'apprêta à renoncer, mais elle l'invita à poursuivre.

— Très déroutant ? Dites-m'en plus, monsieur, insista-t-elle, intriguée et nerveuse.

— Voilà. J'ai été dans le coma pendant plusieurs mois après un grave accident de voiture à Paris l'été dernier. C'est terrible, une femme a perdu la vie à cause de moi, poursuivit-il d'un ton grave. C'est ma faute. Je m'en voudrai toujours.

Tout en maintenant un contact visuel avec lui, Sophia plongea une main dans son sac pour vérifier l'heure sur son téléphone. Elle semblait déjà connaître le récit tragique de son interlocuteur. Elle avait lu son histoire dans la presse et avait appris par son réseau qu'il était vivant et indemne. Un miracle, disait-on.

— Il m'est arrivé quelque chose d'incroyable. Je… J'ai dialogué avec…

Le souffle d'Arnaud se fit plus court. Les scènes de chaos de ce 21 juin refirent surface telles des bouées saturées d'air comprimé, jaillissant du fond de l'océan. Le choc métallique ultraviolent contre l'autre voiture, son corps tel un pantin désarticulé pendant les tonneaux, le noir sidéral, les ordres du chirurgien dans le bloc opératoire, un sentiment de culpabilité infiltré dans chaque cellule de son être, la mort donnée et son rictus tragique… et ces dialogues surréalistes avec cette femme pendant tant de nuits, sans voir le jour.

— Voulez-vous que l'on remette cette conversation à plus tard ? proposa Sophia, affectée par le trouble d'Arnaud.

Elle suspectait à présent des séquelles de son traumatisme. Impatiente de connaître la suite du récit, elle se ravisa en voyant qu'il reprenait ses esprits.

— Non, c'est juste que… la personne avec qui j'ai dialogué pendant cette longue nuit, c'est…

Prononcer son nom était au-dessus de ses forces. Arnaud voulut encore renoncer. Et s'il se méprenait sur cette femme ? Le sourire crispé de Sophia l'invita toutefois à lui révéler enfin l'identité de cette mystérieuse personne.

— Cette personne… elle se tient en ce moment devant moi ! lâcha Arnaud, tétanisé.

Libéré du poids de la révélation, il fixa du regard les prunelles de Sophia. Ses yeux s'enflammèrent, exaltés ; seule l'intensité des sentiments pouvait y allumer un tel feu. Il n'espérait plus rien que la vérité et qu'un peu de compréhension. Car il ne pouvait y avoir d'explication. Redoutant la réaction de la scientifique, il compta sur sa sincérité et sur la force de conviction de son histoire pour espérer sa sollicitude. Puis, fébrile, il exhala un soupir de délivrance.

Une gêne rentrée serra la gorge de la chercheuse. Elle se redressa. Écartelée entre un sentiment tenace et glaçant de répulsion et une inexplicable attraction, brûlante, pour ce miraculé, Sophia vacillait sur ses jambes. Et si leurs chemins devaient se croiser de nouveau, par une envoûtante coïncidence ? Toujours décontenancée, mais déterminée elle aussi à comprendre le lien qui les unissait, Sophia prit une longue inspiration.

— Écoutez, cher monsieur, je veux bien vous croire, mais… si toutefois j'ai été cette personne, en quoi puis-je vous être utile ?

Rasséréné par sa réaction, Arnaud comprit qu'elle ne le prenait ni pour un psychopathe ni pour un dragueur minable. C'était un premier pas qui devait le mener vers une vérité bien plus troublante.

— En rien, je vous remercie de votre écoute. Enfin, peut-être que…, bégaya-t-il. Je… j'aimerais vous connaître mieux et vous raconter mon histoire incroyable. Peut-être vais-je enfin trouver une explication, j'en ai besoin. Accepteriez-vous de prendre un café avec moi demain matin ?

Sophia, enivrée par la curiosité, accepta. Elle décida de remettre à plus tard les révélations qu'elle aussi souhaitait lui faire.

21

Manhattan, 18 décembre 2016, 8 h 30

Tôt ce matin-là, Manhattan s'était couvert d'un voile gris. Les épais nuages libéraient leurs premiers flocons, tels des filaments de coton qui venaient chatouiller les pommettes rosies de Sophia et couvrir délicatement les flamboyantes décorations de Noël. Son bonnet de laine vissé jusqu'aux sourcils, la chercheuse, après une nuit d'anxiété et d'excitation mêlées, s'en voulait d'avoir accepté cette rencontre. Pourquoi se faire du mal en replongeant vingt ans en arrière pour revivre ce stage d'étudiante qui l'avait écœurée ? À quoi bon se repasser la scène désagréable de l'hôtel Méridien ? Pourquoi tenait-il à mieux la connaître, et quelle « histoire incroyable » voulait-il lui révéler ? Les questions martelaient ses tempes. Après tout, elle était curieuse de découvrir comment il avait pu évoluer et elle s'attendait à approcher un animal à la morsure peut-être venimeuse. Sophia désirait aussi se fier à son instinct, écouter sa voix intime lui murmurer de prêter attention à celui qui semblait parler avec son cœur. Cet homme ne faisait qu'amplifier la confusion des sentiments qu'elle éprouvait à son égard. Elle voulait enfin comprendre pourquoi elle se serait retrouvée à « dialoguer » avec lui pendant son coma.

Elle décida donc de céder à la loi d'attraction des contraires en honorant la rencontre proposée par Arnaud. Elle restait néanmoins sur ses gardes.

Sophia lui avait donné rendez-vous dans l'un de ses restaurants préférés. EJ's Luncheonette servait parmi les meilleurs pancakes de l'Upper East Side. Le dimanche matin, le restaurant aux banquettes en skaï bleu ciel des années 1940 était bondé. Sophia aimait cette ambiance familiale de quartier, baignée d'odeurs sucrées et salées, où elle venait bruncher de temps en temps. Les serveurs prenaient leur temps pour vous conseiller. Leurs visages aimables laissaient penser qu'ils s'y sentaient bien. En arrivant à pied, à l'angle de la Troisième Avenue et de la Soixante-Treizième Rue, son cœur s'emballa. Elle aperçut la silhouette d'Arnaud, déjà attablé derrière une baie donnant sur le trottoir. Elle fit semblant de ne pas le voir, mais comprit qu'il l'avait vue arriver.

Arnaud s'était déjà levé quand elle parvint à sa hauteur. Il lui tendit une main affable qui réchauffa la sienne, transie de froid. Son sourire avenant et ses yeux brillant d'impatience finirent de la calmer.

— Bonjour, professeure Lewinovski. Merci d'avoir accepté mon invitation, dit Arnaud.

— Bonjour, monsieur Delapierre.

— Je suis confus, j'ai dû vous paraître grotesque hier.

Sophia ne répondit pas, mais fit non de la tête. Il l'invita à prendre place face à lui.

— J'ai écouté les dix dernières minutes de votre conférence. Très intéressant. Vous êtes donc chercheuse au prestigieux Massachusetts Institute of Technology.

— Enseignante-chercheuse, au Center for a Compassionate World, rattaché au MIT, précisa-t-elle.

— C'est fascinant, ça. Ainsi, la méditation aurait des effets sur le cerveau et ses maladies ? demanda Arnaud avec une pointe de scepticisme.

Il n'osa pas aborder tout de suite son histoire. Bien que toujours méfiante, Sophia ne se fit pas prier pour se lancer dans un effort pédagogique. Il marquait un point.

— Disons que par l'entraînement mental régulier, nous pouvons modifier en profondeur la structure et le fonctionnement de notre cerveau. Par conséquent, nous pouvons influer sur le mental et sur le corps, expliqua Sophia.

— Je dirige un groupe pharmaceutique, dit Arnaud. Nous rencontrons des échecs cuisants dans le traitement de ces pathologies lors des essais cliniques. Nos molécules ne s'attaquent qu'aux symptômes, aux troubles moteurs ou de la mémoire.

La chercheuse resta très prudente. Sentant son interlocuteur bien accroché, elle poursuivit sur un ton plus vindicatif. Arnaud percevait dans ses yeux toute la passion qui l'animait.

— C'est sûr que ces maladies neurodégénératives, avec leurs essais cliniques plus longs et compliqués, ce n'est pas rentable pour vous ! lâcha-t-elle à son bouc émissaire tout désigné. Vous préférez recycler vos molécules que ralentir l'évolution de ces pathologies.

On aurait dit qu'une tempête polaire s'était engouffrée dans le restaurant. Les mâchoires serrées, Sophia se reprit en tentant de détourner l'attaque frontale qu'elle venait de lancer avec maladresse.

Troublé par la justesse de l'objection, Arnaud chercha à se justifier, oubliant presque le motif de leur rencontre.

— Nous devons centrer nos développements sur leurs valeurs économique et clinique. Le marché de la santé mondiale, c'est la guerre. Il faut réduire le temps et le coût de la mise au point des molécules, le taux d'échec étant supérieur dans ces aires thérapeutiques pourtant essentielles, je vous l'accorde. Le risque doit être minime.

Les mots résonnèrent comme des coups de pic à glace. « Risque », « guerre », « coûts », « économique ».

— Et les patients et leur famille, leur souffrance, vous vous en moquez ? s'insurgea Sophia.

Une jeune serveuse s'approcha. Elle affichait un sourire hollywoodien. Ses longs cheveux bruns attachés en natte sortaient de sa casquette. Son tee-shirt marine à manches courtes dévoilait des bras menus et blancs. À son poignet, pas moins d'une dizaine de bracelets en tissu et en cuir, souvenirs de soirées new-yorkaises ou cadeaux de son petit ami.

— Bonjour ! Qu'est-ce qui vous ferait plaisir ? leur demanda-t-elle, exploitant le silence qui suivit l'attaque de Sophia.

Les joues encore empourprées, Sophia commanda des churro pancakes à la cannelle, gorgés de sauce caramel, et un thé vert. Après avoir parcouru la carte, Arnaud opta pour de classiques œufs au bacon accompagnés d'un expresso. Et il choisit de ne pas alimenter la joute d'arguments. Il y avait plus important.

— Vous n'êtes pas venu me voir pour en savoir plus sur mes recherches, je suppose, l'interrogea Sophia, sur un ton redevenu courtois.

— En effet. Je dois vous poser une question. Pardonnez-moi, elle est sans détour : seriez-vous venue, par je ne sais quel hasard, me rendre visite à l'hôpital de Garches, en banlieue parisienne, l'été dernier ?

— Pardon ? Je ne suis pas sûre de comprendre.

— Oui, je devrais commencer par le début. En juin dernier, j'ai provoqué un grave accident de la route à Paris. Par ma faute, une femme a perdu la vie. Comme je vous l'ai dit hier, je suis ensuite resté plongé dans un coma profond, vous savez, ce fameux *locked-in syndrome*. Je croyais être déjà mort, mais les médecins et les machines m'ont maintenu en vie.

Sophia se laissait peu à peu toucher par son récit et lui permettait de deviner que sur ses lèvres flottait l'irrépressible tumulte de ses sentiments entremêlés. Elle n'osait lui avouer qu'elle avait interrogé, depuis leur « télescopage » à Paris, le gratin des médecins et des experts de la conscience. Les révélations de ses confrères l'avaient troublée encore plus. L'investigation sur la nature et les intentions de cet homme se doublait d'une curiosité purement scientifique.

— Une nuit, j'ai commencé à avoir des hallucinations à cause des traitements. Du moins, c'est ce que je croyais, sans savoir si j'étais lucide ou non. Le visage d'une femme m'est apparu. Elle a engagé une sorte de conversation avec moi. Je ne pouvais pas parler, mais je parvenais à échanger avec elle par la pensée. C'était comme si elle flottait au-dessus de mon lit. Je sentais sa présence, mais ne pouvais la voir qu'en image. Nuit après nuit, son visage m'apparaissait plus nettement. Je luttais pour rester en vie et me raccrochais à cette voix, à ces yeux. J'ai cru me retrouver dans une espèce de purgatoire, vous voyez ?

Sophia se laissa gagner par cette histoire insensée. Peu à peu, elle acceptait d'en être un des personnages principaux, ce qui électrisait davantage ses sens.

— Une autre nuit, poursuivit Arnaud, cette voix m'a dit : « Et si tu te contentais de ce que tu possèdes déjà ? » Nous avons alors… heu… nous avons dialogué sur le contentement. Elle m'a même demandé de déterminer les leçons que j'en tirerais si je sortais indemne de cette galère. Là, j'ai commencé à me laisser convaincre. Après tout, ce n'était pas pire que le royaume des morts, même si je n'y ai jamais mis les pieds…

Troublée, l'œil brillant, Sophia sentit un frisson la parcourir. Ces mots auraient pu être les siens. Dans ses conférences, elle les prononçait souvent à propos du contentement. Le masque de l'homme qu'elle détestait tant il y a vingt ans se fissurait peu à peu. Et ce regard clair qu'il dévoilait, traversé par la quête de la vérité, lui paraissait soudain familier. Était-ce parce qu'il évoquait des thèmes qui lui étaient chers ? Ou bien parce qu'il lui paraissait sincère, presque touchant ? Elle laissait les explications rationnelles s'éloigner et décida d'écouter son histoire jusqu'au bout, comme pour enfin trouver une réponse à son urgence intérieure. Un irrésistible magnétisme l'enveloppa alors.

— Une autre nuit, je lui ai demandé qui elle était. Elle m'a répondu qu'elle était le miroir de ma conscience. Je lui ai demandé quel nom portait ce miroir.

Le ton était léger vers la fin.

— Et comment s'appelait-elle, votre petite voix nocturne ?

— Je ne l'ai jamais su. Elle n'avait pas qu'une voix, elle avait aussi un visage, poursuivit Arnaud, ravi des effets de son intrigue.

— Et son visage, à quoi ressemblait-il ?

— Je ne sais pas si je dois vous le dire, hésita-t-il, le timbre fébrile.

— Mais enfin, pourquoi hésitez-vous tant ?

— Bon, très bien… Comme j'ai tenté de vous le dire hier, la personne avec qui j'ai dialogué pendant des mois, je crois que… je suis certain maintenant que… c'était vous !

Comment osait-il la manipuler avec de telles balivernes ? Ses lourds et douloureux souvenirs de stage resurgissaient. Saisie d'une ambivalence intenable, elle décida que cette histoire folle devait s'arrêter sur-le-champ.

Elle se leva d'un geste déterminé, attrapa son manteau avant que la main d'Arnaud ne la retienne.

— Je vous en prie, ne partez pas. Je suis sûr qu'il y a une explication rationnelle à tout cela.

— Lâchez mon bras, monsieur ! C'est grotesque !

— Je vous en prie, écoutez-moi jusqu'à la fin, insista-t-il, convaincu qu'elle détenait les clés de son improbable expérience.

Il changea de registre pour calmer le jeu.

— Que vous le vouliez ou non, et je suis désolé si mon histoire vous heurte, vous m'avez sauvé la vie en quelque sorte. J'aurais dû quitter ce monde, mais votre présence, nos dialogues m'ont maintenu en vie, j'en suis certain. Les médecins m'ont dit que c'est comme si j'avais été soutenu sur le plan psychologique. Or, personne ne s'est occupé de mes états d'âme à l'hôpital. Sauf bien sûr ma femme, Maud, qui me rendait visite chaque jour et me murmurait des mots réconfortants, mais vous comprenez ce que je veux dire. Je vous en prie, acceptez de me dire en toute franchise ce que vous en pensez, si tout ça vous semble insensé ou plausible, la supplia Arnaud. Ensuite, je vous promets de ne plus vous importuner.

Sophia flageolait sur ses jambes. Son âme brûlait de lui dire qu'elle croyait à son récit, mais ses lèvres, gardiennes impénétrables de la raison, lui désobéissaient. Elle hésita de longues et étourdissantes secondes, puis se ravisa. Elle se rassit devant lui, traversée par des pensées désordonnées. Son regard semblait se perdre à travers la vitre, parmi les passants emmitouflés.

Les images d'un film se mirent à défiler. Elle comprit avec effroi qu'elle avait peut-être été la dernière personne à avoir vu Arnaud avant son accident. Un sentiment de culpabilité s'immisça en elle. Avait-elle une quelconque responsabilité dans ce cauchemar ? Et cette nouvelle rencontre à Manhattan, la veille ? Et ces images incohérentes dans sa tête, ces appels intérieurs perturbants qu'elle avait cru entendre tout l'été ? Et cette sensation d'avoir l'esprit embrumé, comme si elle était à deux endroits en même temps ? À présent, beaucoup trop de coïncidences se succédaient pour ne pas y voir une logique. « Oublie ta rationalité de scientifique, ma fille ! » se dit-elle pour tenter de se convaincre.

Une force envoûtante semblait la rapprocher d'Arnaud Delapierre. Comme deux aimants que la polarité opposait, ils défiaient les lois physiques.

Après quelques respirations, les paupières closes, elle retrouva la clarté qui n'aurait jamais dû quitter son esprit.

— Admettons… Admettons que ce que vous me dites est vrai. En quoi ai-je quelque chose à voir avec vous ? Qu'attendez-vous de moi ?

— Merci de rester. Merci, Sophia.

Le ton familier d'Arnaud finit de la rassurer.

— J'aimerais tant poursuivre ce dialogue, que vous m'aidiez, maintenant que je suis revenu chez les vivants !

Un grand dirigeant, dont la brutalité n'avait eu d'égal que son sens des affaires, lui proposait de l'accompagner dans un simulacre de psychothérapie ésotérique. Où cela la mènerait-elle ? Elle n'en avait aucune idée, mais cette perspective la stimulait.

Sans aller jusqu'à l'appeler par son prénom, afin de maintenir un sas de distance, elle s'adressa à lui avec plus de chaleur.

— Je dois vous avouer que je n'ai pas les idées très claires en ce moment. C'est vrai que ce que vous me dites est troublant. Les thèmes de votre dialogue avec cette femme me sont très familiers. C'est vrai aussi que ces mots auraient pu être les miens. Quant à ma présence là-bas, c'est ridicule, je n'ai aucun pouvoir de médium, encore moins la faculté de me téléporter au bout du monde.

Elle ajouta, narquoise :

— Et si j'étais une messagère de la puissance divine, je le saurais, dit-elle, se retenant d'en rire.

C'est alors qu'elle décida d'inverser les rôles. À son tour de lui révéler qu'elle l'avait, elle aussi, déjà croisé, mais pas dans son imagination. Il était déjà neuf heures trente passées. On sentait, entre eux, que la méfiance et le doute avaient cédé la place à un embryon de connivence.

Sophia commanda un deuxième thé et se lança.

— Figurez-vous que nous nous connaissions déjà. Je veux dire en dehors de votre imagination.

— Comment ça ? s'étrangla Arnaud, stupéfait.

— Je ne vous ai pas dit la vérité tout à l'heure. Nous nous étions déjà croisés deux fois, avant de nous rencontrer hier à l'hôtel Affinia...

Le dirigeant écarquilla les yeux et retint son souffle. Peut-être allait-elle enfin lui avouer qu'elle possédait des pouvoirs paranormaux.

— Le jour où vous avez eu votre accident de voiture, c'était le 21 juin, c'est bien cela ? lui demanda Sophia.

— Tout à fait ! répondit Arnaud, pendu à ses lèvres.

— Vous souvenez-vous de m'avoir bousculée dans le hall de l'hôtel Méridien Étoile ?

— Moi ? Vous en êtes sûre ? fit-il, déçu.

Il trépignait en espérant qu'elle lui révélerait enfin sa présence pendant toutes ces nuits d'inconscience.

— Vous quittiez l'hôtel, nos épaules se sont heurtées. Je participais à un congrès à Paris.

Comme si la brume se dissipait peu à peu sur les reliefs, quelques bribes de souvenirs revinrent à la mémoire d'Arnaud.

— Je crois me rappeler, en effet, dit-il, l'air de plus en plus intrigué. Vous ai-je fait mal ?

— Un peu, oui.

Ce télescopage pouvait-il expliquer sa présence dans son long coma ? Y avait-il une relation entre cette rencontre furtive, à l'hôtel, et son accident ? Quel sens donner à cette série de coïncidences et de sentiments partagés ? Quel lien étrange pouvait-il les unir ?

— C'est à peine croyable ! s'exclama Arnaud, comme un inspecteur de police venant de découvrir la clé d'une énigme.

Ses mains décrivaient dans l'air des volutes étranges.

— Je m'en souviens, à présent, poursuivit-il. Je vous ai bousculée dans le hall, à Paris, le 21 juin, et quelques minutes après avoir quitté l'hôtel, j'ai eu mon accident. Et vous êtes apparue très vite dans mes nuits noires à l'hôpital. Et nous nous recroisons ici, à New York. Comme si nous devions nous revoir, d'une manière ou d'une autre.

Cet enchaînement logique enchanta Arnaud. Il cherchait à formuler un raisonnement rationnel dans ce qui n'avait été qu'une succession de coïncidences au début, mais qui se révélait d'une lumineuse synchronicité. La voix stridente de la serveuse à la table d'à côté le ramena à sa quête de vérité, devant Sophia, laquelle avait le visage concentré.

— Vous dites m'avoir déjà vu deux fois. Quelle fut la deuxième occasion ? la relança Arnaud.

Elle hésita. Fallait-il déverser sa rancœur vingt ans après les événements, à la face d'un homme perturbé par un accident qui avait ôté la vie à une jeune femme et failli lui dérober la sienne ? Elle préféra l'aider à se replonger dans le passé, pensant que celui-ci éclairerait le présent.

— J'ai bien peur que ce que je vais vous dire vous soit bien anecdotique.

— Au contraire, Sophia, dites-moi vite.

— En fait, la première fois que nous nous sommes rencontrés, je faisais mon stage de deuxième année à Normale Sup chez GenLife. C'était en 1996, au centre de recherche de Saclay.

— En 1996, dites-vous ?

Il sonda sa mémoire.

— Je travaillais dans le domaine thérapeutique du système nerveux central, c'était passionnant.

Elle se demandait s'il fallait lui révéler toute la vérité.

— Mais... Je dirigeais le centre à cette époque...

— Tout à fait. Et je dois dire que vous êtes pour beaucoup la cause de mon choix de carrière.

— Comment ça ?

Arnaud se sentait flatté. Il allait vite déchanter. Cette fois, Sophia ne prit pas de gants avec lui. Elle dit exactement ce qu'elle avait ressenti à l'époque. Sa bienveillance atteignait parfois ses limites, révélant une rancœur tenace qui irriguait ses veines de son sang épais et noir.

— J'ai renoncé à travailler pour des grands laboratoires privés. J'ai décidé de consacrer ma vie à l'enseignement et à la recherche, au service de la vie, révéla Sophia.

Ses mâchoires se crispèrent, son iris perçant s'assombrit de ressentiment. Ses lèvres, prises de légers spasmes, se transformèrent en une déchirure rageuse. Elle cherchait à attraper le regard d'Arnaud.

— Pourquoi donc ?

Arnaud sentait au ton âpre de la chercheuse que ce qu'elle s'apprêtait à lui dire n'allait pas lui faire plaisir. Il songea à se blinder derrière son armure métallique pour faire dévier les critiques personnelles. Du moins, cela aurait été son réflexe avant son accident.

— Permettez-moi d'être directe, dit-elle sans attendre la réponse. Votre manière de traiter les gens m'a profondément choquée à l'époque. La course effrénée au profit, le rythme et la charge de travail insensés, l'ambiance oppressante, le peu de considération pour l'humain. Et surtout votre cynisme et votre mépris envers moi. Et cette humiliation que vous m'avez infligée devant les autres, je ne l'oublierai jamais. Je dois dire que cette première expérience professionnelle a été un désenchantement total.

Elle était soulagée de lui balancer ce qu'elle retenait depuis trop d'années, ces souvenirs qui lui oppressaient la poitrine. L'énergie libératrice de ces mots lui permit de contenir ses larmes amères, prêtes à jaillir.

En temps normal, les mâchoires d'Arnaud se seraient crispées, laissant saillir les muscles des pommettes. Ses yeux, froids comme de l'azote liquide, auraient pétrifié Sophia sur place. Et sa voix intimidante et son ton cassant l'auraient achevée. Cette fois, volontiers vulnérable, il laissa Sophia s'engouffrer dans l'une des failles les plus intimes de son épaisse armure, qu'il avait cru colmater avec le temps. À côté, le sarcophage du réacteur nucléaire de Tchernobyl faisait figure de papier à cigarette. Se rendre faillible devant cette femme était le signe qu'il était prêt à opérer sa transformation. Du moins, sans qu'il en ait l'objectif clair. Pour la première fois de sa vie, Arnaud accordait toute son attention à quelqu'un, sans intention de convaincre, blesser ou manipuler. Il souhaitait l'écouter pour comprendre, sans la juger.

— J'admire votre franchise, Sophia. Vous savez, la réalité de la gestion d'une entreprise est complexe, argua-t-il, d'un ton empreint d'humilité. Quant à mon comportement odieux, je suis sincèrement désolé. J'espère avoir changé.

Il avançait à pas feutrés, autant parce qu'il se sentait en dette vis-à-vis de l'ex-étudiante que parce qu'il ne voulait pas qu'elle cherche à s'enfuir.

— Vous semblez avoir un don pour décoder la personnalité des gens, la complimenta-t-il. Si j'ai pu vous heurter quand vous étiez stagiaire, c'est qu'à l'époque, je ne disposais pas de toutes les clés que vous semblez posséder.

Il la flattait pour apaiser sa rancœur. Cette stratégie de séduction, dont il était à peine conscient, opéra. Ce premier pas de repentance toucha la cible. La chercheuse demeura subjuguée par le récit de l'homme qu'elle avait en face d'elle pour la quatrième fois de sa vie. Elle cherchait encore, dans l'épais brouillard de son cerveau, à donner un sens à cet enchaînement de circonstances. Sophia oscillait entre l'absurdité de la situation et la curiosité d'en savoir plus sur cet homme singulier, attachant, et la place qu'elle occupait, sans le vouloir, dans son histoire. Après tout, il semblait avoir déjà changé. À ce stade, elle n'était certaine que d'une seule chose, bien mince : l'envie d'en apprendre plus sur lui. Sur elle aussi.

L'horloge au-dessus de l'épaule d'Arnaud affichait dix heures trente-cinq. La chercheuse glissa la main dans son sac pour activer son téléphone et confirmer l'heure. Elle devait filer à Boston. Une réunion avec l'état-major du centre l'attendait. Il lui fallait cinq bonnes heures pour rejoindre le MIT en train. Elle ne voulait pas en rester là et hésitait à être la première à en faire la suggestion. À la fois désorientée et légère, c'est avec le ventre plein d'émotions contrastées qu'elle sortirait des deux heures passées avec cet homme. Sa tête, elle, débordait de questions.

— Je dois vous quitter, j'ai un important rendez-vous à Boston.

— Bien sûr. Je prends moi-même l'avion pour Paris dans trois heures. Je dois vous remercier de m'avoir consacré votre temps. Et pardon si je vous ai perturbée avec mon histoire insensée.

L'homme fouilla dans sa poche de veste et en sortit deux cartes. L'une, en plastique, pour régler l'addition ; l'autre, en papier épais, dans l'espoir de rester en contact avec celle qui n'était pas que son ange providentiel. Il ne mesurait pas à quel point cette longue traversée entre la vie et la mort, à l'hôpital, qu'ils avaient faite côte à côte, bouleverserait le restant de leurs jours.

— Tenez, voici ma carte. Puis-je espérer vous revoir ? demanda Arnaud, nerveux à l'idée qu'elle pourrait esquiver sa requête. J'aimerais tant en savoir plus sur vos recherches et comprendre ce qui nous lie.

Bien que Sophia fût troublée par son insistance à la revoir, elle préféra laisser planer le doute quant à l'interprétation hasardeuse de sa demande. Toute leur chair retentissait de cette confusion affective.

Hésitant à répondre, elle lui tendit sa carte elle aussi. Elle mesurait le risque qu'elle prenait. Elle se découvrirait peut-être un jour sous l'emprise d'une odieuse manipulation.

— C'est entendu, Arnaud, finit-elle par dire, l'appelant pour la première fois par son prénom.

Elle afficha son sourire le plus radieux et lui tendit la main. Il la saisit et l'enveloppa de son autre main pour mieux lui signifier le caractère précieux de leur prometteuse rencontre. Chacun tremblait encore du tumulte qui les avait emportés.

— Joyeuses fêtes.

— Passez de belles fêtes vous aussi, répondit Sophia.

Ils se quittèrent avec la certitude intime de se revoir.

22

Paris, janvier 2017

Trois interminables semaines, grises et tristes, s'étaient écoulées depuis cette discussion surréaliste à New York, au cœur de l'hiver. Lorsqu'il reçut un SMS de Sophia, Arnaud se rendit compte qu'il avait guetté ce moment avec la même fébrilité qu'au premier jour de leur rencontre.

> Merci, Arnaud, pour vos vœux. Que 2017 soit l'année où vous trouverez les réponses à vos questions. Je vous le souhaite. Puisque vous y tenez, retrouvons-nous ce mercredi à dix heures, devant l'entrée du parc floral de Vincennes. Couvrez-vous bien, on prévoit de la neige.

« Couvrez-vous bien. » Cette marque d'attention enveloppa Arnaud de son voile protecteur. Encore diminué, il se présentait à elle avec la fragilité d'un homme en reconstruction. Il ne savait pas plus ce qu'il allait découvrir que ce qu'il proposerait en retour. Mais son intention était claire : lui demander son aide pour « finir le travail ». Leurs dialogues pendant cette parenthèse dans le noir étaient restés bien théoriques. Passer aux travaux pratiques l'inquiétait plus que tout. Parviendrait-il à se hisser au degré d'humanité que cette femme espérait au sortir du tunnel noir ? Cette fois, on avait mis sur son chemin cette femme de chair et d'os pour le guider dans son rachat, du moins était-ce ce qu'il s'était mis en tête.

Depuis son retour à la vie, à l'automne, les questions fusaient. Ressentant le besoin impérieux de changer, il avançait pourtant dans le brouillard, incapable de décoder tous ces signaux reçus lors de son profond coma. Parfois, cette seconde chance lui apparaissait davantage comme un poids encombrant que comme une boussole qui lui indiquerait la route à suivre. Il lui fallait trouver le bon guide.

— Arrêtez-vous là, indiqua Arnaud.

Le chauffeur obtempéra en silence et gara la berline noire le long du trottoir déjà recouvert de neige.

— Je reviens dans une heure, Fidèle, je ne suis là pour personne, qu'on ne me dérange sous aucun prétexte.

— Oui, monsieur, comptez sur moi.

Arnaud refusait de toucher à un volant depuis son accident. Il s'extirpa de la voiture et marcha dans le vent glacé en direction des kiosques verts, à l'entrée du parc. Il pinça le col de son trench. L'instant d'après, son pouls piqua un sprint lorsqu'il crut reconnaître la silhouette de Sophia.

Une femme se retourna, le téléphone à l'oreille, au cœur d'une discussion houleuse, semblait-il, et dont profitaient malgré eux les quelques visiteurs qui se trouvaient près de l'entrée du parc. Ce n'était pas Sophia.

Arnaud fit demi-tour sur quelques mètres. Il sentit alors des yeux brillants d'enthousiasme se poser sur lui lorsqu'une voix enjouée s'adressa à lui.

— Bonjour, Arnaud.

Il se retourna et ne put masquer sa joie.

— Bonjour, chère Sophia, dit-il en serra sa main gantée de cuir bleu. Je vous souhaite de nouveau une très belle année, pleine de découvertes et de rencontres.

Il ne se rendait pas compte qu'il projetait ses propres vœux sur elle et qu'il espérait lui-même découvrir tous les enseignements de son accident et clarifier enfin ses sentiments pour elle. Sophia comprit et lui répondit sur un ton encourageant.

— Et je vous souhaite à mon tour une année savoureuse, pleine de vie et de joie !

Le ton était donné. Une fois les billets d'entrée achetés, elle lui proposa de déambuler dans le parc. Une nounou, encerclée par quatre enfants emmitouflés, s'éloignait d'eux en direction de l'aire de jeux. C'était un mercredi. Bientôt, on n'entendit plus que le crissement de leurs semelles sur la neige.

Arnaud rompit le silence le premier.

— Vous souvenez-vous de m'avoir demandé, pendant mon sommeil artificiel, quelles seraient les leçons que je tirerais de mon épreuve, si j'en sortais indemne ?

Arnaud savait qu'en associant de nouveau Sophia à cette femme imaginaire, il prenait le risque qu'elle refuse tout net de l'aider.

— Arnaud, je vais vous décevoir encore, mais je ne me souviens pas d'avoir été présente dans vos rêves, dit-elle d'un ton navré. Ni bien sûr à l'hôpital. Comment aurais-je pu m'y trouver, d'ailleurs ? Nous ne nous connaissions pas vraiment. Vous aviez tout oublié de l'ancienne stagiaire. Pardon de remuer encore ces mauvais souvenirs. Et je n'avais certainement pas envie de dialoguer avec vous, même par la pensée. Je n'ai pas ce pouvoir de toute façon, dit-elle en haussant les épaules, les paumes tournées vers le ciel.

En vérité, les appels impromptus de cette voix durant tout l'été, Sophia se les rappelait avec précision, comme s'ils étaient engravés sur les murs de sa mémoire. Si elle faisait le lien avec le récit d'Arnaud, elle refusait de le lui avouer pour le moment.

— En revanche, j'aurais très bien pu vous poser cette question si nous avions été des amis proches. Que m'auriez-vous répondu ?

De manière très implicite, elle jouait le jeu espéré par Arnaud. Elle était devenue, par curiosité autant que par altruisme, cette femme imaginaire de l'interminable et sombre corridor d'Arnaud à l'hôpital.

À peine désarçonné, il avoua son impuissance.

— Tenez, je me sens incapable de tirer la moindre leçon de toute cette histoire !

Il saisit l'occasion, trop belle.

— Accepteriez-vous de m'aider à y voir plus clair ?

— Pourquoi pas ? Mais à une condition, répondit Sophia du tac au tac.

— Je vous écoute.

— Eh bien, pour que je puisse vous aider, il faudra m'en dire plus sur les conversations que nous avons eues ensemble. J'ai la mémoire qui flanche un peu ces temps-ci, répondit Sophia d'un air très sérieux, certaine de son effet.

Arnaud éclata de rire.

— Bien sûr, Sophia, vous saurez tout.

Arnaud était prêt à se livrer à elle sans réserve, sauf sur ses sentiments de plus en plus ardents. La chercheuse débuta par une question qui lui parut simple sur le coup.

— Que se passe-t-il en ce moment dans votre tête ?

L'homme marqua un arrêt et se tourna vers elle, interloqué.

— Que voulez-vous dire par « que se passe-t-il » ?

— Avez-vous des pensées, des images en tête, à l'instant ?

— Oui, des tonnes.

— Lesquelles, par exemple ?

— Je ne suis plus moi-même, du moins c'est ce que je crois. Je suis hanté par le doute, alors que je n'ai jamais connu ce genre de questionnement avant. Depuis l'accident, j'ai perdu tous mes repères. Pas un jour ne passe sans que je ressente une incommensurable culpabilité à l'égard de cette famille que j'ai détruite. Ce nœud inextricable m'enchaîne à elle. J'ai aussi l'impression de ne plus être à ma place, de m'éloigner de ma femme et de mes enfants, d'avoir perdu en légitimité dans mon rôle de dirigeant. Je m'interroge sur tout. Je me demande si ce que je dis ou fais respecte les engagements que j'ai pris à la sortie de mon trou noir. J'ai l'impression que les regards sur moi ont changé. Mes émotions sont confuses, j'ai perdu ma boussole. Les gens semblent ne pas me reconnaître. C'est très déroutant. Et puis je me sens impuissant à interpréter les messages que vous… enfin… que cette femme m'a adressés. « Tout est déjà là. » Qu'est-ce que ça veut dire ? Qu'est-ce qui est là ? Qu'est-ce que je dois changer en pratique ? Vous voyez ?

Il avait l'air désemparé. Devant cette avalanche de questions, Sophia s'immobilisa devant lui, l'obligeant à s'arrêter. Elle fixa les yeux d'Arnaud quelques instants, puis baissa les paupières. Elle sentit l'air chaud sortir du nez d'Arnaud. Elle l'invita à fermer les yeux à son tour.

La chercheuse s'émut de la confiance qu'il lui accordait. Elle confirma, à cet instant, son intuition née à New York. Cet homme avait du bon en lui. Peut-être même des gisements de bonté qui devaient voir la lumière du ciel. Désormais, elle voulait l'aider, mue elle aussi par un désir inavouable.

— Êtes-vous capable de nommer vos pensées, leur intensité et ce qu'elles déclenchent comme émotions en vous ?

Elle espérait qu'elle avait été plus claire. Arnaud ferma les yeux lui aussi, pour mieux se concentrer sur ces questions déroutantes. Il perçut à son tour le souffle chaud de Sophia. Son visage était à moins de cinquante centimètres du sien. Cette soudaine intimité brouilla encore un peu plus son esprit et ses sens. Son cœur cognait dans sa poitrine. Sa vague attirance pour cette jolie inconnue à New York prenait maintenant la forme d'un réel magnétisme. Son charme l'hypnotisait un peu plus. Il en oublia ses questions. Devant l'absence de réponse, Sophia se fit encore plus précise.

— Prenez votre temps. Pouvez-vous sentir l'air qui entre et sort de vos poumons ?

Arnaud tenta de se ressaisir. La simplicité de la question l'aida à se concentrer.

— Je crois… je crois que oui.

Il s'efforçait de visualiser ses poumons se gonfler, puis se vider. Mais le visage de Sophia, qui semblait s'être rapproché du sien, envahit un peu plus son esprit. Troublé par la sensualité de sa voix, Arnaud sentit son ventre se nouer, effrayé par l'exaltation volcanique dans ses tempes.

Un long silence se déploya autour d'eux. Le manteau blanc qui les entourait leur en renvoyait la suavité. L'immobilité des deux corps enracinés au milieu d'une allée déserte, baignés par le calme feutré de la neige, dilatait le temps.

— Observez le mouvement naturel de votre souffle, sans vous juger. Suivez le mieux possible chaque inspiration, chaque expiration, sur toute leur longueur.

Les mots chuchotés entre de brèves pauses, telles les notes d'une partition, semblaient s'ajuster à la perfection à la symphonie apaisée du souffle d'Arnaud. Rassuré, il se laissa bercer par la mélodie diffusée par les lèvres de Sophia.

Soudain, l'image du tunnel, puis celle de Maud, troublèrent sa concentration. Il se jugea avec sévérité. Mille tâches urgentes l'attendaient au bureau et lui, au milieu d'un parc, apprenait à respirer et à refréner les battements de son cœur. Il s'en voulait, hésita à interrompre leur rencontre qu'il avait tant souhaitée.

Immobile depuis de longues minutes, Arnaud sentait le froid rougir le bout de son nez et de ses doigts. Mais la satisfaction infantile de percevoir son propre souffle lui suffit pour contenir les premiers frissons.

— Avec de l'entraînement, vous parviendrez à mieux savoir quand votre esprit vagabonde, affirma Sophia.

— Mais quel est l'intérêt ? lança Arnaud d'une voix altérée par la torpeur qui lui engourdissait les sens.

— Chaque fois que votre esprit vous semble embrumé, que vos pensées vous assaillent ou vous tourmentent, vous pouvez les mettre à distance et retrouver un esprit plus clair, apaisé, en reportant votre attention sur votre souffle. Voilà l'intérêt.

Arnaud comprit alors que son esprit avait été aussi encombré que confus pendant trop d'années. Lui qui considérait que l'effervescence de ses pensées témoignait de sa vigueur intellectuelle, admettait maintenant, peu à peu, qu'elles pouvaient être un sérieux handicap. Néanmoins, il argumenta de nouveau.

— OK, mais j'ai du mal à voir le lien avec mes questions. En quoi penser à mon souffle peut-il m'aider à répondre à ces foutues questions ? demanda-t-il, un brin impatient.

— Vous m'avez demandé de vous aider à tirer des enseignements de votre vie, n'est-ce pas ?

Sophia attendit qu'il acquiesce avant de poursuivre.

— Exact, confirma Arnaud.

— Alors voilà, après ce qui vous est arrivé, il est normal que vous vous posiez tant de questions. Le contraire eût été surprenant. Un bon moyen pour retrouver du calme mental et y voir plus clair dans votre vie, pour espérer trouver des réponses à vos questions, c'est de discipliner votre esprit. L'entraînement que je vous propose consiste à porter votre attention sur chaque instant, rien de plus. Le plus important, mais pas le plus simple, c'est que vous puissiez suspendre votre jugement sur vous-même.

Sophia s'apprêtait à poursuivre ses explications lorsque Arnaud l'interrompit.

— Suspendre mon jugement ?

— Oui, nous avons la fâcheuse tendance à nous juger et à juger les autres en permanence. Or, notre inclination à tout vouloir évaluer, comparer, critiquer, nous empêche de considérer la réalité de nos expériences, de nos états intérieurs et, surtout, de nos émotions.

— Que voulez-vous dire ?

— J'ai l'impression que vous vous reprochez d'avoir tant de questions et de doutes en vous. Si vous commenciez par accepter l'idée que vous doutez, sans vous juger, vous auriez franchi un grand pas, non ? Souvent, les dirigeants comme vous ont un sens critique aiguisé, doublé d'un culte du perfectionnisme, d'une exigence extrême. Cela les empêche d'accéder à leurs émotions.

— Hum… Je crois comprendre.

— Alors, quelles sont vos pensées, maintenant, et quelles émotions sont présentes en vous ? enchaîna Sophia, sentant Arnaud progresser.

— J'ai l'image de mon équipe qui ne me fait plus confiance. Et celle de mon conseil d'administration qui me congédie. Un doute terrible m'envahit, des questions aussi, comme « suis-je encore à la hauteur pour occuper ce poste ? ».

— Et si vous ressentiez une émotion, là, tout de suite, quelle serait-elle ?

Se pensant désormais en totale sécurité, le dirigeant lâcha, soulagé :

— Eh bien, je me sens désemparé...

— Très bien, Arnaud, l'encouragea Sophia. Quoi d'autre ?

— Comment ça, très bien ? Vous m'encouragez à me sentir désemparé ?

— Je vous trouve touchant quand vous fendez l'armure, Arnaud. Quoi d'autre ?

— Je sens aussi un malaise en moi. C'est ma faute, cet accident. J'ai tué une femme et détruit une famille, je ne me le pardonnerai jamais.

Sa voix était devenue plus pâle.

— C'est bien. Permettez à vos émotions et à vos pensées difficiles de sortir.

Sophia constatait les premiers progrès d'Arnaud, ce qui nourrissait un peu plus l'espoir de le voir un jour accéder à toute la palette de ses émotions. L'image du directeur cynique du centre de recherche, qui avait sévi vingt ans plus tôt, se dissipait peu à peu.

Après l'exercice, Arnaud fit un quart de tour et invita Sophia à reprendre leur marche, côte à côte. Ce qu'elle lui révélait commençait à infuser en lui. Il saisissait combien il était prisonnier de ses pensées et imperméable à ses sentiments. Il enfouit ses mains dans les poches de son manteau pour tenter de les réchauffer. Il se dit qu'il avait à présent deux certitudes. La première était que cette chercheuse serait la boussole qui le guiderait dans la quête de transformation personnelle qu'il s'imposait, sans savoir où elle le mènerait. La deuxième était que cette quête serait longue, douloureuse, mais salvatrice.

— Je crois saisir ce que vous me dites, Sophia.

Malgré le froid, le dirigeant et la scientifique poursuivirent leur dialogue pendant de longues minutes, en sillonnant les allées blanches, immaculées, du parc. Puis ils se dirigèrent vers la sortie.

— Donnez-vous du temps, cher Arnaud.

Elle ôta un gant et fouilla dans une poche de son manteau. Elle lui tendit le poing. Il renfermait un objet qu'elle voulait lui donner, sans un mot d'explication.

— À bientôt, fit Sophia.

Arnaud sentit la paume de Sophia libérer un petit papier plié. Il comprit son intention, et il le glissa dans sa poche sans rien dire.

— Vous avez raison, Sophia. À très bientôt.

Il était maintenant très excité à l'idée de lire ce qui semblait être un message de Sophia pour lui. Était-ce une consigne ? le début d'un jeu de piste ? un mot tendre ?

Ils franchirent les portes du parc floral et se quittèrent. La neige s'était installée sur Paris.

Le chauffeur du dirigeant l'attendait, garé en face. Arnaud s'engouffra dans la berline chauffée et demanda à Fidèle de le conduire au bureau. Il plongea la main dans son manteau, comme un enfant cherchant un dernier bonbon. Il était si troublé qu'il en avait oublié de proposer à Sophia de la déposer quelque part.

Il déplia le bout de papier et lut à voix basse le texte écrit au stylo.

Découvrir, devenir et accepter ce que nous sommes,
telle est la grande aventure de l'existence.
S.

— C'est très joli et si vrai, se permit de dire Fidèle.

— C'est exact, répondit Arnaud.

Ces mots, bien qu'encore abstraits, remplirent d'espoir le nouvel homme qu'il aspirait à devenir avec tant d'ardeur. Curieux, Arnaud se demanda pourquoi elle avait signé « S. » et non « Sophia ».

Plus tard, il comprit qu'il venait de vivre sa toute première expérience de méditation, sans que jamais Sophia ait prononcé le mot. Il ne mesurait pas encore la portée de ces exercices si simples en apparence.

23

Paris, printemps 2017

La journée avait mal démarré. Arnaud venait de recevoir un appel du président du conseil d'administration lui annonçant un veto provisoire au rachat de la start-up coréenne BioNanoTech. Il en avait pourtant fait une priorité stratégique. Sa déception était immense. Dans le passé, sa capacité à influencer les décisions des administrateurs aurait fait mouche. Que se passait-il depuis ce maudit accident ? Arnaud semblait avoir perdu une partie de sa force de conviction. Une énième passe d'armes avec Julien avait eu lieu lors d'une réunion récente. Celui-ci ne cachait plus son désir de se montrer, aux yeux des administrateurs, comme la seule option sérieuse dans l'éventualité d'un départ d'Arnaud. Cela faisait quelques semaines que la rumeur circulait. Lucide, Arnaud savait que son bras droit manœuvrait pour le faire destituer et avait agi dans son dos pour que le conseil refuse l'acquisition. Autrefois proches, faits sur le même moule d'une machine intellectuelle froide, Julien et Arnaud étaient à présent opposés en tout. Sans scrupules, son adjoint avait profité de son absence pour renforcer son pouvoir. Par hasard, l'actuel dirigeant avait appris qu'il avait menacé chaque membre de l'équipe de direction en leur demandant ou bien de se rallier à lui, ou bien de risquer d'être écarté le jour où il accéderait au trône.

Alors, lorsque son téléphone vibra pour signaler un SMS de Sophia, Arnaud se réjouit à l'idée d'honorer un nouveau rendez-vous.

> Bonjour, Arnaud, nous nous voyons toujours vendredi soir ? Retrouvons-nous cette fois à La Pagode, rue de Babylone, à 19 h 30. Sophia.
> P.-S. : Venez avec un objet personnel, une image ou toute autre chose qui provoque une tempête émotionnelle en vous…

« Tiens, rendez-vous dans un restaurant japonais ? » s'interrogea-t-il, dubitatif.

Le lieu semblait peu propice à la nature intimiste de leurs rencontres. En tapant le nom et l'adresse de l'établissement sur le moteur de recherche de son portable, il comprit qu'elle le conviait non pas à déguster des sushis, mais à une séance de cinéma. Ce qui l'intriguait plus encore, c'était sa requête surprenante : venir avec un objet personnel. Tentant d'établir des liens entre les informations, il frémit à l'idée de vivre « une tempête émotionnelle ». Incapable, dans l'instant, d'identifier un tel objet, il comprit que son répertoire sentimental était devenu plus aride que le Sahel. Bien qu'il lui restât deux jours pour identifier l'objet en question, il décida quand même de dresser une première liste. Il sortit un bloc-notes de son bureau. Bien présomptueux, Arnaud eut la plus grande peine à y inscrire le nom de deux malheureux objets : une photo de lui avec sa femme et leurs enfants, prise lors d'un voyage au Brésil ; et une lance masaï, offerte par un chef de village au cours de leur voyage familial en terre africaine. Pas de quoi provoquer la tempête attendue, à peine un sentiment de fierté caressant son ego. Dans un nouvel effort de remémoration, Arnaud identifia un troisième objet, immatériel cette fois : l'aria « Casta Diva » de *Norma*, interprétée par la Callas. L'extrait de l'opéra de Bellini figurait dans la liste de lecture de son téléphone. Cela faisait une éternité qu'il ne l'avait pas écouté. La dernière fois, c'était lors des obsèques déchirantes de sa mère, dont la dernière volonté fut d'être accompagnée par la divine voix de la cantatrice. D'abord tenté de réécouter le morceau tout de suite, histoire de maîtriser les dégâts probables de cette tornade devant Sophia, Arnaud se ravisa. Il assuma le risque de réserver ce moment pour le rendez-vous avec la chercheuse, s'il décidait de venir avec le morceau de musique.

Il arracha la page, la plia en quatre et la glissa dans sa poche de veste. Il espérait bien la retravailler pour trouver d'autres idées moins perturbantes que l'air de Bellini. Il referma le bloc et le rangea dans son bureau. Entre-temps, la liste de ses messages électroniques, pourtant filtrés par Maria, avait doublé, sans compter les relances insistantes par téléphone.

****

Ce vendredi soir, une poignée de cinéphiles s'était rassemblée devant le mur rouge sang, défraîchi, du cinéma, à l'angle de la rue Monsieur et de la rue de Babylone. C'était le début du week-end. Avec les premiers bourgeons pointant leur nez, les journées s'étiraient chaque jour un peu plus, invitant les Parisiens à s'installer en terrasse d'un bistrot plutôt qu'à s'enfermer dans l'obscurité d'une salle de cinéma. En arrivant à pied, Arnaud découvrit les deux affiches des films projetés le soir même : *Le Pianiste* dans la première salle, *The Ghost Writer* dans l'autre. Visiblement, on rendait hommage à Roman Polanski.

Après qu'Arnaud eut franchi les deux colonnes de l'entrée et gravi les marches, il fit quelques pas dans le jardin oriental, persuadé d'y retrouver Sophia. L'atmosphère des lieux était comme un sas de décompression. Le printemps donnait à cet îlot de paix un air de renaissance, et la densité des feuilles de bambou au vert intense vous transportait instantanément quelque part au Japon. Les multiples essences exhalaient des parfums boisés et musqués. En cheminant dans ce petit bijou de luxuriance, Arnaud aperçut Sophia, assise à l'une des rares tables rondes en marbre. Loin de méditer, elle affichait l'air impatient de quelqu'un qui attend son partenaire cinéphile.

— Bonsoir, Sophia.

Il ôta son chapeau un peu désuet et s'inclina, en guise de salut.

— Bonsoir, Arnaud.

— Asseyez-vous, je vous en prie. J'ai acheté les places, la séance n'est que dans quarante-cinq minutes.

Arnaud se demanda alors pourquoi elle lui avait demandé d'arriver avec tant d'avance.

Sophia remarqua qu'il n'avait rien dans les mains. Refusait-il le jeu de l'objet personnel ?

— La dernière fois que je suis venu dans ce cinéma, ce devait être au début des années 1980, lorsque j'étais étudiant, se souvint le quinquagénaire, nostalgique. C'est triste que le site ne soit pas bien entretenu.

— Ravie que vous ayez pu vous libérer.

Elle attendait sa réaction, qui ne tarda pas à se manifester.

— Vous me surprenez sans cesse. Puis-je vous demander pourquoi vous avez choisi ce lieu ?

Comme à son habitude, elle marqua un temps avant de lui retourner la question.

— Avez-vous une idée ?

— Eh bien, je comprends que vous m'avez fait venir ici pour voir un Polanski. Charmante attention, mais j'ai du mal à faire le lien avec nos sujets, ajouta-t-il d'un ton courtois.

Il se dit qu'il aurait dû lui révéler son inculture cinématographique, en particulier à propos du répertoire du réalisateur franco-polonais.

— Savez-vous quel film nous allons voir ?

— Je n'en ai pas la moindre idée.

— *Le Pianiste.*

— Pourquoi ce film ?

— Je le trouve d'une telle puissance émotionnelle, se contenta de répondre la chercheuse, la gorge contractée et la voix altérée par le souvenir de cette œuvre.

Le ventre d'Arnaud se noua. Il redoutait ce nouveau terrain d'expérimentation, mais n'en montra rien.

— L'autre raison, c'est que j'ai un goût prononcé pour le piano, bien que n'en ayant jamais joué.

— Mon père adorait particulièrement la musique classique.

— C'est curieux… fit Sophia.

— Qu'est-ce que vous trouvez curieux ?

— Eh bien, comment se fait-il qu'avec un père mélomane, vous n'ayez pas développé plus de sensibilité ?

Dès leur première rencontre, elle avait décelé en lui un réel déficit émotionnel. Une incapacité vertigineuse à accéder à son répertoire sentimental et à l'exprimer. Mais, depuis quelques semaines, elle avait réussi à faire sauter quelques verrous et à libérer en lui un timide registre affectif. Les mots pour désigner ses ressentis semblaient imprécis, comme pour se protéger de sa propre vulnérabilité. Ce soir, elle avait bien l'intention de lui faire franchir une étape décisive, quitte à brûler ses propres ailes.

— Mon père était tendre avec sa musique, mais dur avec son fils unique. Je ne cherche pas d'excuses, mais je pense avoir souffert de la distance qu'il a toujours mise entre nous. Je ne crois pas me souvenir d'une seule fois où il m'ait serré dans ses bras et dit ce qu'il ressentait.

Sophia jubilait. Elle n'en demandait pas tant comme entrée en matière. Arnaud replongea ses yeux dans ceux, mutins, de Sophia et, un peu fébrile, il l'interrogea.

— Donc, si je fais le lien avec l'objet que vous m'avez demandé d'apporter et le thème du film, je comprends que nous allons parler de sentiments ce soir, non ?

Rassurée, Sophia constata qu'il avait respecté la consigne, preuve de sa volonté d'avancer.

— Ce n'est pas tout à fait ça, précisa-t-elle. Plutôt que parler de sentiments, nous allons les vivre.

Les paumes d'Arnaud devinrent moites.

— En janvier, vous m'avez dit que vous avez un sens critique très fort et un goût immodéré du perfectionnisme. Vous vous souvenez ? Je ne suis pas psychiatre, mais ce regard acerbe tourné vers vous-même vous empêche d'accéder à vos émotions, me semble-t-il.

— Vous avez peut-être raison. C'est vrai, j'ai horreur de montrer mes sentiments. C'est idiot, mais je trouve qu'ils ne regardent que moi. Après tout, ils doivent rester dans mon jardin secret, non ?

— Eh bien, je ne le crois pas. Je pense au contraire qu'un dirigeant, comme n'importe quel être humain d'ailleurs, doit montrer qu'il est sensible. Pas à l'excès, bien sûr. Exprimer nos émotions en les maîtrisant nous connecte davantage aux autres et nous permet de mieux percevoir les leurs. Ce qui vous semble être une faiblesse est au contraire une preuve de courage, affirma Sophia avec conviction. Avez-vous apporté l'objet ?

— Le voici.

Il plongea une main dans la poche intérieure de sa veste et déposa son téléphone sur la table. La chercheuse anticipa le stratagème d'évitement et fit un léger mouvement en arrière.

— Que dois-je comprendre ?

— L'objet en question se trouve dans ce téléphone, lui répondit Arnaud, amusé.

— Pouvez-vous me le montrer ?

Elle s'attendait à ce que le dirigeant ouvre un album de photos et se sente mal à l'aise. Peut-être allait-il lui dévoiler une image de ses enfants ou de sa femme. Arnaud fit défiler les applications et ouvrit celle qui regroupait ses musiques favorites. Il sélectionna un morceau, posa le téléphone sur la table et orienta l'écran vers Sophia. Son pouls s'accéléra.

Surprise, Sophia écarquilla les yeux lorsqu'elle vit *Norma*, de Bellini, sur l'écran. Elle remarqua que cet extrait de l'opéra, l'aria « Casta Diva », s'étirait sur sept minutes et vingt secondes. Il était temps de l'informer des véritables règles du jeu.

— Très bien, Arnaud. À présent, je voudrais vous faire atteindre un sommet d'émotions.

Frappé au cœur, le dirigeant, au pied du mur, frémit.

— Rien que ça, ici, dans ce jardin où passent des inconnus ?

— Nous allons écouter cet extrait dans son intégralité, sans l'interrompre. J'imagine qu'il compte beaucoup pour vous.

— En effet, se contenta de répondre Arnaud, de plus en plus fébrile.

— Vous allez noter les images qui vous viennent à l'esprit, les émotions que ce morceau provoque en vous et les parties du corps où elles se manifestent. Peu importe si cet exercice est agréable ou non. Je ferai de même, ajouta-t-elle.

Ce gage de réciprocité ne rassura guère son partenaire de laboratoire, acculé dans ses retranchements. Arnaud était coincé, s'attendant à converser sur la nature et les nuances des sentiments humains. Sophia se leva avec calme, tourna sa chaise et la plaça dos à celle d'Arnaud. Elle se rassit et ajusta sa position en se collant à lui. À présent, leurs épaules se touchaient dans une intimité troublante, mais leurs regards ne se croisaient plus. Cette position, qu'elle considérait comme moins intrusive et plus rassurante, eut l'effet inverse chez le dirigeant. Son regard se perdait à présent dans les bambous, face à lui. Il se sentait telle une brebis à la merci d'une meute de loups affamés, prêts à surgir de la forêt. La proximité des corps le brûlait un peu plus. Ébranlé, il tourna le regard vers les flots bruns de ses cheveux ondulants. Ses narines et sa gorge s'imprégnèrent du parfum sucré de la peau de Sophia. Il n'était pas seul dans sa détresse et savait, malgré ses lèvres scellées, qu'il pouvait compter sur l'extrême bienveillance de sa partenaire.

— Rappelez-vous, Arnaud : peu importe quelle personne ou quel souvenir vous évoque cette musique. Ce qui compte, ce sont les émotions que vous allez ressentir. C'est d'accord ?

Arnaud fit oui de la tête, le teint pâle.

— Tout ira bien, vous verrez. C'est quand vous voulez.

Chacun prit un des deux écouteurs et l'enfonça dans son oreille. Puis, l'index tremblant, Arnaud effleura la commande de lecture. Les battements de son cœur le martelaient jusqu'à l'intérieur de ses os.

Contre toute attente, les premières notes de violon et de flûte eurent l'effet d'un anesthésiant. Après quelques secondes, Arnaud semblait déjà lâcher prise, son rythme cardiaque ralentissait. Comme pour mieux se concentrer, il laissa ses paupières se refermer lourdement. Il se rappelait qu'après l'introduction d'une minute et demie, la soprano lançait la fameuse mélodie.

C'est alors que les images commencèrent à surgir. D'abord lui-même, enfant, assis au côté de sa mère, un soir de première d'un opéra. Puis celle de sa grand-mère écoutant Bellini très fort, à en faire trembler les vitres de sa maison à la campagne. Puis il revit l'enterrement de sa mère, partie trop vite. Tout son corps s'embrasa d'une tristesse amère. Un feu ardent se glissa sous sa peau. Celui du temps écoulé que l'on ne rattrape pas. « Tant d'années perdues », se dit-il. Il aurait tant désiré pouvoir partager plus de sentiments avec sa mère, lorsqu'elle était encore en vie.

Accablé, il regrettait de n'avoir jamais dit à son père combien il l'admirait, combien il le chérissait malgré sa sécheresse de cœur. Émergea alors l'image de Maud, entourée de leurs trois enfants, le regardant. Tous ces sentiments enfouis, ces occasions perdues de leur dire combien il les aime, d'un amour inconditionnel. Une immense impression d'impuissance le submergea, ombrant ses yeux d'un remords éternel. Ses lèvres grimacèrent en un sourire triste pour tenter de maîtriser les larmes qui humectaient ses yeux toujours clos. Vulnérable comme jamais, il aurait voulu hurler sa détresse à s'en faire éclater les poumons.

De nouveau on entendit les violons et violoncelles, la flûte, le chœur, puis la voix envoûtante de la Callas entama la seconde partie de l'air, plus poignante, plus douloureuse. Il aurait pu rouvrir les yeux pour mettre fin à ce supplice à tout moment, mais il décida d'aller jusqu'au bout. Pour lui-même et pour honorer sa promesse faite à Maud et à Sophia.

Une dernière image, terrible, le pénétra. Il anticipait les dernières secondes de l'aria comme le compte à rebours de la fin de sa propre vie. Lui laisserait-on rattraper tout ce temps perdu ? Il suffoquait. Le tunnel noir réapparut.

Le chœur de l'aria acheva l'homme dans un sommet tragique. Sophia perçut dans ses épaules les spasmes d'Arnaud. Fiévreux, dévasté, il s'effondra en larmes. Au moment où son buste chavira en avant, il plongea son visage dans les paumes humides de ses mains pour y chercher le refuge de l'obscurité. L'écouteur s'arracha de son oreille et entraîna le téléphone par terre. Relié à l'appareil par le même fil, l'écouteur de la chercheuse tomba aussi.

Les yeux embués de larmes, Sophia, bouleversée par la divine voix de la cantatrice et par les tressaillements d'Arnaud, sursauta et se tourna vers lui. Elle ne mesurait pas encore l'ampleur des effets de l'expérience.

Un autre morceau démarra. Elle appuya sur « pause » avant de comprendre que ce passage l'avait terrassé. De longues secondes s'écoulèrent avant qu'elle n'ose s'adresser à Arnaud, encore recroquevillé sur ses genoux.

— Comment vous sentez-vous ? demanda Sophia, en enveloppant les épaules d'Arnaud pour le réconforter.

L'homme se redressa en s'appuyant sur ses genoux. Il poussa un long soupir. C'est alors que ses yeux rougis croisèrent ceux de Sophia. Soulagé, il vit que ses mains ne tremblaient plus. Comme un barrage qui venait de rompre sous la pression de l'eau, l'homme se sentait libéré, acceptant son impuissance devant le déferlement des sentiments qui l'avaient englouti. Il se racla la gorge et sécha les dernières traces de larmes du dos d'une main.

— Là, je dois avouer que vous m'avez emmené sur un terrain redoutable !

— Êtes-vous sûr que tout va bien, Arnaud ?

Elle n'avait peut-être pas pris assez de précautions. Il acquiesça de la tête.

— Si vous êtes d'accord, pourriez-vous me dire ce que vous avez éprouvé ?

— Sans doute aviez-vous raison. Je suis incapable d'accéder à mes émotions. Du moins je le croyais, jusqu'à ce que vous m'infligiez cette épreuve !

— Désolée, s'excusa Sophia. Alors, ces émotions, pouvez-vous les nommer ?

— Eh bien, je crois que j'ai ressenti de la colère, beaucoup de colère envers moi, une immense tristesse aussi.

La voix encore chevrotante, l'homme fixa le ciel qui se parait de son voile crépusculaire pour y puiser la force de continuer.

— Quoi d'autre ? demanda-t-elle, désireuse de profiter de cette fissure géante dans l'armure du dirigeant avant qu'elle ne se referme.

— De la culpabilité aussi… De la détresse, oui, enfin je crois.

Arnaud avait du mal à retrouver ses esprits.

— De la détresse ? s'étonna Sophia.

L'homme se livra comme jamais, pendant de longues minutes. Sophia fut subjuguée par la précision avec laquelle il détaillait ses états intérieurs. Elle le laissa rattacher ses émotions aux souvenirs qui refaisaient surface, lui témoignant tout son soutien.

Médecin de formation, expert de l'anatomie humaine, Arnaud pouvait précisément situer dans son corps les sensations associées à ses émotions : une gorge nouée, des muscles de mâchoires comprimés, un abdomen contracté et douloureux « comme une brûlure interne », une poitrine oppressée qui l'empêchait de respirer. Sophia précisa que le mécanisme de conscience émotionnelle qu'utilisait Arnaud fonctionnait aussi pour les émotions agréables. Elle l'invita d'ailleurs à entretenir ce qu'elle appelait son « intelligence du cœur » en nommant, dès qu'il le pourrait, les émotions qu'il ressentirait désormais. Arnaud se sentait mieux, heureux d'avoir passé l'épreuve.

— Et vous, Sophia, qu'avez-vous éprouvé ? lui demanda-t-il, soulagé de lui passer le relais.

— Eh bien, la voix de la Callas suscite en moi l'admiration, l'extase, le tragique aussi, et l'espoir, mais je ne saurais expliquer pourquoi. Ça vibre en moi, en particulier dans les poumons et la gorge. Je ressens de la puissance, de la violence parfois, dans le ventre et dans les poings. Je dois aussi ajouter que vos larmes, vos mots, m'ont beaucoup émue, ajouta Sophia en regardant Arnaud tendrement.

Elle ramassa le téléphone et les écouteurs, et les posa sur la table.

Rassuré par cette confession sans artifice, Arnaud la remercia en lui prenant la main. Jour après jour, non sans renoncement, l'homme, transporté chaque fois un peu plus loin au-delà de lui-même, se révélait à elle. Dans ses expériences intérieures, des instants de doute alternaient avec des moments de paix et d'accomplissement. Sa métamorphose était en route.

Ils se levèrent et rejoignirent la queue devant l'entrée. L'ouverture des portes était imminente. Il était temps d'entrer dans l'une des petites salles sombres aux allures versaillaises. La deuxième partie de l'expérience pouvait débuter.

****

L'air encore frais d'avril fit du bien à Arnaud. En sortant de la salle obscure, il ressentit le besoin de respirer à pleins poumons. Désorienté par tant d'émotions, l'esprit encore absorbé par le film, il marchait d'un pas lent à côté de Sophia. Ils quittèrent La Pagode sans échanger un mot.

Un couple de jeunes amoureux circulait en Vélib, la félicité accrochée aux lèvres. Sophia et Arnaud se rendirent au métro Saint-François-Xavier. Il était vingt-deux heures passées.

— Je trouve Adrien Brody époustouflant dans ce rôle, lança Sophia.

— Il est remarquable, en effet ! Je me demande comment on peut à ce point simuler la douleur, la solitude.

Les mélodies du film et les images de Władysław Szpilman dans le ghetto de Varsovie lui revenaient à l'esprit, telles des vagues s'étirant sur la plage, puis se retirant. La musique et les images étaient inextricablement associées en lui. Arnaud tenta de faire le lien entre ce sommet d'émotion et celui dont il avait été lui-même l'acteur, deux heures auparavant.

— C'est leur métier de comédien, lui répondit Sophia. Ils se forment et s'entraînent à interpréter ce que ressentent des gens ordinaires comme vous et moi. Vous comptez parmi les millions de spectateurs qui ont été touchés par ce film. Et vous avez versé des larmes, j'imagine, comme moi. Alors, pourquoi devriez-vous feindre d'être une autre personne, froide et insensible, quand vous franchissez les portes de votre entreprise ou de votre maison ?

Arnaud se figea net sur le trottoir, frappé par l'évidence de la proposition de Sophia. Son regard clair, traversé de reflets lumineux, témoignait d'une prise de conscience décisive.

— Vous avez un cerveau brillant, certes, et savez très bien l'exploiter, dit Sophia d'un ton narquois, mais, au cas où vous ne l'auriez toujours pas remarqué, vous avez aussi un cœur. Sachez faire appel à lui. À la différence de votre cerveau, lui ne vous trahira jamais. Ce que nous ressentons nous indique souvent la vérité.

— Merci, Sophia. Je ne sais pas jusqu'où nous mèneront nos échanges, reconnut Arnaud, mais je suis épaté par le chemin que nous avons déjà parcouru.

— Ils vous mèneront vers la plus belle des destinations.

— Il n'y aurait pas moyen d'y aller en jet pour éviter les escales ? proposa avec malice Arnaud.

Sophia éclata de rire comme s'ils étaient seuls dans la rue. Un vieil homme, l'air renfrogné, la dévisagea en les croisant.

— Le voyage est en fait plus intéressant que la destination, rectifia Sophia.

Ils parvinrent à la bouche du métro.

Les traits tirés, victime volontaire de cette soirée éprouvante, Sophia salua Arnaud et descendit les marches pour attraper la prochaine rame.

Il resta un moment en haut des marches, songeur. Il héla un taxi pour aller retrouver ceux qu'il aimait. En claquant la portière de la Peugeot fatiguée, il sentit son téléphone vibrer.

> Arnaud, j'oubliais : avez-vous prévu de vous rendre à New York cet été ? J'aimerais que vous y rencontriez un de mes bons amis. Bonne soirée. Sophia.

Il lui répondit qu'il allait à Boston tous les deux mois pour GenLife. Faire un détour par New York, surtout pour y faire une nouvelle rencontre recommandée par Sophia, n'était pas un problème. Déterminé, le dirigeant ne se fixait aucune limite pour rattraper le temps perdu. Ayant confiance en sa guide, il se jura de se donner toutes les chances de réussir sa seconde vie.

24

Paris, février 1976

Pusillanime de cœur, en songeant à ses écarts, à ses imprudences, le chef d'orchestre était pris d'irrésistibles remords. Après de longues heures passées seul à sonder son amour pour Jeanne et leur fils, Henri avait pris une décision grave, de celles qui libèrent, mais dont on garde longtemps le goût dans la gorge. Il avait attendu le soir du dernier concert pour annoncer à Anna qu'il souhaitait mettre un terme à leur relation. Ses yeux, souvent baissés, rencontraient à de trop rares moments ceux, gourmands et rieurs, de la pianiste. Après que le public et les musiciens eurent quitté la scène, il entraîna Anna par le bras depuis les loges et l'invita à s'asseoir au piano.

— Ce que j'ai à te dire m'arrache le cœur, annonça Henri d'un air de componction.

Toute sa chair expulsait cette tension lancinante et mutique qui le rongeait. Lui seul savait que cette liaison qu'il entretenait comme pour mieux se retrouver, et qui l'en éloignait, ne le mènerait nulle part, échoué qu'il était entre la déchirure salvatrice et la raison triste.

Inquiète, Anna se releva et chercha le regard fuyant de son amant resté débout, les mains suppliantes et agitées. Elle comprit qu'il se jouait quelque chose d'important.

— Je t'écoute, *darling*, que se passe-t-il ?

— Voilà, je pense qu'il faut qu'on arrête de se voir pendant un certain temps, annonça Henri, le menton pointé vers le sol.

À ces mots, une lumière vespérale inonda la salle. Un parfum gris et froid enveloppa le visage d'Anna. Interdite, elle comprit en un sinistre éclair la fin de leur liaison. Elle exécrait le ton lénifiant que prennent parfois les hommes pour ne pas assumer leurs actes. Incapable de mener plus longtemps sa double vie, le chef d'orchestre ne voulait pas briser sa famille. Dire l'indicible lui fissura le cœur. Il savait que leur relation professionnelle, après la rupture, prendrait fin. Avant la fin de la tournée ? Là où tant d'hommes s'installent dans le confort du mensonge, lui avait assumé sa lâcheté et renoncé à l'aventure sentimentale d'une vie. Cette vision des choses n'était pas celle d'Anna. Naïve, elle pensait qu'il la rejoindrait, quitte à payer le prix d'une séparation. La soliste, qui faisait davantage confiance à son intuition qu'à sa raison pour guider sa vie, fut désarçonnée par la nouvelle, convaincue d'être à l'unisson avec son maestro. Après une vie amoureuse chaotique pendant ses études et au début de sa carrière, la jeune pianiste pensait avoir trouvé avec Henri la promesse d'une histoire sérieuse. Au moins pendant quelques années rythmées par les concerts, les tournées, les enregistrements et les moments intenses et furtifs de bonheur. Son orgueil lui interdisait toute tentation d'une némésis ravageuse. Elle se rassit sur le banc et pointa un doigt accusateur en direction de Henri. Anna refusait de subir une colère rentrée, de celles qui rongent et qui finissent par inverser le poids de la culpabilité.

— Tu as bien masqué ton jeu depuis des mois, lui lança-t-elle, le visage noir.

— Non, c'est faux. J'ai vécu une histoire incroyable avec toi. Mais notre liaison est impossible et j'ai dû choisir, la mort dans l'âme, crois-moi ! expliqua-t-il, le teint hâve.

— De grâce ! Épargne-moi cette tirade.

Elle ne chercha pas à le retenir. Sa fierté semblait avoir pris le dessus. Tentant de ne rien laisser paraître de sa terrible peine, elle le fixa droit dans les yeux et lui dit, la voix chargée d'amertume :

— C'est entendu… Qu'il en soit ainsi. Je te souhaite tout le bonheur que tu mérites.

En prononçant ces mots, Anna éclata en sanglots. Henri la prit dans ses bras et lui caressa les cheveux un long moment sur la scène à peine éclairée. Le rêve évanoui d'Anna avait ombré ses yeux d'un regret éternel. Son regard se perdait dans un néant de ténèbres.

Sans le savoir, Anna et Henri se fondirent en une douloureuse étreinte et rejouèrent la fin d'un acte tragique de *La Traviata*.

Leur amour, fût-il vaillant, était impossible.

25

Manhattan, 21 juillet 2017, 19 h 50

La chaleur sèche de Manhattan devenait supportable en cette fin de journée d'été. Quel contraste avec la moiteur de Boston ! Pendant les trois heures de route entre la capitale du Massachusetts et New York, Arnaud avait passé quelques coups de fil et consulté les dossiers les plus urgents sur son ordinateur. Mais son esprit était déjà à Manhattan. Il n'avait cessé de s'interroger sur la rencontre que Sophia lui avait organisée. Après tout, il l'avait acceptée sans formuler de réserves. Installé à l'arrière de la luxueuse Mercedes, il se posait des questions. Qui était ce Sanjay ? Qu'allait-il lui demander ? Pourquoi Sophia ne serait-elle pas présente ? Y avait-il un risque de dérive dans une sombre manipulation ?

Ce jeu de piste, depuis qu'il avait revu Sophia ici même avant Noël, le fascinait. Cette fois, un nouveau protagoniste entrait en scène. Il ne regrettait pas de faire le détour par New York pour clôturer son voyage d'affaires et rentrer à Paris le lendemain. Il adorait l'atmosphère de cette Babel de tous les possibles. La seule information qu'il possédait au sujet de cette rencontre tenait dans un SMS lapidaire reçu de la chercheuse deux jours avant.

RDV avec Sanjay, un ami népalais, 21 juillet à NYC, son téléphone 212-232-4517. Tu me diras ? ☺

Aucune information sur l'heure ni sur le lieu de cette rencontre.

Le chauffeur déposa Arnaud au pied de l'hôtel.

Après avoir ouvert sa valise, il jeta un œil par la fenêtre de sa chambre. Les premiers néons des enseignes illuminaient la ville. En relisant le message de Sophia, Arnaud se réjouit du tutoiement qu'ils avaient décidé d'adopter, témoin de leur complicité grandissante. Allongé sur le lit, il consultait, nerveux, son portable. L'heure tournait. Toujours pas de message de Sanjay. Puisqu'il avait son numéro, était-ce à lui de l'appeler ? « Tiens, encore un schéma mental dont j'ai du mal à me défaire », se dit-il. « Un peu d'humilité, mon garçon, ce type ne sait rien de toi, encore moins que tu diriges un empire pharmaceutique, et quand bien même, en quoi cela créerait-il une obligation protocolaire qui l'obligerait à t'appeler en premier ? » Arnaud eut un sourire de satisfaction qui rida ses lèvres, content d'avoir repéré un autre de ses réflexes encore très ancrés. Il se décida à composer le numéro de l'inconnu. Laissant passer plusieurs sonneries, Arnaud s'attendait à basculer sur une messagerie. Que diable allait-il lui raconter ? Il fut soulagé lorsque quelqu'un décrocha. Une voix grave et posée lança la conversation.

— Allô ?

— Bonjour, c'est Arnaud Delapierre, je vous appelle de la part de Sophia Lewinovski, débita l'homme encore pressé.

Il perçut le râle d'une personne plus âgée que lui. Il entendait son souffle entrecoupé de brefs pauses silencieuses, qui lui semblaient interminables. Impatient, Arnaud voulut s'assurer que son interlocuteur était toujours en ligne, mais se ravisa.

— Ah, oui… Sophia m'a parlé de vous. Vous souhaitez que l'on se rencontre, n'est-ce pas ?

Le dirigeant déglutit pour mieux ravaler son orgueil. Même s'il n'avait rien demandé, c'était à lui de se lancer. Autant par désir d'en savoir plus sur ce que cet homme pourrait lui apporter dans sa quête que par respect pour Sophia qui avait orchestré la rencontre.

— En effet, Sophia pense que vous pourriez m'éclairer, mais j'avoue ne pas savoir comment ni sur quoi, confessa le quinquagénaire.

Il n'avait aucune idée de ce que cet homme savait de lui et de ses conversations avec Sophia.

Cette fois, le voile rauque de sa voix laissa s'écouler cinq interminables secondes avant de répondre, impassible.

— Nous verrons bien, Arnaud. Retrouvons-nous à vingt heures à Bryant Park, à l'angle de la Sixième et de la Quarante-Deuxième, à côté de la bibliothèque. Cela vous convient-il ?

— Très bien, mais comment allons-nous nous reconnaître ?

De nouveau, l'homme marqua une pause avant de répondre.

— N'ayez crainte, nous nous trouverons sans avoir à utiliser nos téléphones, précisa le vieil homme, malicieux, avant de raccrocher.

Arnaud semblait déjà plus apaisé par cette voix imperturbable. Être pris en main et se laisser guider lui allait bien. Un comble pour quelqu'un qui avait été programmé pour diriger et contrôler. Sentant qu'il pouvait se fier à cet homme recommandé par Sophia, il décida de se rendre à ce rendez-vous sans rien en attendre, libéré, pour une fois. Ne se doutant pas qu'il bénéficierait d'un « retour sur investissement » à des années-lumière du standard attendu par ses actionnaires, le dirigeant troqua ses mocassins en cuir contre une paire de baskets bien plus confortables, histoire de se fondre un peu plus dans l'ambiance new-yorkaise. Il avala les dernières gorgées de la bouteille d'eau fraîche qu'il avait ouverte en arrivant dans sa chambre, consulta son portable une dernière fois et hésita avant de l'abandonner sur le lit. Il éjecta la carte magnétique du boîtier à l'entrée de sa chambre et la glissa dans sa poche avant de laisser la porte se refermer derrière lui. Il choisit de se rendre à pied au rendez-vous, à quelques rues de son hôtel.

Arnaud déambulait dans Midtown, enivré par les effluves des restaurants. La chaleur emmagasinée par le ciment des trottoirs pendant la journée l'envahissait des pieds à la tête. En descendant la Sixième Avenue, Arnaud aperçut l'entrée majestueuse et les colonnes imposantes de la bibliothèque publique. Les deux lions sculptés qui la gardaient avaient été surnommés « Courage » et « Patience » par un ancien maire de la *Big Apple*. Deux vertus qui lui échappaient encore et dont il avait bien besoin à quelques minutes de la rencontre. Bryant Park apparaissait comme une anomalie dans ce champ de gratte-ciels, un écrin de verdure au milieu de la jungle bétonnée. En grimpant les marches, Arnaud découvrit, sur la pelouse, une myriade de personnes, seules ou par groupes de deux ou trois, assises autour de petites tables vertes, en métal, qui lui rappelaient les terrasses des bistrots parisiens. D'ailleurs, l'espace pétanque côtoyant Le Pain Quotidien, une de ces nombreuses échoppes de vente à emporter, conférait à la scène une tonalité bien française. Ici, trois étudiantes sirotaient un soda, l'œil rivé sur Snapchat. Là, deux hommes d'affaires, presque allongés sur leurs frêles chaises pliantes. Et une femme d'une quarantaine d'années, captivée par son livre au milieu de l'espace de lecture. Et cet énigmatique vieil homme à la longue barbe blanche, en pleine séance transcendantale. Tout, dans ce joyau de tranquillité, inspirait l'arrêt sur image, la pause, dans la frénésie new-yorkaise.

Une sensation d'apaisement envahit Arnaud.

« N'ayez crainte, nous nous trouverons. » Arnaud se répétait les mots de Sanjay. Pour une fois, il se laissa guider par son intuition et traversa la pelouse centrale du parc, sans chercher personne. Après quelques minutes, son regard se posa sur un homme d'environ soixante-dix ans, assis seul à une table, les yeux rivés sur le carrousel et ses animaux colorés. Était-ce lui ? Arnaud s'approcha :

— Excusez-moi, êtes-vous Sanjay ?

L'homme tourna la tête et le considéra.

— Non, désolé, lui répondit-il dans un anglais à l'accent très marqué par ses origines indiennes.

Raté.

Déterminé à trouver Sanjay, Arnaud l'imaginait en train de lire. Il retourna donc dans l'espace de lecture. Celui-ci était bondé. Aucune trace de Sanjay. « Génial, me voilà guère plus avancé », se dit-il. Il fit quelques pas dans l'allée bordée de parasols bordeaux clair. Aucun indice. « Comment retrouver au milieu de centaines d'autres un homme dont je ne connais que le prénom ? » marmonna-t-il. « Et dire que je n'ai même pas mon téléphone ! » Inspirant, puis expirant, Arnaud chercha un signe. Un souvenir de son enfance surgit alors. Lorsque, cherchant les œufs de Pâques dans le jardin familial, n'en pouvant plus, il implorait sa mère de lui donner un indice, un seul. « Et si Sanjay souhaitait que je le trouve, mais en suivant une certaine logique ou en donnant un sens à cette démarche ? Et si la recherche de ce Népalais dans ce parc bondé était un prétexte à réfléchir sur moi-même ? » s'interrogea-t-il, un peu perdu. L'idée lui plut ; il se mit aussitôt en quête d'une première indication. Au bout de l'allée dans laquelle il se trouvait toujours, la statue de bronze d'un homme appuyé sur une colonne lui inspira une piste possible. Il s'approcha pour lire la plaque : William Earl Dodge, businessman et philanthrope. Intéressant, mais pas l'ombre de Sanjay autour ! Arnaud écouta son intuition et fit le tour des quelques sculptures du parc. L'une d'elles allait probablement lui donner un début de piste, du moins l'espérait-il. Personne autour du buste de José Bonifácio de Andrada e Silva, leader de l'indépendance brésilienne au XIXe siècle, encore moins près de celui de l'écrivaine et féministe américaine Gertrude Stein. Apercevant une dernière statue, Arnaud se dirigea vers elle, oubliant presque qu'il cherchait un homme âgé dont il n'avait entendu que la voix. « Perdu pour perdu, autant se cultiver », se dit-il, imaginant déjà rentrer déçu à l'hôtel. Lorsqu'il découvrit le buste du poète allemand Goethe, son visage s'illumina, car, à deux mètres de là, un petit homme au sourire radieux semblait l'attendre. Assis à une table, ravi par la perspicacité de son visiteur, le vieil homme se leva et lui tendit la main.

— Vous devez être Sanjay, je suppose ! lança Arnaud, soulagé.

— Bonjour, Arnaud. Oui, c'est moi. Vous voyez, vous m'avez trouvé sans utiliser votre téléphone ! Installez-vous, je vous en prie, proposa-t-il en ouvrant le bras pour l'accueillir à sa table.

Arnaud se sentit en confiance. Son hôte semblait avoir fêté quatre-vingts printemps, bien qu'il fût difficile de lui donner un âge, tant les repères physiques orientaux sont éloignés de ceux des Occidentaux. L'extrémité de ses épais sourcils rejoignait celle de ses yeux marron vif, témoignant de sa grande sagacité. Le visage buriné de sillons creusés par le temps faisait ressortir son teint mat et cuivré.

— Je suis ravi de vous rencontrer, dit Arnaud.

Le vieil homme lui offrit un sourire.

— Moi aussi, je suis heureux de faire votre connaissance. Sophia, avec qui j'entretiens une amitié de longue date, ne m'en a pas dit beaucoup sur vous. Mais faut-il absolument tout savoir de quelqu'un avant de le rencontrer ? N'y a-t-il pas une magie à découvrir les autres en étant vierge de tout filtre ?

La question était orientée à dessein.

— Pourquoi avoir choisi cet endroit ? demanda Arnaud, l'esprit encore agité par cet improbable jeu de piste. Et d'où connaissez-vous Sophia ? Que vous a-t-elle dit sur moi ? Vous vivez à New York ?

Le vieux Népalais sourit de nouveau et tourna son regard en direction de la statue du poète.

— Parce que Goethe a dit : « Parler est un besoin, écouter est un art. »

Arnaud fut stupéfié par son à-propos. Le sage avait visé juste, et sa première flèche avait atteint la cible en son centre. Arnaud devrait dompter sa parole pour mieux cultiver son écoute.

26

Manhattan, 21 juillet 2017, 20 h 10

Le crépuscule finissait de balayer Bryant Park. Les derniers rayons pourpres et dorés du soleil fuyaient à l'horizon, entre les buildings. Une femme roulait son tapis de yoga, tandis que plusieurs couples se prélassaient encore sur la pelouse. Les derniers rais de lumière leur léchaient le visage. Les yeux clos, ils absorbaient la chaleur avant de partir. Le ciel se décolora, une nuit d'été descendait sur Manhattan.

— Vous ne m'avez pas dit ce que vous savez de moi, insista Arnaud.

Le Népalais prit une longue inspiration et ferma les yeux en guise de réponse. Arnaud, un peu gêné, ferma les yeux lui aussi, attendant d'éventuelles instructions.

Trois interminables minutes s'écoulèrent avant que Sanjay ne rompe le silence qui les enveloppait.

— Sentez-vous l'air qui entre et sort de vos poumons, seconde après seconde ? questionna-t-il, impassible.

— Je crois… oui, hésita le dirigeant, espérant toujours une réponse.

Encore débutant, son esprit s'échappa alors et le projeta quelques mois en arrière, lorsque Sophia l'avait initié à la méditation.

— Songez que chaque inspiration est unique... Tout comme cette nouvelle expiration..., poursuivit le vieil homme, la voix caverneuse et moirée, pendant que le parc se vidait de ses derniers visiteurs.

L'unicité de chacune de ses respirations lui conférait le caractère si sacré de la vie et de sa manifestation la plus essentielle, mais aussi la plus banale : le souffle. Lui qui avait flirté avec la mort, près d'un an auparavant, mesurait à présent combien chaque mouvement d'air lui était inestimable. Peu à peu, il parvint à percevoir le va-et-vient tranquille de son abdomen qui se gonflait et se dégonflait au gré de sa respiration. Il constata que celle-ci avait ralenti sans que cela le gêne, au contraire. Assis à ses côtés, le vieil homme semblait lui transmettre sa patiente équanimité, dans une parfaite respiration synchronique.

— Voyez-vous, Arnaud, la plupart des gens ont l'esprit si préoccupé qu'ils en oublient d'être vivants. Notre souffle est à la fois notre première et notre dernière manifestation de vie sur cette terre.

Il marqua une pause.

— De la toute première inspiration du nouveau-né sorti du ventre de sa mère à la dernière expiration du mourant, notre souffle est ce que nous avons de plus précieux, or nous ne lui prêtons que trop peu d'attention, conclut provisoirement le sage.

Entrouvrant légèrement les yeux, les paupières battantes, Arnaud comprit que Sanjay avait les siens grand ouverts, projetés au loin. Arnaud finit d'ouvrir aussi les siens. Les prémices de la nuit commençaient à recouvrir d'un voile obscur les arbres et les bâtiments du parc. Arnaud s'attarda sur le visage de Sanjay, creusé de rides cuivrées aux ombres bleutées. À cet instant, une jeune maman et sa fille de trois ans environ, main dans la main, passèrent à côté des deux hommes. Le regard de la femme croisa un instant celui d'Arnaud, lui rappelant sa propre fille qui, peut-être, lui donnerait des petits-enfants. Surgit alors un violent jugement qu'il ne put refouler. Et s'il était passé à côté de sa vie de mari, de père et de dirigeant ? Le remords le rongeait chaque jour un peu plus, malgré les conseils et le soutien de Sophia, et maintenant ceux de Sanjay.

Les images, comme celles que l'on fait défiler de l'index dans les albums de photos numériques, se déversèrent dans sa tête. Sa machine à autocritique était lancée à plein régime. Des années d'absence, alors que ses enfants auraient eu besoin de sa présence, de ses conseils, plus que de ses remarques cinglantes. Son couple en mode pilote automatique, dont la routine ne tenait que grâce à la bonté amère d'une femme trop patiente. Des années d'intransigeance, de froideur et de cynisme au bureau, laissant derrière lui de nombreuses victimes directes ou indirectes parmi ses collaborateurs. Le sinistre tableau n'avait rien à envier au *Guernica* de Picasso qu'il admirait, tant son bilan provisoire lui semblait terrible. Le désarroi de Maud ? Qu'en savait-il, au juste ?

— Sanjay, puis-je vous poser une question ?

— Je vous écoute.

Les mains jointes du sage, l'une lovée dans l'autre, paumes vers le ciel, n'avaient pas bougé d'un millimètre.

— Je crois que je suis… que je suis loin de pouvoir ressentir les émotions et la souffrance des autres. Est-ce possible ?

Malgré le travail qu'il avait entrepris avec Sophia sur ce sujet, Arnaud se sentait encore démuni. Le Népalais détourna son regard paisible et fixa avec insistance les yeux angoissés d'Arnaud, comme pour lui offrir toute la compassion qu'il ressentait à son égard.

— Vous savez, Arnaud, vous ne pourrez jamais éprouver de la compassion pour les autres si vous n'en avez pas pour vous-même.

Arnaud avait décidé de respecter à la lettre la maxime de Goethe, du moins pour quelques heures. Il réprima son envie d'interrompre le vieil homme pour le noyer de questions.

— On connaît les bienfaits de la compassion, dit Sanjay. Ce que les gens savent moins, c'est que l'on peut s'exercer à la cultiver. Ainsi, un entraînement de quelques semaines à la méditation bienveillante a montré que chacun de nous peut ressentir davantage de compassion envers autrui, mais aussi envers lui-même.

Ses mains décrivaient de douces arabesques, enveloppant chaque mot, puis se déposaient lentement sur ses cuisses, comme les particules en suspension des eaux turbides.

« Surprenant ! » se dit Arnaud, convaincu jusqu'alors que la compassion était l'apanage des croyants et des êtres au grand cœur, comme Mère Teresa. Sentant que son élève d'un jour montrait de l'intérêt pour le sujet, Sanjay poursuivit.

— Éprouver de la compassion envers soi réduit l'impact des sentiments difficiles, comme la honte et l'autocritique.

Arnaud commençait à réviser sa conception étriquée de cette qualité humaine qui consiste à éradiquer la souffrance autour de soi. Et si Sanjay avait raison, s'il faisait preuve de compassion envers lui-même, peut-être que cela l'aiderait à en éprouver pour les autres et ainsi à mieux percevoir la souffrance autour de lui. L'image de son accident ressurgit. Le remords d'avoir sacrifié la vie de cette femme s'alourdissait d'un sentiment ineffaçable de culpabilité. Mais cet accident tragique était aussi une occasion d'éprouver ce noble sentiment qu'est la compassion.

— Pardon, Sanjay, mais tous les êtres humains sont-ils vraiment capables d'un tel sentiment ?

— Tous, sauf les individus psychologiquement malades. Je vais même vous faire une confidence : avant de devenir moine, j'ai eu un passé peu glorieux. J'étais un adolescent sans scrupules dans la banlieue de Katmandou. J'ai fait souffrir de nombreuses personnes en les volant ou en les menaçant. Il fallait bien manger pour survivre.

— Ah ? Mais comment puis-je cultiver ma propre compassion ?

— Êtes-vous capable d'accueillir vos souffrances, vos doutes et vos limites d'être humain avec chaleur, intérêt et ouverture ?

La triade de mots claqua dans l'esprit du dirigeant, tant elle était absente de son champ lexical. Hésitant, avant de se hasarder dans une réponse qu'il souhaitait construite, Arnaud recourut à son tour à la technique de la question en guise de réponse.

— Mais que voulez-vous dire au juste par « souffrance » ?

Voyant que son interlocuteur souhaitait se complaire dans le registre conceptuel, par évitement ou habitude, Sanjay décida de passer à la pratique.

— Cher Arnaud, voudriez-vous vous prêter à un exercice ?

À cet instant, la jeune maman repassa en sens inverse, serrant cette fois sa fille dans ses bras comme on étreint un gros ours en peluche. La fillette aux cheveux blonds en bataille éclata de rire, dévoilant ses petites dents. Quelques visages amusés se tournèrent vers elles, le temps pour Arnaud d'accepter ce qu'il pressentait comme un vrai défi.

— C'est d'accord, opina Arnaud en grimaçant.

Sanjay sortit de son sac à dos, resté au sol, un bloc de papier corné et largement entamé, ainsi qu'un crayon usé aux trois quarts. Il les déposa sur la table, devant le dirigeant, lui signifiant qu'il ne pouvait plus reculer.

— Vous allez identifier un aspect de vous-même que vous n'aimez pas, indiqua Sanjay. Quelque chose qui vous inspire de la honte, de l'insécurité ou un sentiment d'infériorité. Vous allez vous écrire une lettre à vous-même, en anglais, en démarrant par « je ».

— En anglais ?

— En anglais, oui. Je vous demande d'exprimer la compréhension et l'acceptation de cette part de vous-même que vous n'aimez pas.

À ces paroles, Arnaud fronça les sourcils, désarçonné. Il tenta néanmoins une première exploration de cet aspect de sa personne qui le dérangeait.

— Rappelez-vous que tous les gens n'aiment pas certains aspects d'eux-mêmes, que nul n'est parfait, dit le sage pour le rassurer. Pensez à toutes les personnes dans le monde qui sont, comme vous et moi, aux prises avec l'aspect de leur personnalité qu'ils n'aiment pas.

Il y eut un silence, puis Sanjay demanda :

— Cela vous paraît-il clair ?

— Heu… pour être clair, ça l'est, acquiesça Arnaud. Par contre, identifier cet aspect de moi, c'est loin d'être évident.

Dérouté par ce prétendu « exercice simple », il rapprocha sa chaise de la petite table ronde, ouvrit le bloc-notes et se mit au travail. Un léger vertige s'empara de lui face à l'abîme de questions qu'il surplombait. Par où commencer ?

Voulant que l'expérience porte ses fruits, Sanjay formula d'autres consignes.

— D'une manière compatissante, demandez-vous s'il y a des choses que vous pourriez faire pour amoindrir cette difficulté ou pour mieux l'affronter. Concentrez-vous sur les changements constructifs qui pourraient vous aider à vous sentir mieux, en évitant de vous juger. Ne soyez pas si sévère avec vous, Arnaud.

Après quelques instants, le regard cherchant l'inspiration dans les lueurs enveloppantes du crépuscule, Arnaud se saisit du crayon et commença sa lettre à lui-même. Vingt bonnes minutes s'écoulèrent. En relevant la tête dans sa direction, Sanjay comprit qu'Arnaud avait tout donné.

Encore débutant dans cette pratique, Arnaud sentit une agréable sensation de légèreté et d'apaisement se diffuser en lui. Le sentiment du devoir accompli doublé d'une certaine fierté d'avoir réussi cet exercice redoutable. Arnaud posa donc le crayon sur le bloc et se recula sur sa chaise, pensant s'être acquitté de sa tâche.

— Très bien, Arnaud, dit Sanjay, toujours impassible. Maintenant, vous allez passer à la deuxième étape.

Le quinquagénaire, inquiet, écarquilla les yeux.

— C'est de l'humour népalais ? Que voulez-vous dire ?

— Pour que l'exercice porte tous ses fruits, il faut que quelqu'un d'autre vous lise votre propre lettre, sauf si vous n'êtes pas d'accord, bien sûr, dit-il d'un ton espiègle.

Il savait qu'Arnaud désirait aller jusqu'au bout de l'épreuve, quoi qu'il lui en coûte.

— Pardon ? Vous voulez me lire ma propre lettre ? s'étrangla Arnaud. Mais c'est trop personnel !

— Pas moi, mais un inconnu que vous allez choisir dans le parc, maintenant, rétorqua le sage avec le plus grand flegme.

Les yeux légèrement exorbités, les mains moites et la mine pâle en disaient long sur le malaise de l'élève. Il décida néanmoins de faire confiance au moine népalais et de relever ce nouveau défi.

— Bon, mais… Comment dois-je aborder cette personne ?

— Comme vous voulez, se contenta de répondre Sanjay. Laissez parler votre cœur et votre intuition !

D'un regard circulaire, l'homme scruta le parc et arrêta son choix sur une femme trentenaire, la silhouette d'une femme d'affaires, qui marchait d'un pas rapide. Cela le rassurait de se confier à une femme plutôt qu'à un homme. « Chiche ! » se dit-il pour se donner du courage.

Il se leva, dit bonjour à la femme, se présenta et lui présenta Sanjay, puis il lui expliqua l'exercice qu'il devait faire. Contre toute attente, la femme accepta de l'aider, amusée par cette demande inattendue, rassérénée aussi par la présence du vieil homme. Arnaud approcha une chaise près de la sienne et invita son interlocutrice à s'asseoir. Admirant l'aplomb de la jeune femme, Arnaud la remercia et lui tendit la lettre d'une main tremblante. Elle sourit en découvrant le texte. Arnaud s'attendait à ce qu'elle le lise comme une enfant qui récite mécaniquement une poésie à l'école. Il projetait de nouveau ses propres craintes sur la lectrice. Allait-elle le juger, le trouver ridicule, ou bien être touchée ? Ajustant sa voix en se raclant la gorge, la femme se redressa sur sa chaise et se lança en lui adressant un sourire rassurant. Dès ses premiers mots, le timbre chaud de sa voix et son engagement dans sa lecture encouragèrent Arnaud. Il n'en revenait pas que l'on puisse incarner un rôle nouveau avec une telle conviction.

Cher Arnaud,

Dieu que cela m'est difficile… mais je dois y arriver…

Ce que je déteste chez moi, c'est mon incapacité à montrer mes sentiments. J'ai l'impression que mes émotions les plus primaires sont au fond d'un coffre-fort verrouillé de l'intérieur. C'est terrible. Quand quelqu'un de mon entourage a de la peine, ma gorge se noue, mais aucune larme ne coule. Quand mon fils me serre dans ses bras, mon cœur bat plus fort, mais mon visage reste inexpressif. J'ai l'impression d'être devenu une machine, et cela me glace d'effroi. Peut-être est-ce la faute d'un père autoritaire ou d'une mère qui dissimulait ses propres sentiments. Je ne sais pas. C'est tellement facile de trouver les fautifs en dehors de soi !

Ce qui est fou, c'est que je ressens beaucoup d'émotions, davantage les difficiles que les agréables, je crois. Mais elles restent coincées au fond de ma gorge. Quand je vois Maud qui pleure avec tant de facilité ou Alice qui rit aux éclats, ça me bouleverse. Mais impossible de les accompagner ! Que m'arrive-t-il ?

J'ai mal au cœur, j'ai mal au ventre, je me sens impuissant, je me sens seul, anormal.

Je dois avouer que cette incapacité me rend malheureux.

Au fond, je dois l'accepter, je vais l'accepter désormais. Je me rassure en me disant que nous sommes nombreux, comme moi ; j'en connais d'autres, des invalides de l'émotion !

Alors, si je m'ouvrais à la peur et à la joie, si j'essayais de ne pas refouler la honte ni la culpabilité, si j'osais prendre Maud par la main pour lui dire que je la chéris de tout mon cœur ? Peut-être devrais-je exprimer ce que je ressens, sans aucune crainte. Je dois me libérer une bonne fois pour toutes !

Tout cela, je sais que je l'ai en moi, mais enfoui dans mon tréfonds.

Dieu que c'est difficile…

Alors, je dois devenir moins dur et plus patient avec moi-même.

Je me le promets à moi-même !

Arnaud

De ses paupières encore closes affleuraient des larmes de gratitude. En rouvrant les yeux, Arnaud croisa le regard de cette lectrice éphémère, touchée par le récit d'un inconnu qui exhibe son âme. Elle sortit un mouchoir de son sac à main pour sécher ses joues humides. Le dirigeant ne savait comment exprimer sa reconnaissance à la fois à cet homme, étranger il y a encore deux heures, et à cette femme qu'il ne reverrait jamais. Elle s'était prêtée au jeu avec une telle justesse. Son authenticité avait désarmé Arnaud. Vulnérable comme jamais, le dirigeant s'adressa à la jeune femme d'une voix pleine d'une douce affection.

— Chère madame, je ne sais comment vous remercier.

Après un bref échange d'une simplicité pudique, Arnaud lui tendit la main en guise d'adieu. Grâce à elle et à l'exercice proposé par Sanjay, il se sentait soulagé de cette charge sourde et insidieuse, tapie dans sa conscience. Cette part de lui, encombrante, qui le tourmentait depuis trop d'années, il la gardait dans l'obscurité moisie de sa caverne intime. La magie de Sanjay avait opéré.

La femme s'éloigna d'un pas tranquille, sans se retourner. S'adressant au sage, Arnaud n'avait plus les mots pour le remercier à son tour.

— Nous nous jugeons souvent avec encore plus de dureté que nous jugeons les autres, affirma Sanjay. Nous ne voyons que nos défauts, nos erreurs ou nos failles, sans oser les révéler.

Son œil brillait de l'enthousiasme d'un maître nourri par la tendre exaltation de son élève.

— Au lieu de nous critiquer sévèrement, nous devrions nous traiter avec compréhension et compassion. Le monde irait beaucoup mieux si chacun s'adressait de telles lettres à lui-même.

Sanjay lui prodigua alors quelques dernières recommandations avant de le quitter.

— Cher Arnaud, cela prendra du temps, mais plus vous écrirez de cette façon, plus cette voix compatissante vous sera familière et naturelle. Comme un oiseau qui se pose sur votre épaule et chuchote à votre oreille. Laissez de côté votre lettre pendant un moment, puis lisez-la chaque fois que vous vous sentirez mal à propos de cet aspect de vous-même que vous n'appréciez pas. Comme un doux rappel à être plus tolérant et bienveillant avec vous-même, conclut Sanjay, le visage radieux.

Apaisé, Arnaud n'éprouvait aucune envie de prononcer le moindre mot. Il pensait avec satisfaction au chemin sinueux qu'il avait parcouru depuis son accident. Il repensa à Sophia.

— Sanjay, nous reverrons-nous ? demanda Arnaud, espérant une réponse positive.

Le Népalais se gratta la joue.

— C'est possible, répondit-il, évasif.

— Racontez-moi : comment avez-vous connu Sophia ?

— Eh bien, elle était encore étudiante lorsque nous l'avons accueillie pour une retraite au monastère de Sarangkot. Je crois que c'était à l'été 1996. Elle sortait dépitée d'un stage dans un laboratoire pharmaceutique. Depuis, nous sommes restés très proches, nous nous parlons souvent. C'est une personne remarquable.

Arnaud comprit. Une onde de remords l'envahit. Impuissant, il était à l'origine de la rancœur tenace de Sophia à son encontre. Et si reconnaissant qu'elle consente malgré tout à l'accompagner vingt ans plus tard.

— Oui, Sophia a accepté de m'aider après mon accident. Elle me guide dans le difficile chemin qui m'apprend qui je suis. Elle m'est très précieuse et m'amène parfois sur des terrains très surprenants, comme avec vous, Sanjay.

— Il semble que vous ayez de l'affection pour elle, je me trompe ? Vous la saluerez de ma part ?

— Je... Oui, elle compte beaucoup... Je rentre à Paris demain, nous devons nous retrouver bientôt, je lui parlerai de notre rencontre, bien sûr, répondit Arnaud, troublé de révéler ses sentiments.

Une question le taraudait encore. Il plongea sa main dans la poche de sa veste pour en extraire son portefeuille. Il en sortit le bout de papier que lui avait remis Sophia en début d'année et le tendit à Sanjay.

Découvrir, devenir et accepter ce que nous sommes,
telle est la grande aventure de l'existence.
S.

— Serait-ce vous qui avez signé ces mots que Sophia m'a donnés ? demanda Arnaud.

Le vieil homme déplia le papier et sourit. Il le replia et le rendit à Arnaud.

— Quiconque ayant un peu réfléchi à son existence aurait pu les écrire. Je suis certain que vous pourriez les prononcer vous-même.

Arnaud comprit qu'il en était l'auteur.

L'homme se leva et tendit une main légère à son ami d'un soir.

— Bon retour, Arnaud.

— Merci, Sanjay, merci. Je n'oublierai jamais notre rencontre, dit Arnaud, prolongeant la poignée de main.

Les deux hommes se quittèrent.

Presque vide, Bryant Park basculait dans le bleu crépusculaire, magnifiant le croissant de lune naissant.

27

Grimaud, 1er novembre 2017

Ce jour-là, le mistral s'était levé en quelques minutes. En automne, sa fraîcheur mordante vous traversait tout le corps. C'était le prix à payer pour contempler un ciel d'azur épuré qui s'étendait à l'infini. Le vert pin des collines du massif des Maures s'en détachait avec netteté. Les fureurs du vent semblaient étirer un peu plus ce tableau de maître.

Sophia gara la voiture sur le parking surplombant le cimetière. Arnaud fit quelques pas pour se rapprocher de l'allée de cyprès qui bordait le chemin et admirer ainsi le magistral point de vue sur le golfe de Saint-Tropez aux flots moutonneux. Malgré les années, il ne s'en était jamais lassé. Alignés tels de frêles gardiens des lieux, les cyprès, comme des flèches visant le zénith, ployaient sous les bourrasques. Ici, le mistral est roi quand il souffle sur ses sujets.

Emmitouflée dans un long gilet en laine laissant deviner le col roulé de son pull orange, Sophia le rejoignit. Elle fit face à la mer et scruta l'horizon. Le vent diffusait le parfum des épines et de la résine du maquis varois. Son air sec et vivifiant gonflait leurs poumons d'une énergie indomptable.

La chercheuse se réjouissait d'avoir fait ce long voyage depuis Paris pour ce qu'elle considérait comme un passage incontournable dans le cheminement d'Arnaud. Ce devait être pour elle aussi une manière de se préparer à affronter l'épreuve qui l'attendait.

****

Plus tôt, sur l'autoroute, Sophia avait entamé la discussion. Elle tenait à faire part à Arnaud du tumulte auquel elle était en proie depuis quelques semaines.

— Je dois t'avouer quelque chose.

— Quoi donc ? C'est à propos de ta mère ?

— Non, c'est autre chose.

— Ah, je sais. Tu te résous enfin à le reconnaître. C'était bien toi, mon ange gardien, pendant mes nuits au purgatoire… dit Arnaud, déterminé à confirmer sa conviction initiale.

— Tu te souviens, à Manhattan, quand tu m'as demandé si j'avais été cette femme qui avait dialogué avec toi pendant ton hospitalisation ? Eh bien, je dois t'avouer que, l'été dernier, il m'est arrivé des phénomènes étranges.

— Ah oui ? Lesquels ?

— À plusieurs reprises, j'ai eu la sensation qu'on voulait entrer en contact avec moi. Mon esprit me commandait de répondre à ces sollicitations. C'était la confusion dans ma tête, comme si mon double s'échappait, sans que je puisse lutter. Je sais, c'est stupide, mais cela a peut-être un lien avec tes dialogues.

— Nos dialogues, rectifia Arnaud, ravi d'alimenter sa thèse.

— On aurait dit que je ressentais des émotions sans raison, que j'étais connectée avec une force, comme un aimant. C'était peut-être toi… C'est arrivé plusieurs fois pendant l'été. Ça m'a vraiment troublée au début. Ensuite, je me suis laissé porter, sans chercher d'explication.

— Tu l'as peut-être, maintenant !

— Ce que je veux te dire aussi, c'est que les mots que tu utilises pour décrire tes émotions et les images que tu évoques me semblent si familiers, c'est assez perturbant.

— Tu vois, tu ne veux pas me croire, mais je te dis que c'était toi, cet ange déguisé en inquisiteur face au pauvre hérétique que j'étais !

L'image d'Arnaud fit sourire Sophia, mais elle ne quitta pas l'asphalte des yeux.

— Tu as peut-être raison, au fond. Sache aussi que tes efforts m'aident beaucoup. Je m'aperçois que tout ce que tu veux bien me dévoiler me donne de la force. Comme si je vivais les mêmes émotions, les mêmes révélations, mais à travers toi. C'est absurde. À tel point que, parfois, je ne sais plus bien qui de nous deux aide l'autre.

— Sauf que, moi, je n'ai pas hanté tes nuits ! remarqua Arnaud, espiègle.

Les rôles paraissaient s'inverser. Sophia apprenait de plus en plus d'Arnaud, à mesure qu'elle lui proposait ses clés.

****

Après avoir descendu les marches en bois et franchi les grilles entrouvertes, ils pénétrèrent dans le petit cimetière varois. Celui-ci reflétait l'époque dans ses contrastes. D'un côté, d'imposantes tombes de marbre gris ou rose entretenues ; de l'autre, des sépultures sans soubassement ni pierre, qu'on peinait à distinguer du reste de l'allée et sur lesquelles la nature, à son rythme, reprenait ses droits. Ailleurs encore, des pierres tombales gravées de noms et de dates comme seuls ornements, et d'autres sépultures défraîchies, recouvertes d'une myriade de pots de fleurs bigarrées, dont les incontournables chrysanthèmes. Plus loin, on remarquait une imposante pierre brute, posée sur un lit de gravier recouvrant en partie la semelle, et cette gravure en forme d'étoile, ornée de deux photos en noir et blanc d'un couple qu'on imaginait sorti tout droit d'un film des années 1950.

Au milieu du cimetière trônait un olivier majestueux dont la base était cerclée par de fragiles bouquets de fleurs jaunes et mauves. Armés de râteaux et de poubelles, deux employés municipaux s'activaient à embellir les lieux. Peut-être pour atténuer la douleur de ceux venus commémorer leurs défunts. Au fond de l'allée, un homme au dos voûté, les mains croisées, le regard perdu, se recueillait sur une tombe sobre.

Une décennie s'était écoulée depuis la dernière fois qu'Arnaud était venu se recueillir sur la tombe de sa mère. C'était pour les dix ans de son décès. Revenir lui coûtait beaucoup. Par manque de temps, se justifia-t-il, par peur surtout d'avoir à affronter de nouveau le passé. Cet étrange mélange de culpabilité et de nostalgie l'habitait souvent. Qu'avait-il à se reprocher, au juste ? Était-ce la perspective de déballer ses émotions les plus intimes devant Sophia ?

Son cœur se mit à battre plus fort lorsqu'il posa le regard sur une plaque de granit neuve, sur sa gauche. L'homme enterré là était né le même jour que lui et décédé quelques semaines auparavant. Cette coïncidence l'interpella comme un signe pour lui rappeler l'impermanence de toute chose. Alors qu'il s'approchait de la tombe de sa mère, au fond du cimetière, le crissement de ses pas sur le gravier blanc ralentit. Ses palpitations s'intensifièrent, le malaise s'empara de tout son être. Il vacilla et aurait voulu fuir.

Le temps avait laissé ses stigmates sur la tombe, malgré l'entretien de la sépulture par une vieille voisine. Le marbre rose s'était couvert d'un voile grisâtre. La plaque gravée avait noirci, rendant la dorure de l'épitaphe à peine lisible. Un pot de fleurs brûlées par le soleil s'était fêlé en tombant au sol. Maudit mistral.

Sophia se tenait en retrait de l'homme qu'elle avait entraîné jusqu'ici.

Fébrile, il s'accroupit et fixa un long moment la gravure collée sur la stèle. Contre l'avis de son père, il y avait fait sceller le portrait radieux de sa mère, pris lorsqu'elle avait fêté son demi-siècle. Son sourire discret soulignait un visage apaisé, appuyé sur son poing. Ses yeux semblaient vouloir vous transmettre sa simplicité, son infini don de soi. Arnaud avait lui-même capté cet instant sur une photo jaunie qu'il conservait dans son portefeuille.

— C'était une jolie femme, dit Sophia, rompant le silence d'une voix suave.

Arnaud se racla la gorge.

— C'est vrai. Maman était aussi une mère témoignant un amour inconditionnel à son fils. J'étais toute sa vie. À ses yeux, je crois que je comptais plus que mon père, la faute à un sentiment amoureux rongé par le temps, sans doute.

— Comment te sens-tu ? demanda Sophia.

— Ça va aller. C'est juste que je n'étais pas revenu ici depuis une éternité. C'est fou comme les souvenirs vous enchaînent au passé, répondit-il, la gorge nouée.

Comme pour beaucoup, l'esprit d'Arnaud balançait entre devoir de mémoire et désir d'émancipation de souvenirs douloureux.

— As-tu pensé à apporter le galet que je t'ai donné il y a quelques semaines à Paris ? Il est temps de le sortir.

Devinant le terrain sur lequel Sophia voulait l'emmener, Arnaud n'opposa aucune objection, se redressa et sortit de la poche de son blouson la pierre gravée du mot « gratitude ».

— Qu'attends-tu de moi au juste ? interrogea-t-il, nerveux.

— Te souviens-tu de m'avoir demandé comment ressentir davantage de reconnaissance ?

Il acquiesça d'un hochement de tête.

— Voici une occasion unique d'exprimer ta reconnaissance envers celle qui t'a aimé plus que tout.

Elle sortit un crayon et un bloc-notes d'une grande poche de son gilet et les tendit à Arnaud. Il reconnut le bloc pour en avoir déjà noirci quelques pages au cours de leurs expériences précédentes.

— Prends ton temps et note les choses, petites ou grandes, que ta maman a faites pour toi et pour lesquelles tu souhaites lui exprimer toute ta gratitude aujourd'hui. Commence par « je » et adresse-toi à elle comme si elle était en face de toi. Explique bien ce que tu ressens en évoquant tous les trésors que tu as reçus d'elle.

Sophia se retira et s'éloigna de la tombe, laissant Arnaud seul, assis sur le muret, dans l'écriture d'un long monologue qui n'avait jamais eu lieu. Elle désirait faire le même exercice pour sa mère, par la pensée, sans le révéler à Arnaud. À cet instant, elle se remémora l'une de ses premières discussions avec Sanjay à propos de la souffrance, à la fin de sa retraite au Népal. Et toute la richesse de leurs échanges depuis lors. La douleur de perdre bientôt celle qui lui avait donné la vie ne la quittait plus. Les larmes montèrent, luisantes, au bord des paupières.

Lorsqu'elle s'approcha d'Arnaud, vingt minutes plus tard, elle sut que la nouvelle expérience l'avait terrassé de chagrin et de regrets plutôt que de joie et d'apaisement. Peu importait. Les yeux rougis, Arnaud se tourna vers elle et la serra dans ses bras pour la première fois depuis qu'ils s'étaient retrouvés à New York. Sans prêter attention aux joues humides de Sophia, le visage blotti dans le réconfort de sa chevelure ondoyante, il éprouvait le besoin viscéral de se relier à elle pour reprendre des forces. Comme un plongeur en apnée qui transperce la surface de l'eau pour retrouver l'oxygène de la vie. L'étreinte ardente et silencieuse conféra à ces secondes intenses une durée enivrante. Puis les corps se dégagèrent l'un de l'autre. Sophia essuya du pouce les yeux d'Arnaud.

— Je ne sais quoi te dire, si ce n'est que tu es très douée pour viser juste. Je n'ai jamais eu accès à mes émotions pendant des années, mais avec l'épreuve de La Pagode et celle d'aujourd'hui, je dois reconnaître que j'en prends pour vingt ans au moins, avoua-t-il en souriant. Merci, Sophia, pour ce moment que je n'oublierai jamais. Mais Dieu que ce fut difficile !

Sophia lui caressa la joue. De nouveau, il frémit au contact de sa peau, ne sachant que faire de ce sentiment amoureux, lourd et secret, désormais réciproque, qui encombrait sa poitrine tourmentée.

Croyant en avoir fini avec cette journée épuisante, Arnaud proposa de rentrer à l'hôtel pour se remettre de ce tsunami et dîner ensuite.

— Attends, ce n'est pas fini, annonça Sophia.

— Pardon ? fit Arnaud, croyant avoir mal compris.

— J'aimerais à présent que tu lises cette lettre à ta maman, comme si elle était là, devant toi.

— Impossible, c'est au-dessus de mes forces, Sophia, rentrons, je suis vidé.

— Je comprends que c'est difficile pour toi, mais, crois-moi, tu vas vraiment ressentir ce que la gratitude veut dire. Elle peut changer ta vie.

— N'insiste pas. Ma vie n'a déjà plus rien à voir avec celle d'avant, et je t'en suis redevable, rétorqua Arnaud, le regard plus incisif. Mais, là, j'ai ma dose !

— Arnaud, regarde-moi, s'il te plaît.

Elle ramena son menton vers elle et enfonça l'éclat brûlant de ses yeux dans les siens.

— C'est une chance unique de franchir une nouvelle étape. Cette lettre peut te libérer à jamais. Fais-moi confiance.

Elle projetait ses propres forces en lui, redoutant de devoir faire le même exercice bientôt, devant sa mère en fin de vie.

L'iris d'Arnaud semblait flotter à la dérive, les plissements de son front révélaient un dilemme éreintant. Il sentit alors la fébrilité gagner ses veines.

Devant son regard tendre, mais insistant, il finit par jeter l'éponge et accepta l'ultime épreuve de la journée. Après tout, se transformer n'était pas une sinécure. Sophia s'éloigna de nouveau. Arnaud saisit le carnet d'une main tremblante, se tourna vers la tombe et s'adressa à sa mère d'une voix frémissante.

Ma tendre maman,

J'aimerais te remercier de tant de choses que les lister me donne le vertige. Par où commencer ?

Merci d'abord de m'avoir aimé d'un amour inconditionnel, tu m'as toujours choyé et encouragé. Je me souviens des rondelles de banane baignant dans le jus des oranges pressées que tu me préparais tous les matins avant de partir pour l'école. Ou bien quand tu es allée voir les résultats d'admission aux concours parce que je n'en avais pas la force. Tu étais si fière de moi ! Ça m'a donné une telle force. Tu n'as jamais douté de moi, alors que tu étais si peu sûre de toi.

Merci de m'avoir baigné de ton amour pour la musique classique, de m'avoir initié aux plus grands compositeurs, Chopin au-dessus de tous les autres. Je n'oublierai jamais ces concerts auxquels nous avons assisté ensemble, à la salle Pleyel ou au théâtre des Champs-Élysées, pendant lesquels je contenais déjà mes émotions. Je me rappelle que mon cœur cognait fort dans ma poitrine, je retenais mes larmes plutôt que d'accompagner les tiennes. J'aurais tellement voulu te prendre la main. D'ailleurs, chaque fois que j'écoute les premières notes de ce fameux passage, dans Norma, sublimé par la Callas et que tu m'as fait découvrir, je me rappelle comme nous vibrions à l'unisson, les yeux brillants. La musique était alors notre langue commune, si pratique pour voiler les mots de ma pudeur. Tu te demandais : « De quoi est fait celui qui crée une œuvre si belle ? » Je donnerais tant pour revivre ce moment, ne serait-ce qu'une fois, mais en te serrant fort dans mes bras. En laissant nos larmes se rejoindre sur nos joues enflammées par tant d'émotions.

Merci d'avoir su trouver les mots pour me réconforter quand ce foutu doute m'assaillait ou que mes sentiments amoureux vacillaient. Merci de ne pas m'avoir jugé dans mes égarements, mes mauvais choix. Je comprends à présent le sens des mots « amour inconditionnel » qu'une mère déverse sur son fils, sans retenue.

Merci d'avoir compris ma quête épuisante de perfectionnisme. Ça me soulageait tant d'être écouté sans jamais être critiqué. Merci aussi d'avoir toléré mes accès de colère, qui parfois te dévastaient. Si tu savais combien je regrette de m'être emporté et d'avoir abusé de ta gentillesse !

Merci pour ta capacité à t'émerveiller de tout. Ce que je prenais pour de la candeur parfois était en réalité une force qui m'était totalement étrangère. Tu regrettais que les hommes martyrisent cette terre que tu chérissais tant.

Merci pour tous ces gestes d'attention, ces paroles affectueuses dont tu m'enveloppais et que la routine m'empêchait de savourer. Merci pour ta discrétion, ton dévouement, toujours prête à aider ta famille, tes amis, souvent en te sacrifiant. Je te reprochais ton humilité excessive, ça me faisait bouillir parfois, tellement j'en étais à l'exact opposé. Mais, grâce à toi, je comprends seulement maintenant combien servir autrui est bien plus fort que se servir. Ton abnégation et, j'ose le dire, ta souffrance impuissante devant l'égoïsme aveugle et l'indifférence coupable de papa sont dignes d'une sainte. D'ailleurs, c'est comme ça que te surnommaient tes amies proches.

J'ai fait du mieux que j'ai pu pour être ton fils, ma petite maman, avec mes travers, mes failles inavouables, mes satanées obsessions de toujours vouloir être utile et de pousser chacun à progresser et à changer, sans oser me changer moi-même. Je mesure à quel point être parent est tout sauf simple, combien chacune de tes questions, tes remarques, tes suggestions, qui m'irritaient parfois à l'époque, me sont précieuses aujourd'hui, comme autant de preuves d'amour. J'aurais voulu pouvoir noter tout cela sur un carnet pour ne jamais oublier ta bienveillance. Mon orgueil fut ma myopie, mon égoïsme fut ma surdité devant ces trésors d'amour maternel.

Si tu savais à quel point je regrette de ne pas t'avoir dit ces choses-là, les repoussant à plus tard, quand je pouvais encore te regarder ou entendre ta voix, avant que la maladie ne t'emporte. Pourquoi faut-il attendre d'être planté face à un morceau de marbre pour prononcer enfin ces mots ? Je me tiens là, à présent, devant ta dernière demeure, et je me reproche de ne pas t'avoir assez serrée contre moi pour m'enivrer de ton odeur ou m'étourdir de ton âme quand tu te sentais à bout de forces ou désemparée. Sache que tu as été mon âme guide, mon miroir apaisant. Je souhaite à chaque enfant sur cette terre d'avoir une maman comme toi.

Je suis si fier de t'avoir eue près de moi.

Je prie pour que tu demeures en paix.

Je t'aime pour l'éternité.

Ton fils

Submergé par l'émotion, Arnaud ressentait la douleur accablante du remords en refermant le carnet dont la première page avait à peine absorbé ses larmes. Les yeux hagards, l'homme venait de clôturer un chapitre douloureux de son existence. Mais pas celui, à jamais ouvert, de son sentiment coupable d'avoir ôté la vie à une autre mère. Souvent, l'ombre de l'inexcusable l'effleurait comme un fantôme familier. En cette fin de journée d'hommage aux morts, c'est bien la vie qui devait pourtant être célébrée. Sophia respecta son temps de recueillement. Arnaud demeura de longues minutes immobile, fixant la tombe. Il finit par relever la tête, plus apaisé. Il se tourna vers Sophia qui se tenait prête.

— J'ai dû puiser en moi, avoua-t-il. Comment fais-tu pour affronter ces épreuves, toi ?

Il était convaincu qu'elle savait surmonter de tels raz de marée émotionnels sans oser évoquer l'état de santé de sa mère, qu'il savait mourante.

— Je suis comme toi, le rassura-t-elle. La maladie de maman m'est très douloureuse aussi. Tu t'en es très bien sorti, ajouta Sophia, émue.

Elle l'enlaça avec tendresse et sentit la migraine s'installer.

Après quelques minutes d'échanges, Arnaud était résolu. Il se jura de dire à ses proches combien il les chérissait, combien il était heureux d'être à leurs côtés, jour après jour.

Sophia et Arnaud marchèrent jusqu'à la voiture, garée plus haut. Une longue route les attendait le lendemain. Arnaud devait être à Paris pour un dîner de travail.

Sur le chemin de l'hôtel, il demanda à son assistante de l'annuler. Il décida plutôt d'emmener sa tribu passer un bon moment dans un de leurs restaurants préférés. Chaque heure comptait à présent. Avant de monter dans la berline, Sophia prit d'une main celle du dirigeant et y déposa, de l'autre main, un petit bout de papier plié. Elle referma son poing en lui disant, d'une voix réconfortante :

— À lire quand tu affronteras de nouveau la tempête.

28

Boston, printemps 1976

Après sa séparation d'avec le chef d'orchestre, Anna avait décidé de quitter l'Europe pour revenir sur sa terre natale, l'Amérique. Cela lui permit de retrouver ses parents, installés aussi dans la banlieue de Boston. Sa fenêtre de chambre donnait sur le minuscule jardin de sa voisine, Madame Butterfield. Les oiseaux venaient se poser sur les branches de son cerisier japonais tout juste en fleur, comme s'ils voulaient s'inviter à ce spectacle. Des milliers de pétales blancs aux tons rose pâle donnaient à son sakura un air de composition florale géante. Sa floraison, qui ne dure que quelques jours avant que les corolles ne laissent les intempéries emporter leurs flocons de neige, rappelait à la jeune artiste, par son élégance furtive, l'éphémère beauté de sa relation avec ce maestro français.

Pour une fois, ce furent les piaillements des oiseaux et non son réveil qui sortirent la pianiste de son sommeil. Les fleurs du cerisier exhalaient un intense parfum sucré amer qui pénétrait par la fenêtre entrouverte, venant chatouiller les narines encore endormies d'Anna. L'effluve, élégant et doux, éveilla chez elle l'énergie de la vie. Les aiguilles indiquaient un peu plus de dix heures du matin. Une grasse matinée en pleine semaine était la bienvenue après cette tournée épuisante. Dégageant ses jambes entortillées dans les draps, Anna roula sur le ventre et étreignit son oreiller. Après tout, se prélasser au lit comme une étudiante était un plaisir qu'elle pouvait s'octroyer. Dans le cadre de la baie vitrée, elle balaya l'horizon d'un regard encore un peu brumeux, depuis ce lit donnant sur l'éveil du vieux Boston. « C'était la bonne décision de venir m'installer loin de Paris », se dit-elle dans un long soupir. Après la tournée, les sollicitations d'orchestres du monde entier et de prestigieux labels de musique classique se disputaient à présent sa boîte aux lettres. Séduite par le projet ambitieux du Boston Philharmonic, elle avait accepté la place de soliste, en plus de donner des cours de piano aux enfants de riches familles.

Un jour, un extravagant émir du Moyen-Orient lui avait proposé un salaire exorbitant, à vie, pour qu'elle joue exclusivement pour lui et sa famille. Anna lui avait décoché un sourire amusé en s'imaginant, telle une Shéhérazade voilée, en train de jouer du Liszt au milieu d'un harem, dans un palais des mille et une nuits. Son sourire avait disparu lorsque l'image de Henri s'était substituée à celle de l'émir bedonnant. Pourquoi avait-il décidé de mettre un terme à leur idylle ? Elle avait beau revivre cette soirée brûlante de désespoir du 7 février précédent, la musicienne n'avait toujours pas compris et encore moins accepté leur séparation. La plaie était toujours béante. Les souvenirs de sa liaison enflammée avec Henri et de la douloureuse et brutale rupture lui rappelèrent qu'elle plaçait son impétueuse soif de liberté au-dessus de toutes les autres valeurs, y compris l'amour. Elle se considérait comme une militante, solidaire des mouvements féministes qui fleurissaient un peu partout dans le monde. Refusant le dogme de la vie maritale, elle s'était préparée à l'idée de vivre des aventures plus ou moins sérieuses, selon ses envies, en tout cas jamais, au grand jamais, sous le joug d'un contrat de mariage. Liberté chérie, plus forte que tout, quitte à en payer le prix au moment des déchirures sentimentales.

Les répétitions et les concerts s'enchaînèrent à un rythme effréné. Ils ne suffisaient plus à nourrir son appétit insatiable des nouvelles explorations. Anna s'était lancée dans une série de récitals dans les plus belles salles de la planète. Elle interprétait avec ferveur Liszt, Schubert, Schumann, et bien sûr Chopin, couvrant ainsi l'essentiel du répertoire romantique pour le plus grand plaisir de ses admirateurs. Prisonnière de sa fuite en avant, elle ne vit pas venir l'épuisement qui la guettait. Désormais célibataire, elle se donnait sans réserve à la passion de la musique qui la dévorait à petit feu. Pourtant, depuis quelques jours, Anna se sentait habitée par un cri étouffé qui lui serrait la poitrine. Était-ce un appel pour retrouver un peu de stabilité dans sa vie professionnelle ou sentimentale ? Ou bien une invitation à prendre davantage soin d'elle ?

Un matin d'avril, une nausée plus forte que les autres, sur fond de fatigue chronique, l'incita à annuler un récital à Chicago. C'était exceptionnel. Elle devait faire une pause. Sur les conseils d'une amie, Anna consulta son médecin. Sa poitrine, déjà généreuse, avait encore gagné en volume et devenait plus sensible. Certaines odeurs l'écœuraient. Anna se procura alors l'un des tout premiers tests de grossesse Predictor. Une analyse de son sang confirma le résultat positif. Pour son plus grand bonheur, elle allait devenir mère. Prise d'un sentiment vertigineux jusqu'alors inconnu, Anna ne se réveillait ou ne s'endormait jamais sans penser à l'enfant qu'elle portait. Et sans que l'image de Henri la quitte. La conception avait probablement eu lieu au cours des folles nuits d'ivresse qui avaient suivi le concert à Tokyo. Six semaines après la confirmation de sa grossesse, alors que son ventre s'arrondissait, la virtuose prit deux décisions. La première fut de ne pas en informer le père. Bien que cet enfant fût autant une preuve d'amour qu'un acte de création pure entre deux virtuoses, Anna désirait protéger Henri et respecter son choix de rompre. À cette époque, aucune rancœur ni soif de vengeance n'interféraient avec sa vie. Quelques années après, elle s'avouerait que sa décision avait aussi été teintée d'égoïsme. Cette grossesse était, une fois encore, la décision d'une femme libre et attachée à son indépendance. Cet amant devenu père ne verrait jamais son enfant. Marquée par le séisme de leur déchirante séparation, Anna sentit alors poindre en elle un goût obsessionnel pour le secret entourant cet enfant tant désiré. Bien plus tard, cette omerta lui coûterait très cher. L'autre décision fut, si c'était une fille, de lui donner le prénom de sa grand-mère.

Anna ne regretta jamais aucune de ces deux décisions.

29

Boston, 17 décembre 2017, 17 h 50

Partie trop tôt, avant qu'elles aient pu tout se dire. Cette pensée lancinante n'avait plus quitté la tête de Sophia depuis l'enterrement de sa mère. Elle avait beau convoquer les principes fondateurs bouddhiques ou tenter d'accueillir avec chaleur sa propre souffrance, rien n'y faisait. La perte de son unique parent, quelques semaines plus tôt, réveillait tous les jours en elle la douleur et un sentiment de profonde injustice. « Mourir à soixante-sept ans, c'est injuste », se répétait-elle. Elle avait du mal à l'admettre, mais sa pratique spirituelle quotidienne pendant plus de vingt ans ne lui était que de peu d'aide dans ces temps de grande tourmente. Même les paroles réconfortantes de Sanjay voilaient à peine sa peine.

En revenant, pour la première fois depuis le décès, devant la maison où elle avait grandi, dans le quartier de Dorchester, à Boston, Sophia se préparait à affronter une nouvelle épreuve. L'idée de vider, seule, la maison de son enfance et de tomber sur les souvenirs de sa mère lui était insupportable. Elle avait décidé de se faire aider par son fidèle ami, Samir.

Il était près de dix-huit heures lorsque la Chevrolet tourna à l'angle de Talbot Avenue dans Washington Street. Alors qu'elle approchait de la petite maison victorienne à la façade bleu-gris, Sophia sentit son cœur palpiter. Elle se gara devant la maison. La haie était recouverte d'une fine couche de neige pure. Aucune trace de pas sur l'allée qui menait aux marches du perron. Cela faisait des jours que personne n'était entré ou sorti. La boîte aux lettres recrachait le trop-plein de prospectus. La vie avait quitté la demeure.

Avant de franchir le seuil, Sophia appréhendait de respirer sa propre solitude. La peur du silence qui envahirait chaque pièce. La peur de se faire engloutir par quatre décennies de souvenirs dont les perspectives infinies lui seraient renvoyées par chaque mur, par chaque objet de la maison. La peur de s'effondrer devant l'épreuve de l'inventaire posthume. Elle hésita à glisser la clé dans la serrure. Samir, qui ne la quittait pas d'une semelle, la serra contre lui. Elle prit une grande inspiration et poussa la porte en bois. Bien que connaissant chaque recoin de la maison, chaque odeur, Sophia eut le curieux sentiment de pénétrer par effraction dans une maison inconnue en l'absence de sa propriétaire. Cruelle absence.

— Par où veux-tu commencer ? demanda Samir, de sa voix douce, après quelques minutes.

Il pensa que se mettre en action atténuerait le chagrin de sa collègue.

— Je ne sais pas encore. Laisse-moi le temps de faire le tour.

Le cœur serré, Sophia s'attendait à voir sa mère l'accueillir par un « Ma chérie, que je suis heureuse de te voir ! ». En vérité, elle n'avait pas l'intention de se lancer dans un tel chantier aussi vite, jugeant ce défi au-dessus de ses forces. Elle savait que la tâche serait longue et douloureuse, et elle voulait se donner du temps pour l'accomplir. En arrivant à l'étage par l'étroit escalier de bois blanc, Sophia parvint au petit salon, le cœur encore plus lourd. Deux larges fauteuils de cuir beige, craquelés par le temps, trônaient à côté du *bow-window* donnant sur la rue. Le ciel dégagé inondait l'étage d'une lumière douce. Elle fut troublée par les photos posées sur le bois laqué recouvrant le chauffage. Sur l'une d'elles, sa mère l'enlaçait. Sophia devait avoir une dizaine d'années. À l'époque, la soliste délaissait son foyer pour parcourir le monde et lui offrir son talent musical. Le souvenir de ces longues journées d'été, passées à jouer au parc Roberts avec ses amies, refit surface. La jeune Américaine d'origine polonaise baignait à merveille dans ce quartier multiethnique de Boston où les vagues d'immigration déversaient Irlandais, Vietnamiens et Afro-Américains. C'est à cette époque qu'elle cultiva une ouverture d'esprit hors norme et un goût pour l'autre, imprimés dans ses gènes. La jeune fille fut élevée par sa tante Kaja, puisque sa mère avait choisi de vouer sa vie au piano et de se consacrer à ses tournées plutôt qu'à elle. Sa mère avait aussi décidé d'élever son enfant sans la présence d'un père.

Sophia s'enfonça dans le cuir profond du fauteuil, la photo à la main. Discret, Samir était resté en bas. Sophia avait toujours du mal à pardonner à sa mère sa décision de s'émanciper de son père, dont l'absence lui avait tant pesé et lui comprimait encore le cœur. Elle se rappelait le nombre incalculable de fois où sa mère avait évoqué la liberté, valeur suprême à ses yeux. La liberté à tout prix, quitte à en payer le tribut d'un double vide affectif. Un conjoint envolé, un père évaporé.

À l'opposé du *bow-window*, le quart-de-queue Steinway & Sons occupait le centre de la pièce. Ce piano, offert par un riche homme d'affaires polonais, fut martyrisé pendant des milliers d'heures, des années durant, par l'artiste. Intransigeante, tutoyant la perfection, elle répétait tard dans la nuit, jusqu'à ne plus sentir ses phalanges endolories par les frappes sur l'ivoire et l'ébène.

Sophia frissonna en se remémorant les airs fougueux de Chopin qui accompagnaient ses devoirs. Elle pouvait siffler chaque prélude, chaque polonaise du compositeur.

Pendant que Samir commençait à former les cartons de déménagement qu'ils avaient apportés, Sophia grimpa les marches qui menaient à la chambre de sa mère, au deuxième étage, « l'une des pièces les plus personnelles », se dit-elle. Elle devait receler les objets intimes auxquels sa mère était le plus attachée. Son cœur cognait de plus en plus fort. La lumière tamisée par les stores blancs et bleus apportait à la pièce l'apaisement dont elle avait besoin. Sur le lit, le plaid en laine blanche était encore tendu.

Elle s'approcha de la commode en chêne massif et tira avec fébrilité le premier tiroir, sans rien y chercher de précis. Y renifler les odeurs du passé, s'imprégner, à bonne distance, des souvenirs. Elle voulait répertorier le plus d'objets possible pour saturer sa mémoire avant de vider à jamais sa maison d'enfance. Pendant près d'une demi-heure, elle explora avec minutie chacun des sept tiroirs de la commode. Elle se redressa et vint s'asseoir sur le lit, du côté où sa mère avait l'habitude de dormir. Elle la revit, peu de temps avant sa mort, adossée à ses oreillers, lui prenant la main en susurrant : « Alors, tes recherches ? Te donnent-elles satisfaction ? »

Ce souvenir embua ses yeux. Anna lui avait transmis sa soif inépuisable de découverte et sa quête infinie de vérité. Et le caractère qui les accompagne.

Elle fit le tour de la pièce plusieurs fois, scruta chaque bibelot, laissa glisser sa main sur chaque meuble pour mieux réactiver les images et les odeurs qu'ils renfermaient. On aurait dit une enfant devenue adulte qui redécouvrait avec émerveillement les jouets de sa chambre d'autrefois.

Sophia revint s'asseoir sur le même côté du lit. Elle remarqua qu'elle n'avait pas fouillé les tiroirs de la table de chevet. Elle hésita, puis se décida à ouvrir le premier tiroir. Après tout, il fallait bien vider chaque recoin de la maison pour la vendre. Qu'allait-elle y découvrir qu'elle ne savait déjà ? Sa mère était de celles qui pensent s'acheter une conscience en partageant tout avec leur fille. N'ayant pas été assez présente, elle s'imaginait qu'elle se rattrapait en étant la meilleure copine d'une fille unique qui grandissait trop vite. Tout dire, ne rien cacher.

L'une et l'autre s'étaient engagées dans ce pacte, dans cette promesse scellée pour toujours. Tout dire, ne rien cacher. Une petite boîte multicolore en verre de Murano renfermait quelques bagues sans valeur. Des photos d'elle en concert, d'autres avec des amis, d'autres encore avec Sophia, à Paris.

Sophia referma le premier tiroir, puis ouvrit avec difficulté le deuxième. Ses yeux se fixèrent sur une enveloppe couleur crème posée sur quelques livres de poche. Son sang se glaça lorsqu'elle y lut son prénom, écrit de la main de sa mère. Ses mains se rejoignirent en un instant sur ses narines et ses joues. Elle poussa un cri de stupeur. Son cœur se mit à battre si fort qu'elle sentit sa poitrine transpercée à chaque battement.

— Mon Dieu !

D'une main tremblante, elle saisit l'enveloppe et la posa sur le lit. Sophia mit plusieurs minutes pour se décider à l'ouvrir. Qu'allait-elle y découvrir ? Qu'est-ce que sa mère ne lui avait pas dit de son vivant ?

Tout dire, ne rien cacher.

Fébrile, Sophia ouvrit le rabat de l'enveloppe et en sortit deux grandes feuilles pliées en quatre. Une photo en couleurs, jaunie par le temps, glissa sur ses genoux. En la retournant, Sophia comprit. Une vague de sidération la submergea. Les yeux rivés sur la photo, elle n'en revenait pas. On y voyait un couple amoureux, leur posture ne laissait aucun doute. Ce ne pouvait être de simples amis. Elle reconnut sa mère, sublime, enlacée par un homme séduisant, plus âgé qu'elle. Au dos de la photo, Sophia lut « décembre 1975 » écrit à la main. Sans même lire la lettre, Sophia comprit le terrible secret que sa mère voulait lui révéler. Tout dire, ne rien cacher ?

Son dos lâcha sous le poids des émotions. Sophia se laissa tomber à la renverse sur le lit, en écartant les bras, la photo toujours à la main. Elle fixa le plafond pendant un moment. Prise d'un vertige nauséeux, elle se sentit mal. D'un mal qui vous secoue les organes. Tiraillée entre la quête de la vérité et l'urgence de se protéger, Sophia prit une profonde inspiration et se décida à lire la lettre que sa mère désirait qu'elle trouve.

Ma petite Sophia chérie,

Je te demande de me pardonner pour ce que tu vas découvrir dans cette lettre. Je sais que tu vas m'en vouloir, terriblement, peut-être.

Je n'ai jamais eu le courage de te dire qui était ton père. Trop fière, sûrement, trop occupée par mon seul intérêt, trop rancunière, je t'ai voulue rien que pour moi. Je mesure combien je vous ai, ton père et toi, privés d'un bonheur légitime. Lui n'a jamais su que tu étais venue au monde. Toi, tu n'as jamais connu ton père. Je m'en veux, si tu savais. J'ai cru qu'en maintenant ce double secret, je vous préserverais. En fait, je me protégeais. J'en paye le prix parce que tu dois me détester en lisant cette lettre. Si tu savais comme j'ai honte de te l'avoir caché, de lui avoir caché aussi la vérité. La couardise m'a domptée, la peur m'a dominée. Pardonne-moi, ma chérie, je t'en supplie.

Ton père fut l'homme de ma vie, même si notre liaison ne dura que quelques mois. C'était un génial chef d'orchestre et un amant merveilleux. Cet homme, tu le connais, je t'en ai souvent parlé quand je te racontais le début de ma carrière de soliste. C'est Henri Delapierre, il est français. Il habite encore en France, je crois (la photo date de notre tournée, c'était un bel homme). Je n'ai plus de nouvelles de lui depuis longtemps. Je l'ai aimé si fort, avec la même passion que je mettais à jouer du piano. Henri était un homme rare, d'une exquise douceur, au charme d'un séducteur bien français. Il savait m'enivrer de son talent, de sa fougue et de sa justesse à diriger son orchestre. Quand je jouais à ses côtés, j'étais comme transcendée. Je m'offrais à lui. C'était comme si nous faisions l'amour sur scène. Nos corps entraient en fusion. C'est de lui que je voulais un enfant et d'aucun autre. Et quelle merveilleuse enfant m'a-t-il donnée ! Il m'a quittée brutalement, comme après le dernier accord d'un concerto. Tu as été conçue lors d'une folle nuit d'amour à Tokyo, où nous donnions un concert. Il m'a annoncé quelques semaines plus tard qu'il souhaitait rompre, incapable d'assumer son statut d'amant et de choisir entre sa femme et moi. Un manque de courage classique chez les hommes, ai-je alors pensé. Je lui en ai voulu à mort, à l'époque. Le temps efface les plaies, j'ai fini par accepter son choix. Surtout, sache que je te désirais plus que tout au monde. C'était une manière de continuer de vivre avec lui, mais à travers toi. Alors, pour le protéger, te protéger, je ne lui ai jamais avoué la vérité et lui ai caché ta venue au monde. Il n'y est pour rien, ne lui en veux pas. C'était un homme honnête, mais avec des failles, des zones d'ombre comme nous tous sur terre.

En écrivant cette lettre, un terrible et irrésistible remords me submerge. Tu m'as tant de fois demandé qui était ton père. Et tant de fois j'ai fait preuve de lâcheté à ton égard en refusant de te le révéler. Je te supplie de ne pas me juger, ma chérie.

Je jure que je ne t'ai rien caché d'autre.

Lorsque j'ai su que ma maladie était incurable, malgré les médicaments et tout ce que tu as fait pour moi, j'ai hésité des milliers de fois à te dire la vérité avant de partir. Je crois que je n'aurais jamais pu te l'avouer, droit dans les yeux. Pardonne-moi.

Toute ma vie j'ai fait du mieux que je pouvais, ma chérie, incapable de sacrifier ma carrière artistique pour me consacrer entièrement à ton éducation, infoutue d'être présente à tes côtés, magnétisée par ce satané piano ! Sûrement mon refuge pour ne pas avoir à assumer la vie. Je regrette tant, si tu savais, de ne pas t'avoir caressé plus souvent le visage. J'aurais voulu me blottir contre toi quand tu t'endormais. J'aurais dû être ta confidente et te faire part plus souvent de mes joies et de mes peines. J'aimais te citer Khalil Gibran : « Vos enfants ne sont pas Vos enfants. Ils sont les fils et les filles de l'appel de la Vie à elle-même. Ils viennent à travers vous, mais non de vous. Et bien qu'ils soient avec vous, ils ne vous appartiennent pas. » Il avait sacrément raison. Tu ne m'appartenais pas.

Une dernière chose. Tu te souviens quand, petite, tu me demandais, inquiète, comment nous pourrions continuer à communiquer quand je serais là-haut ? Je te soufflais dans le creux de l'oreille :

Ferme les yeux, Sophia, et inspire profondément. Sens ma présence. Je suis là, tout près de toi, pour l'éternité.

Alors, je serai là, je te le promets.

À présent, puisque le grand départ approche, je sais au plus profond de moi combien tu as été ma raison d'être. C'est terrible pour moi de savoir que ce sont les derniers mots que je t'écris. Et que tu les découvriras après...

Je suis si fière d'être ta maman.

Je t'aime à chaque instant.

Anna

— Sophia ? Tout va bien, là-haut ? s'inquiéta Samir, en entendant les sanglots brûlants de son amie.

Il grimpa les marches trois par trois et surgit dans la chambre. Sous le choc, Sophia se mura dans le silence. Effondrée par ces terribles révélations, une violente migraine envahit son crâne. Sa vision devint trouble. Elle était incapable de dominer l'ouragan qui venait de la traverser.

— T'es sûre que ça va ? insista Samir, de plus en plus inquiet.

Il s'apprêtait à appeler les secours lorsque Sophia se redressa sur le lit. Elle mit plusieurs minutes à retrouver sa lucidité. Elle glissa les mains dans ses cheveux en désordre pour dégager son visage encore livide.

— T'es sûre que tout va bien ?

— Oui, t'inquiète... Allez, on rentre. Le déménagement, ce sera pour une autre fois, quand j'aurai les idées plus claires.

Elle se leva avec difficulté et glissa l'enveloppe dans la poche arrière de son jean. Ses jambes la portaient à peine. Elle vacilla. Ses mains cherchèrent à s'appuyer au mur pour éviter la chute. Samir se précipita et la rattrapa de justesse sous le bras. Il ne comprenait rien à ce malaise. Il l'installa au sol, le dos calé contre le mur, pour qu'elle retrouve ses esprits.

— Qu'est-ce qui t'arrive, ma belle ?

— Je sais pas… c'est dingue… pourquoi elle m'a caché ça ? Je comprends pas…

Samir trouvait ses propos incohérents. De longues minutes s'écoulèrent avant qu'il ne lui propose de prendre le volant pour la ramener chez elle. Sophia résidait à Beacon Hill, à deux pas du jardin public de Boston. Pendant les vingt minutes du trajet, Samir ne posa aucune question. Elle se répéta encore et encore : « Pourquoi ne m'avoir rien dit ? Pourvu que Henri soit encore en vie ! » Sa douleur se nourrissait d'une colère indicible, rageuse.

Samir ouvrit la portière de Sophia et l'aida à sortir. Le regard vide, elle se dirigea d'un pas lent vers l'entrée de son immeuble. On aurait dit qu'on lui avait injecté un tranquillisant. Elle ne remarquait plus la présence de son ami. Après s'être assuré qu'elle était en sécurité, allongée sur le canapé de son appartement, Samir lui proposa son aide une dernière fois.

— Bon, t'es vraiment sûre de ne pas vouloir que j'appelle un médecin ?

— Ça va aller.

— Je te téléphone tout à l'heure, sans faute, promit le chercheur, quand même inquiet de la laisser toute seule.

Il referma la porte derrière lui sans se douter que ces révélations bouleverseraient la vie de la professeure Lewinovski.

30

Boston, 17 décembre 2017, 20 h 10

Une nuit fraîche avait avalé Boston. La baie vitrée donnait sur la Charles River, illuminée par les reflets orangés des éclairages publics. On distinguait les briques rouges des maisons du vieux Boston. Les lueurs des réverbères leur conféraient un air de décor de cinéma. Au loin, bravant le froid, quelques courageux promeneurs de chiens animaient à peine la ville endormie.

Depuis que Samir l'avait déposée chez elle, Sophia n'avait pas quitté son canapé. Lorsqu'elle finit par se redresser, elle aperçut le reflet de son visage sur l'écran du téléviseur. Ne se reconnaissant pas, elle détourna le regard. D'une main lourde, elle tira l'enveloppe de sa poche et en sortit la photo et la lettre. C'était plus fort qu'elle, elle devait s'infliger une nouvelle fois la lecture de ce terrible testament. Elle devait en comprendre le sens et rassembler les pièces de ce puzzle insensé.

Elle cala son dos contre le dossier du canapé, croisa les jambes en tailleur et coinça un coussin sur son ventre pour y poser ses avant-bras. Ce carré de coton amortirait les coups de poing qu'elle allait reprendre dans le ventre.

Elle prit une longue inspiration et déplia la lettre. Il lui fallait retrouver ses esprits pour la relire depuis le début. Ses yeux cherchèrent d'abord le nom de ce père, puis, au fur et à mesure qu'elle redécouvrait les mots déchirants de sa mère, elle se laissa de nouveau submerger. Pesant chaque mot, elle acceptait la torture de découvrir que cette femme lui était presque devenue étrangère. L'image d'une femme volage et égoïste dominait son esprit, dissipant tant de moments complices.

Écœurée, Sophia ne put retenir un hurlement de louve. Sa rage gonflait les veines de son cou. Comment avait-elle pu lui mentir à ce point ? Elle se sentait trahie au plus profond de sa chair. Comprimant le coussin contre son ventre, elle n'arrêtait plus de pleurer. Elle aurait tant voulu connaître le premier homme de sa vie. L'égoïsme d'Anna la dégoûtait. Elle réprima l'envie de vomir. Tout ce temps à contenir son désir légitime de vivre avec son père pour respecter le jardin secret de sa mère ! Sophia se maudissait de n'avoir pas eu le courage de forcer sa mère à lui révéler l'identité de celui qui lui avait tant manqué.

À ce moment précis, la rancœur fit place à la plus totale confusion. Mais alors, Henri pouvait-il être le père… d'Arnaud ? Et si l'homme qu'elle avait revu par hasard à Manhattan l'année précédente était son frère ? Et toutes ces coïncidences depuis son stage ? Prise de vertige, Sophia relâcha le coussin et bascula sur le dos, les yeux perdus dans la blancheur du plafond. La scène semblait irréelle, tout droit sortie d'une série télévisée. Elle était certaine qu'il s'agissait d'un homonyme. La chercheuse hésita. Elle saisit une troisième fois la lettre, laissée au sol. Cette fois, elle la lut avec l'œil d'un lynx, cherchant le moindre indice pour confirmer qu'il s'agissait d'un incroyable hasard. Arnaud ne pouvait pas être le fils du même Henri. Quand un esprit est convaincu d'une chose, il est doué pour interpréter les faits de manière qu'ils la confirment. Quitte à distordre la réalité ou à s'affranchir de la vérité. Sophia allait en faire l'expérience.

Elle commença par un simple calcul. La note manuscrite au dos de la photo révélait que Henri avait rencontré Anna en 1975. Cela voulait dire qu'il devait avoir à l'époque le même âge que sa mère, environ vingt-cinq ans, estima Sophia. Cependant, puisque Arnaud avait la cinquantaine actuellement, il avait dû naître dans les années 1960. Or, si Henri était né au début des années 1950, il n'aurait pu devenir père dans la décennie suivante. Les dates ne collaient pas.

Son cerveau lui jouait des tours, omettant un détail d'importance. Sur la photo, Henri paraissait plus âgé qu'Anna. Il avait donc pu avoir Arnaud avant de rencontrer Anna.

Par la suite, la chercheuse rembobina le film de ses rencontres avec le dirigeant. Comment aurait-elle pu rencontrer par hasard trois fois le même homme en vingt ans ?

Délaissant son esprit rationnel, Sophia chercha mille raisons susceptibles d'expliquer leurs rencontres. New York étant proche de Boston, point névralgique des grands laboratoires pharmaceutiques, elle accueille de nombreux congrès mondiaux. Il n'était donc pas illogique qu'ils se soient croisés dans Manhattan. De plus, l'hôtel Affinia, où Sophia et Arnaud s'étaient revus, se spécialisait dans les congrès de médecine. Sans oublier qu'elle avait été percutée par Arnaud trois mois auparavant, à l'hôtel Méridien de Paris, porte Maillot, qu'elle l'avait supporté durant son stage d'étudiante, et qu'elle avait été, malgré elle, au cœur des délires comateux d'Arnaud. Plus la chercheuse réfléchissait, plus l'hypothèse des coïncidences s'étiolait.

Quelque chose clochait. Elle se remémora ses échanges avec Arnaud. Troublée, elle se souvint que, alors qu'il était convaincu que sa voix et son visage correspondaient à ceux présents dans son coma, il était certain qu'elle détenait les clés de ce qui lui arrivait. Son cœur se mit à palpiter lorsqu'elle se souvint de leur expérience au cinéma La Pagode, à Paris. Arnaud lui avait révélé que son père affectionnait le registre de Chopin, comme Anna.

Au fur et à mesure que les pièces de cet improbable puzzle s'emboîtaient, Sophia commençait à se laisser convaincre. Un dernier détail lui sauta aux yeux en relisant la fin de la missive. Anna et Arnaud avaient utilisé la même expression dans leurs lettres. « Pour l'éternité. » C'est alors que Sophia comprit. Il devait y avoir une raison pour qu'elle se soit attachée à cet homme qui, autrefois, la rebutait. Par quel mystère l'alchimie avait-elle fini par s'établir entre eux, alors que tout les opposait ? La curiosité de voir si elle parviendrait à transformer un homme de la trempe d'Arnaud ne suffisait pas à expliquer ce magnétisme réciproque. Impensable quelques heures auparavant, l'idée d'avoir enfin identifié son père et d'avoir un frère bien vivant la fit frissonner de tout son corps. Son visage reprit des couleurs. Elle sécha ses joues humides et décida de ne pas déchirer la lettre. Elle devait en avoir le cœur net et rencontrer Arnaud au plus vite. Des tests d'ADN s'imposaient. Il lui suffirait d'appeler un confrère à Paris. Encore fallait-il expliquer cette incroyable histoire et convaincre Arnaud d'accepter que l'on compare ses gènes aux siens. Soudain, Sophia réalisa les dommages que pourrait causer une telle annonce. Comment réagirait Henri ? Comment la famille d'Arnaud recevrait-elle cette nouvelle ? Comment sa nouvelle famille réagirait-elle ? Un tourbillon de questions traversa le crâne de Sophia. Comme dans un jeu de quilles, plusieurs vies seraient renversées par ces quelques lignes trouvées dans la table de nuit d'Anna. Sophia devait prendre conseil, demander de l'aide. Et se préparer au ressac de cette déferlante.

Elle saisit son téléphone. Zut ! La batterie affichait cinq pour cent. Elle serait brève. Elle fit défiler ses contacts favoris, effleura l'icône de la caméra. La voix ne suffirait pas, elle devait parler à un vrai visage. Trois longues sonneries résonnèrent dans l'appartement à travers le haut-parleur. Pas le temps d'aller chercher ses écouteurs. Tant pis pour les voisins.

— Sophia ? Qu'est-ce qui t'arrive ? demanda Chloé, inquiète, d'une voix encore endormie. Tu sais qu'il est plus de trois heures du matin, ma belle ? Tu dois avoir un truc sacrément important à me dire…

En regardant l'heure affichée sur l'écran, Sophia prit conscience du décalage horaire qui la séparait de sa confidente.

— C'est dingue ce qui m'arrive. Il faut que je te raconte, dit Sophia, impatiente.

Peu après, lorsque la conversation coupa net, Sophia rechargea son téléphone et vit que Samir l'avait appelée plusieurs fois. Pendant leur échange, Chloé l'avait encouragée à rentrer au plus vite à Paris et à annoncer à Arnaud la déflagration de vive voix. Sophia envoya un SMS à son amie pour s'excuser de la coupure et lui promit de la rappeler pour lui en dire plus. Elle écrivit aussi à Samir pour le rassurer sur son état de santé et lui dire qu'elle partait pour Paris. Elle passa quelques minutes sur Internet pour tenter d'attraper le premier vol pour la France le lendemain matin. Par chance, quelques places étaient encore disponibles dans le vol de six heures quinze, mais en classe affaire. Elle tapa fébrilement le nom d'Arnaud Delapierre dans son répertoire. Elle s'adressait désormais à celui qui avait peut-être dans ses veines un sang fraternel.

Arnaud, nous devons nous voir demain. Je viens à Paris par le premier vol. C'est très urgent ! Je te raconterai tout.

31

Paris, 18 décembre 2017, 18 h 10

Tout dire, ne rien cacher.

Anxieuse, Sophia ne tenait pas en place dans le taxi. Elle avait beau chercher à se calmer, l'image d'Anna revenait en boucle. Et celle de Henri aussi. Elle comprenait enfin pourquoi elle avait eu tant de mal à cerner les hommes et à les retenir. La cruelle absence d'un père, inutile aux yeux de sa mère, lui apparaissait comme un phare éteint dont elle aurait pourtant eu besoin pendant les tempêtes sentimentales qu'elle avait essuyées depuis l'adolescence. Ce manque lui rongeait un peu plus le ventre. La rancœur envers Anna était toujours tenace.

Le vol matinal depuis Boston n'avait fait que creuser un peu plus ses traits déjà tirés par les révélations de la veille. Malgré tout, Sophia tenait à présenter une image soignée à ce frère probable qu'elle fréquentait depuis plusieurs mois sans comprendre ce qui les liait. Avant de descendre de voiture dans le quartier de La Défense, elle appliqua un léger fond de teint sur ses joues et surligna ses yeux au mascara.

****

Une grappe d'employés de GenLife s'engouffra dans l'ascenseur, aspirant avec elle la chercheuse. Au fur et à mesure que la cabine montait et se vidait, Sophia sentait son cœur palpiter davantage. Les mains moites, elle consulta son téléphone deux fois, sans retenir l'heure indiquée ni prêter attention aux messages reçus. Les portes du dernier étage s'ouvrirent sur les bureaux de la direction générale, à l'atmosphère feutrée et silencieuse. Sophia se détendit un peu.

****

— Monsieur, une femme demande à vous voir. Je lui ai dit que vous êtes très occupé, mais elle insiste. Elle n'a pas rendez-vous.

Arnaud releva la tête.

— Merci, Maria. Qui est-ce ?

— Elle n'a pas précisé le nom de sa société. Elle s'appelle Sophia Lewinovski. Je lui ai demandé de m'envoyer un courriel pour prendre rendez-vous un autre jour, mais rien n'y fait, elle est toujours là.

Le dirigeant fit glisser son fauteuil à roulettes vers l'arrière et se mit debout, inquiet.

— Installez-la dans le petit salon et dites-lui que j'arrive. Ensuite vous pourrez partir. Allez retrouver votre famille, Maria.

L'assistante s'exécuta, mais sentit de la nervosité chez son patron métamorphosé, devenu affable envers ses employés, qui acceptait de rencontrer une inconnue alors que son agenda était déjà surchargé. C'est que le changement de mode opératoire décidé par Sophia décontenançait Arnaud. Pourquoi cette visite éclair ? Qu'y avait-il de si urgent pour qu'elle traverse l'Atlantique avec tant de précipitation ? En outre, c'était la première fois qu'ils se retrouvaient à son bureau. Et puis ils avaient déjà bloqué une date dans leur agenda pour une nouvelle rencontre.

L'inquiétude monta d'un cran.

****

— Madame Lewinovski, dit Maria, monsieur Delapierre va vous recevoir dans quelques minutes. Veuillez me suivre, s'il vous plaît.

Le couloir menant au petit salon des visiteurs était désert. Les cloisons semi-transparentes laissaient deviner de spacieux bureaux baignés de lumière tamisée. En s'asseyant dans un fauteuil au design danois, elle saisit un exemplaire de l'unique revue disponible sur la table basse : le rapport annuel de GenLife. Elle le feuilleta et s'arrêta sur la photo des membres du conseil d'administration. Un détail attira son regard. Les femmes, à parité avec les hommes, étaient assises le long de la grande table ovale. Arnaud et les autres hommes se tenaient debout derrière elles. Sophia soupçonna la touche d'Arnaud dans cette mise en scène encore inhabituelle pour un rapport de grande entreprise. Cette image la fit sourire.

Lorsque la porte du petit salon s'ouvrit, Sophia fut surprise de voir apparaître Arnaud en personne. Son cœur allait exploser. Pourrait-elle lui révéler la vérité ? Arnaud s'adressa à elle presque à voix basse, comme pour ne pas ébruiter cette visite.

— Bonjour, Sophia. Tout va bien ? Allons dans mon bureau.

Il lui tendit la main. Elle aurait voulu lui sauter au cou. Elle remarqua qu'il ne se comportait pas tout à fait de la même manière que lors de leurs rendez-vous à l'extérieur, sans doute un peu gêné qu'elle débarque ainsi sur son lieu de travail.

— Désolée de venir à l'improviste.

En pénétrant dans l'antre d'Arnaud, Sophia repéra tout de suite les petites pierres rondes, alignées sur l'épais plateau de verre, supporté par deux tréteaux, qui faisait office de bureau. À l'issue de chacune de leurs rencontres, depuis un an, Arnaud rapportait avec fierté, comme autant de trophées, les jalons de sa métamorphose personnelle.

Il s'installa sur l'un des deux canapés et l'invita à l'y rejoindre.

— Alors, Sophia, que me vaut cette visite surprise ? Je dois t'avouer que ton message m'a inquiété. Encore l'un de tes stratagèmes pour me bousculer, n'est-ce pas ?

Il comprit, au visage blême de Sophia, que la raison était à chercher ailleurs. Les mains de Sophia se mirent à trembler. Elle devait boire de l'eau.

— Pardon, j'aurais dû prendre plus souvent de tes nouvelles depuis le départ de ta mère. Tu n'as pas l'air en forme…

Il se remémora le jour où elle l'avait emmené se recueillir sur la tombe de sa propre mère. Sophia vida son verre d'une traite et planta ses yeux dans ceux d'Arnaud.

— Justement, ce que je vais t'annoncer est… un truc de fou ! balbutia-t-elle.

La force lui faisait défaut.

— Allons, Sophia, qu'y a-t-il ? Tu es bien pâle.

— J'ai commencé à vider la maison de maman hier, à Boston. Je suis tombée sur une lettre qu'elle m'a laissée.

— Et que dit cette lettre ?

Sophia crispa les poings d'un geste compulsif. Elle se mordit les lèvres presque au sang pour empêcher les larmes amères de jaillir de ses yeux. Son regard inquiet fuyait aux quatre coins de la pièce. Il ne l'avait jamais vue dans cet état. Il adopta un ton plus solennel et capta enfin son regard.

— Sophia, vas-tu me dire ce que cette lettre contient ?

— Ma mère m'a révélé qui est mon père, annonça-t-elle d'une voix chevrotante.

Sophia se rendit compte alors qu'elle n'avait jamais abordé ce sujet avec lui.

— Je ne savais pas que tu n'avais jamais connu ton père... Cette nouvelle a dû te faire du bien, j'imagine, après tout ce temps !

Il était loin de se douter qu'une autre annonce aurait bientôt sur lui l'effet d'un séisme.

Sophia sortit la photo de son blouson et la lui tendit. Le sang cognait dans ses tempes, activant un peu plus ses nausées. Arnaud jeta un œil sur la photo. Il ne comprenait pas où elle voulait en venir.

— C'est ta mère et ton père, j'imagine ? dit-il en lui rendant le cliché.

Incapable de décoder ce que la chercheuse voulait lui dire, Arnaud se sentait de plus en plus mal.

— Regarde l'homme de plus près, insista Sophia.

Son pouls franchit le mur du son.

Arnaud inspecta de plus près la photo craquelée. Elle semblait avoir été prise dans un lieu mal éclairé. On distinguait à peine les visages.

Le déni et l'aveuglement nous protègent tel un rempart. S'il ne s'attend pas à voir ce qu'il voit, le cerveau est capable de fournir mille explications fictives, aussi irrationnelles les unes que les autres. Ce ne pouvait pas être lui. C'était inconcevable.

— Mais enfin, Sophia, que veux-tu me faire comprendre ?

Sa lucidité vacillait pourtant. Sa raison semblait être sur le point de disjoncter. La ressemblance de cet homme avec Henri – mêmes traits anguleux, même regard perçant –, son père, devait être une nouvelle coïncidence. Soudain, il se rendit à l'évidence.

Le visage livide, il sentit le canapé basculer en arrière, plonger dans le trou béant qui venait de s'ouvrir sous ses pieds. Comme une chute vertigineuse de plus de cinquante étages.

Sophia, assise à ses côtés, lui prit la main et tenta d'attraper son regard perdu. Elle avait accepté, depuis plusieurs mois, de l'accompagner dans son cheminement vers la vérité. Cette fois, elle s'apprêtait à lui révéler ce qui serait leur vérité commune. Celle qui scellerait leur destin à jamais.

— Arnaud… je crois que… je suis… ta sœur !

Cette révélation fit l'effet d'une bombe dans la tête du dirigeant.

— Henri est aussi mon père… articula Sophia, les yeux embués.

Elle lui tendit la lettre.

— Je… je ne crois pas, non… Ce doit être une coïncidence.

Sa réaction primaire émut Sophia.

— C'est la vérité, Arnaud. Maman est tombée folle amoureuse de ton père en 1975, poursuivit Sophia. Il était chef d'orchestre, elle, pianiste. Ils adoraient Chopin. Leur idylle a duré un an. Maman raconte dans cette lettre comment ils se sont rencontrés, aimés d'un amour fou pendant leurs tournées. Je suis née de leur liaison, voilà, acheva Sophia, soulagée.

Cette avalanche de détails figea net le dirigeant. Il lut la lettre pour évacuer l'impensable.

— Attends, je n'y comprends rien.

— Henri est mon père, Arnaud.

— Mais il… il ne m'a jamais rien dit…

— Anna non plus ne m'a jamais rien dit. Ton père était chef d'orchestre, non ?

— Si, mon père était bien chef d'orchestre, mais…

— Nous devons faire un test ADN.

— Tout va trop vite pour moi, balbutia Arnaud, toujours réfugié dans le déni.

Comme des vases communicants, Sophia retrouvait ses esprits, quand ceux d'Arnaud le fuyaient.

Il retira brusquement sa main de celle de Sophia. Leur tutoiement, pourtant naturel depuis plusieurs mois, révulsa Arnaud. L'intrusion soudaine de cette femme dans sa vie familiale le mit mal à l'aise. Son esprit se brouilla encore plus. Son refus d'admettre ces liens du sang incita Sophia à lui donner plus d'informations.

— Ma mère dit qu'ils se sont aimés à en perdre la raison. C'est elle qui voulait un enfant. Elle ne lui en a jamais parlé. Après leur séparation, elle a décidé de le protéger, ainsi que sa famille, et ne lui a donc jamais avoué ma naissance.

Prononcer de nouveau ces phrases lui arrachait un peu plus le cœur. Mais elle devait faire d'Arnaud son allié.

— Mon père est-il au courant de l'existence de cette lettre ? demanda-t-il, retrouvant un peu de sa lucidité.

Sophia contint sa joie, mais poussa un soupir de soulagement.

— Non, elle lui a toujours caché mon existence. Moi-même je ne l'ai appris qu'hier, Arnaud, dit Sophia d'une voix plus douce.

— Lui as-tu écrit pour le lui dire ?

On aurait dit un automate qui débitait mécaniquement ses questions.

— Non, bien sûr. Je ne l'ai appris qu'hier, répéta Sophia. Comment aurais-je pu le joindre si vite ?

Arnaud était à ce point déboussolé que la vérité même lui échappait.

— J'ai hésité à t'en parler. Je ne savais pas…

Elle se reprit.

— Je ne mesure pas encore ce que cette révélation va changer pour toi, pour ton père et pour notre relation, mais nous devrions tout de même faire un test ADN.

— Il le faut ! renchérit Arnaud.

— Ce que je sais, dit Sophia d'un ton plus affirmé, c'est que c'était essentiel pour moi de te le dire. Je n'ai jamais eu de vraie famille, tu comprends ? Et même si j'apparais dans la tienne comme ça – elle claqua des doigts –, savoir que j'ai un grand frère me comble de bonheur.

Elle était persuadée que le même sang coulait dans leurs veines, et son regard tendre semblait implorer Arnaud de se rendre à l'évidence. Lui, songeur, se mura de longues minutes dans le silence. Il avait besoin de se lever, d'oxygéner ses poumons et son cerveau au grand air. Il devait aussi mesurer les conséquences de cette révélation. Il proposa à Sophia d'aller poursuivre leur discussion sur le parvis de La Défense, à deux pas de la tour GenLife.

****

Sophia et Arnaud marchèrent en silence. Ils s'installèrent à l'une des tables d'un *food truck*, malgré le vent glacial qui balayait l'esplanade, et commandèrent deux chocolats chauds.

— Sophia, pardonne-moi, je suis stupide d'avoir réagi ainsi.

Arnaud pensait avoir recouvré ses esprits. Après tout, cette révélation était invraisemblable, mais plausible. Elle était même inespérée. Au fond de lui, il voulait croire qu'il tenait enfin la clé de sa propre histoire depuis l'accident. Cette soudaine filiation pouvait expliquer la fascination qu'avait exercée Sophia sur lui à la suite de leur première rencontre à New York. Toujours choqué, Arnaud tenta de s'adresser à Sophia comme à une sœur que l'on n'a pas revue depuis une éternité. Il éteignit son portable pour mettre fin aux incessantes sollicitations.

— Tu as dû ressentir beaucoup de joie en apprenant l'identité de ton père… Je veux dire… de notre père, bredouilla-t-il.

La confusion régnait encore dans son esprit, mais son empathie réchauffa le cœur de Sophia.

— De la joie ? Non, pas tout de suite. J'ai d'abord éprouvé de la colère. Parce que Anna ne m'a pas dit la vérité de son vivant. Puis est venu le regret de ne pas avoir profité de lui, d'eux, ensemble. Et la joie infinie d'avoir enfin un père et un frère.

Sophia apparaissait à Arnaud sous un angle surprenant. Comment cette femme si apaisée et stable d'ordinaire, si sage dans ses conseils, pouvait-elle être devenue si vulnérable ? Il percevait chez elle les assauts d'émotions confuses, contradictoires. Les rôles s'inversaient de nouveau. Le dirigeant décida donc d'assumer son nouveau statut de grand frère, celui qui réconforte.

— Mon père, et pour cause, ne m'a jamais parlé de sa relation avec ta mère. C'est un homme secret et complexe. Il n'exprime jamais ses sentiments. Ça te rappelle quelqu'un ?

Il opta pour un portrait peu glorieux de Henri.

— C'est un homme solitaire, tourné sur son monde, sur sa musique et ses partitions intérieures. Il a reçu une éducation très stricte chez les jésuites. Il a fait du travail acharné sa valeur centrale, nous délaissant, maman et moi.

Le contraste entre les émotions que sa musique provoquait et la sécheresse apparente de son cœur était saisissant.

— Peut-être qu'à ton contact, je veux dire celui d'une fille, il se serait ouvert, je n'en sais rien ! Comment a-t-il pu tromper maman sans rien laisser paraître ?

Ce dommage collatéral lui brisa le cœur.

— Comment va-t-il ? demanda Sophia.

— Il est mal en point, mais toujours en vie.

— Je dois te l'avouer, je suis très partagée sur ce qu'il convient de faire. C'est vrai que je meurs d'envie de le rencontrer, de lui poser mille questions sur maman et lui. J'ai besoin de savoir. En même temps, j'ai peur qu'il en souffre, qu'il ne me reconnaisse pas comme sa fille. Après tout, il ne m'a jamais désirée, il ne sait même pas que j'existe !

— Je comprends. Mais tu n'en sais rien, s'il t'a désirée ou non. Prends ton temps. Papa n'habite pas loin d'ici, je dois aller le voir dans quelques jours, tu pourrais venir avec moi une fois que nous aurons le résultat du test ADN.

La conversation se prolongea pendant une bonne heure, malgré le froid. Arnaud comprenait à présent la nature des sentiments qu'il éprouvait à l'égard de Sophia. La révélation de leur lien fraternel le réconforta. L'amorce d'un sentiment amoureux, inavouable il y a encore quelques semaines, lui sembla désormais légitime. Il voulait serrer sa sœur dans ses bras et lui dire qu'il l'aimait, sans réserve. Mais c'était peut-être prématuré. Elle et lui sortaient à peine de la lessiveuse. Il leur fallait ce que toute épreuve réclame : du temps.

— Je dois remonter, des collaborateurs m'attendent, annonça Arnaud.

Pour rien au monde il n'aurait voulu que cette conversation se termine. Il fit face à Sophia, chercha son regard et, pour la première fois, lui embrassa la joue avec une tendresse fraternelle. Hésitante elle aussi, elle s'attarda plus longuement sur la joue de son frère et lui susurra à l'oreille :

— Revoyons-nous vite, nous devons rattraper le temps qu'on nous a volé !

32

Paris, 18 décembre 2017, 19 h 45

En arrivant dans le hall de son immeuble, Sophia s'étonna de croiser Rose, toute pomponnée.

— Bonsoir, Rose. Comme vous êtes ravissante !

— Bonsoir, douce Sophia, je suis heureuse de vous voir.

Elle semblait encore plus enjouée que d'habitude.

— Vous pétillez, ce soir. Je suppose qu'il doit y avoir à cela une bonne raison…

— Eh bien, j'ai beau avoir quatre-vingt-dix-sept années derrière moi, il est temps que je me trouve un compagnon.

Son rouge vermillon débordait dans les commissures et les rides de ses lèvres amincies par les années.

— Et je crois que j'en tiens un, ajouta-t-elle. Il s'appelle Achille, c'est un jeunot de quatre-vingts printemps, gai comme un pinson. C'est joli comme prénom, Achille, non ?

— C'est génial, je suis si contente pour vous…

— Vous avez l'air contrariée, Sophia. Que se passe-t-il ?

— Je ne veux pas vous importuner avec ça, filez retrouver votre amoureux.

— Mais si, dites-moi ce qui vous tracasse.

C'est alors que monsieur Paul, précédé de son golden retriever, s'engouffra dans le hall. C'était la dernière sortie canine de la journée, toujours à la même heure. Les deux femmes s'interrompirent en saluant leur voisin, qui parlait à son chien.

— Allons, dites-moi tout, reprit Rose. Achille attendra un peu.

— J'ai appris hier que j'ai un père et un frère ! annonça Sophia, les bras ballants, désemparée.

— C'est formidable ! Vous allez retrouver une famille ! s'exclama Rose en pensant au chagrin qui affligeait Sophia depuis la mort de sa mère.

— Oui, bien sûr, mais j'aurais aimé l'apprendre quand j'étais enfant.

— Mais la vie est un roman, elle est faite de divines surprises et de coups du sort !

Sophia se tut pour écouter les conseils de cette femme devenue orpheline à un jeune âge. Sa famille avait été décimée pendant la guerre. Elle avait eu la solitude pour seule fratrie.

— Sophia, ce n'est pas un hasard si vous apprenez l'existence d'un père et d'un frère après avoir perdu votre maman. La souffrance que vous ressentez cessera de faire mal dès qu'elle aura un sens. Vous entamez une seconde vie en découvrant une nouvelle famille. La vie est éphémère, c'est pour cela que nous devons nous réjouir de la richesse du passé qui conserve à jamais nos actes, nos peines et nos joies. Nabokov a eu cette jolie expression, il a dit, je crois, que la vie n'est qu'une étincelle de lumière entre deux éternités de ténèbres.

— C'est vrai, ce que vous dites, je n'avais pas fait le rapprochement, reconnut Sophia.

Son visage retrouvait des couleurs. Rose l'aidait à remettre de l'ordre dans ce capharnaüm sentimental.

— Souvenez-vous : plus on s'oublie soi-même, plus on se réalise. Ne pensez plus à vos souffrances, mais au bonheur que vous allez apporter à ces deux hommes. Au fait, comment s'appellent-ils ?

— Mon père s'appelle Henri et mon frère, Arnaud.

— C'est presque aussi joli qu'Achille ! la taquina Rose tout en s'approchant de la porte cochère.

— Merci, Rose, à demain, dit Sophia en faisant un signe de la main à la fringante amoureuse.

Les paroles apaisantes de Rose lui rappelèrent celles d'une autre vieille connaissance. Mais lui avait le crâne rasé, les yeux bridés et une barbichette.

Sophia grimpa les marches deux par deux et retrouva son chez-elle. Elle eut à peine le temps de câliner Anakin et de mettre l'eau sur le feu que Chloé sonnait à la porte.

— Hello ! fit Chloé, en sautant au cou de son amie.

— Entre vite, je m'apprêtais à faire cuire des pâtes, dit Sophia en lui claquant la bise.

Les deux femmes se dirigèrent dans la cuisine exiguë, embuée par la vapeur. Sophia entrouvrit la fenêtre et sortit la dernière bouteille de viognier du réfrigérateur. Elle servit deux verres généreux. Au mur était accrochée, dans un cadre en bois lasuré, la photo en noir et blanc d'Anna et sa fille, tête contre tête. On y distinguait le même regard déterminé.

— Je n'ai pas eu le temps de faire des courses. Des pâtes à la carbonara, ça t'ira ?

Sophia, appuyée contre le plan de travail, réchauffait de ses mains le verre ballon.

— C'est parfait, ma grande. Bon, alors, c'est quoi, cette histoire de dingue ?

— Désolée de t'avoir réveillée en pleine nuit…

Elle lui tendit la lettre et la photo.

Chloé posa son verre, examina la photo un instant et lut la lettre à voix haute.

— Mais c'est génial ! Et dire que tu te demandais ce qui pouvait te lier à Arnaud ! Tu as la réponse. C'est marrant, tu as le même front que lui, constata Chloé en désignant Henri sur l'image.

Sophia ne releva pas.

— Je lui en veux de ne pas m'avoir révélé son secret, ça m'aurait peut-être éclairée sur ma propre difficulté à trouver l'homme de ma vie.

— Tu sais, ma mère, ses aventures sentimentales, elle ne les compte même plus, et elles n'ont aucun secret pour moi, et pourtant, ça ne m'a pas servi à grand-chose. C'est dans nos gènes. J'ai été infoutue de garder le père de Tom.

— Mais là il s'agit de mon père, pas d'un amant passager !

— Tu en connais beaucoup, toi, des mères qui confient un tel secret à leur fille ? D'autant plus que ton père était marié. Elle devait s'en vouloir, comme si elle avait contribué à briser un couple, non ?

— Je ne crois pas, non. Elle pensait que chacun était libre de choisir sa voie et d'en assumer les conséquences.

— Qui sait, après tout, tu as sûrement raison. Anna aurait même pu rendre service à la femme de Henri en lui prenant l'homme dont elle n'était peut-être plus amoureuse.

— J'aurais tant voulu qu'elle se confie à moi, qu'elle me parle de sa liaison passionnelle avec lui ! Je voudrais savoir ce qui, chez lui, faisait battre le cœur de ma mère aussi fort, regretta Sophia, les yeux rêveurs.

Elle commençait à envier la liaison sentimentale de sa mère.

— Sais-tu s'il est toujours en vie ?

— Il est toujours en vie, oui, mais Arnaud m'a dit qu'il n'est pas en grande forme.

— Quand vas-tu lui rendre visite ?

— Nous allons le voir le vingt-huit.

— Nous ?

— Arnaud et moi.

Chloé, sachant que Sophia redoutait cette perspective, changea de sujet pour détendre son amie.

— Au fait, et ce beau gosse rencontré dans l'avion, tu l'as revu à déjeuner ?

Chloé espérait que son amie trouverait enfin quelqu'un à qui confier son cœur endommagé.

— Mark ? Le faux Daniel ? J'ai passé un bon moment avec lui. Nous nous reverrons bientôt. Je crois que nous éprouvons des sentiments l'un pour l'autre. Je vais prendre mon temps.

Les deux amies revinrent sur les questions suscitées par la rencontre prochaine de Sophia avec sa nouvelle famille, autour du repas improvisé, assises à la petite table murale en demi-lune. Sans oublier de parler de Tom, bien sûr.

33

Paris, 28 décembre 2017

Son appartement de Saint-Germain-des-Prés faisait penser à celui d'une étudiante. Sur les murs, des reproductions de tableaux d'Andy Warhol et de Roy Lichtenstein, rapportées du Centre Pompidou, témoignaient d'une douce nostalgie pour le vent de liberté et pour la contre-culture des années 1960. À part quelques plantes vertes qui paraissaient bien sages à côté, les livres envahissaient le deux-pièces. Une passion dévorant le moindre recoin, comme le lierre engloutit les clôtures. Sophia était passée maître dans l'art d'empiler les livres et d'optimiser les espaces.

Il fallait qu'elle boucle son article pour la revue *Science*. Elle devait rassembler et commenter les dizaines de données issues de la recherche Aiôn. Mais depuis les révélations de sa mère sur ses liens fraternels avec Arnaud, Sophia avait beaucoup de mal à retrouver sa concentration. Il lui fallait rencontrer son père et rattraper le temps perdu. Pourtant, le papier qu'elle devait rédiger pour la prestigieuse revue scientifique était capital. Il lui permettrait de faire connaître au plus grand nombre les résultats révolutionnaires de ses recherches. Il fallait finir le travail, la science ne pouvait attendre.

Toutefois, après quelques minutes, elle sentit la migraine revenir. Sa vision se troubla, au point de l'obliger à abandonner la énième relecture de son texte. Elle se massa les paupières et les tempes pour se soulager. Les comprimés de paracétamol n'agissaient toujours pas. Les douleurs au crâne et une vue défaillante commençaient à la handicaper depuis quelques semaines. Il fallait qu'elle consulte un ophtalmologue. Les affres de la quarantaine, sûrement.

Toujours assise à son bureau, elle posa le regard sur la tranche d'un album de photos coincé entre deux volumineuses pochettes cartonnées d'images à classer. Elle pouvait y lire : « Boston : années 1980. » La chercheuse n'avait toujours pas trié des dizaines de souvenirs de son enfance. L'envie de se replonger dans ce passé en pointillé prit le dessus sur son travail de rédaction. La science attendrait.

Elle s'allongea sur le canapé aux accoudoirs râpés et se glissa sous une couverture mauve « empruntée » à la Thai Airways lors d'un de ses voyages en Asie. Elle eut à peine le temps de saisir l'album qu'Anakin bondit pour se lover sur son ventre.

Ces années 1980 furent merveilleuses pour elle en dépit de l'absence répétée de sa mère et de l'inexistence d'un père. Il faisait bon vivre dans ce quartier de Dorchester, à Boston. Les vagues successives d'immigrants venant de la vieille Europe expliquaient la cohabitation harmonieuse de ces communautés. Sophia s'amusa un jour à compter les nationalités de tous ses amis d'école. Ses dix doigts ne suffirent pas. En ouvrant l'album, la photo de Kaja, sa tante, en train de jouer avec elle au parc Roberts, la fit sourire. Sophia avait dix ans sur ce cliché. On la voyait radieuse, à côté de celle qui l'avait élevée. Plus loin, une photo de la jeune fille au restaurant avec sa mère. Elle devait avoir quinze ans. C'était l'année où Anna l'avait envoyée étudier au lycée, à Paris. Une déchirure de plus. Elle comprenait désormais pourquoi sa mère était tombée amoureuse de la France. Elle mesura combien ces clichés avec Anna étaient trompeurs. Ils immortalisaient les trop rares moments où la soliste avait interrompu ses récitals pour se consacrer à l'éducation de sa fille. Sophia admettait à présent combien sa mère lui avait manqué durant ses interminables tournées à travers le globe. Anna avait été une artiste si complexe, une virtuose stupéfiante. Si seulement elle avait pu aussi exceller dans l'art d'être une mère ! « Qu'il est difficile de faire le moindre reproche aux êtres chers que l'on vient de perdre », se dit Sophia.

Image après image, elle ressentit aussi un autre vide terrible. Aucun homme n'apparaissait sur les photos de son enfance. Pas de père déguisé en père Noël le 25 décembre ou qui serrait sa petite main dans la sienne, rassurante, sur le chemin de l'école. Aucun papa à ses fêtes d'anniversaire. Personne à qui se confier au retour du collège ou qui venait la chercher après le cours de danse. Pas d'homme non plus qui la prenait dans ses bras pour la consoler après une peine d'amour. Un père imaginaire, le soir, au bord du lit, quand elle aurait eu besoin de lui confier ses doutes et ses espoirs d'adolescente.

Aucun homme non plus aux côtés de sa mère et de ses amis. Aucune image de parents qui s'embrassent, s'enlacent ou se sourient. Aucun souvenir de voyage à évoquer ou à se remémorer en famille. Rien. Même si Sanjay avait tenté de combler ce vide, le souvenir de ce désert paternel lui fissura le cœur une fois de plus. Le corps de Sophia tout entier ressentait ce vide. Sa chair souffrait d'une amputation invisible. Un manque terrible qui lui rongeait le ventre.

La sonnerie de son téléphone l'extirpa de ses pensées. C'était Arnaud. Sophia posa l'album et décrocha.

— Bonjour, Sophia, je te dérange ?

— Bonjour, Arnaud, pas du tout.

— Je passe te prendre dans trente minutes pour aller chez mon père. Tu es toujours prête à le rencontrer ?

Arnaud n'avait pas remarqué qu'il réagissait encore en enfant unique, en s'appropriant le père qu'il devait à présent partager.

— Oui, ça ira. De toute manière, j'en ai besoin. Mais comment va-t-il réagir ?

Fébrile, elle projeta sa propre anxiété sur Henri, qui serait à coup sûr aussi désorienté qu'elle.

— On en a déjà parlé, la rassura Arnaud. Dis-toi qu'il sera secoué, mais si heureux d'apprendre ton existence. Vous avez tant de choses à vous dire.

— Tu es certain de ce que tu dis ?

— Allez, sois forte. À tout de suite, abrégea Arnaud.

****

En route vers le quartier de Saint-Germain-des-Prés, Arnaud devait réécrire ses souvenirs. Il imaginait ce que sa vie aurait été aux côtés d'une sœur plus jeune que lui. Peut-être le ferment d'une véritable famille ? Arnaud se demandait quelle était la situation la moins douloureuse pour un enfant : ne pas connaître son père ou avoir un père absent ? Henri avait sacrifié sa famille pour se consacrer à sa passion de la musique classique. Combien de déjeuners, le week-end, où un oncle et une tante tentaient de combler la chaise vide laissée par leur frère parti en tournée ?

Arnaud comprit avec dépit qu'il connaissait très peu son père. Henri était un être énigmatique. Personne n'arrivait à le sonder, à savoir ce qu'il pensait ou ressentait vraiment. Pas même Jeanne, sa femme. Arnaud prit conscience qu'il ne cernait guère plus son père que Sophia, qui allait bientôt le découvrir. Cette sensation le rapprocha un peu plus d'elle, tous deux solidaires dans la conquête d'un père insaisissable. « À deux, nous serons plus forts pour enfin, j'espère, voir en lui », se convainquit-il.

« La passion excuse-t-elle l'égoïsme ? » se demanda Arnaud. En pensant à son père, il s'aperçut qu'il avait souvent reproduit les mêmes comportements avec les siens. Seule la nature de sa passion différait. Il se jura alors, bien qu'un peu tard, de devenir même l'anti-modèle de Henri.

La mémoire d'Arnaud se fit plus sélective. La culpabilité côtoyait le jugement sévère. Il eut beau fouiller les zones les plus lumineuses et les plus agréables de ses souvenirs avec Henri, rien n'y fit. Impossible d'y trouver la moindre trace d'affection, le moindre moment de complicité, la moindre conversation profonde. Le tableau était sombre. Arnaud s'en voulut de montrer une telle dureté à l'égard de son dernier parent vivant. L'image d'un sablier surgit alors dans sa tête, l'irrésistible écoulement du temps. On a autant d'emprise sur lui que la main tentant de retenir l'eau. On ne rattrape pas le temps volé. Le seul salut est d'infléchir le futur proche. Les conversations avec Sophia et les enseignements qu'il en avait tirés devaient aussi l'aider à apaiser ses relations compliquées avec Henri. Il lui incombait de saisir cette chance, d'honorer un peu plus la promesse qu'il avait faite.

Il se jura de tout faire pour que le moment de la rencontre soit aussi celui de l'apaisement. Le temps n'était plus au règlement de comptes. Après tout, s'il avait commis l'adultère et n'avait été que l'ombre d'un père durant toutes ces années, Henri n'était qu'en partie responsable de ce simulacre de famille. Arnaud détourna son ressentiment vers Anna. C'était elle, au fond, la cause principale de ce gâchis. Rendre son père victime de cette histoire était une façon de le dédouaner. De le protéger aussi.

****

En arrivant devant le pavillon de banlieue à la façade défraîchie, Sophia et Arnaud furent pris du même vertige. Ils étaient sur le point de tomber dans une spirale, sans savoir où elle les emporterait. Une seule certitude les liait : l'impérieuse nécessité d'affronter la vérité.

Arnaud hésita à presser le bouton de la sonnette. Il leur était encore possible de faire demi-tour. De se contenter de vivre avec cette vérité tronquée. Il avait désormais une demi-sœur. Pourquoi n'épargneraient-ils pas leur père en taisant cette histoire ? Sauf qu'il devait composer avec la farouche détermination de Sophia. Si bouleversante et heureuse que fût la révélation d'avoir un frère, Sophia ne pouvait vivre sans rencontrer au moins une fois son père. Depuis la révélation d'Anna, cette quête lui était devenue essentielle. Ce fut elle, finalement, qui sonna chez Henri.

L'homme qui se présenta à eux avait gardé l'allure d'un maestro. Altier, il portait une chemise claire sous un pull beige en cachemire à col en V. La barbe était soigneusement taillée, les cheveux, disciplinés. Le vieil homme fut surpris par la présence de cette femme auprès de son fils. Il marqua un temps d'arrêt avant de les faire entrer. Arnaud l'avait prévenu qu'il passerait, mais il ne s'attendait pas à le voir accompagné par une femme plus jeune que lui.

— Bonjour, papa. Je te présente Sophia, une amie, dit Arnaud en déposant une bise sur la joue sillonnée de rides grises et profondes de son père.

Pas d'effusions de joie ni d'étreintes. La retenue était une marque de fabrique chez les Delapierre.

— Bonjour, Arnaud. Bonjour, madame, dit Henri d'un ton affable.

Sophia sentit le charme opérer. La voix grave et posée de l'ancien chef d'orchestre témoignait d'une incontestable autorité passée.

— Entrez, je vous en prie.

Les deux visiteurs s'installèrent dans les fauteuils disposés autour de la cheminée. Henri, lui, se laissa tomber sur le canapé. Les braises rougeoyantes dégageaient une chaleur intense qui réchauffa le visage de Sophia. La neige avait recouvert l'Île-de-France.

— Puis-je vous servir quelque chose à boire ? proposa l'octogénaire en se relevant aussitôt.

Ils dirent non poliment, mais Henri alla tout de même se chercher un verre d'alcool. Il dissimulait mal la douleur que lui causaient ses hanches rouillées.

En revenant s'installer face à Sophia, il fut intrigué par ce visage qui lui semblait familier.

— Que me vaut cette visite ? Tu ne m'as toujours pas dit qui est cette charmante jeune femme, Arnaud.

— Papa, voici Sophia Lew…

Il se retint de justesse. Ne pas brusquer les choses. Il fallait ménager son père.

— C'est une brillante chercheuse. Elle étudie les effets de la méditation sur les fonctions cérébrales. Son centre de recherche travaille avec GenLife. Nous collaborons sur des projets scientifiques, en quelque sorte.

La douce distorsion de la vérité était acceptable aux yeux de Sophia. Du moins pour l'instant. Arnaud prenait grand soin de taire toute information susceptible d'éveiller des soupçons chez Henri. Il évita de lui révéler sa nationalité américaine et sa ville natale, Boston.

Henri détailla Sophia. Deux traits de son visage retinrent son attention. Elle avait les yeux en amande et les pommettes saillantes d'Anna. Troublé par ces détails, il chercha à les dissiper aussitôt et s'adressa à son fils.

— J'imagine que tu n'as pas fait ce chemin uniquement pour me présenter Sophia… Sophia comment ? Pardon, je n'ai pas retenu votre nom.

Voulant se donner du courage, Arnaud prit la main de Sophia, assise à côté de lui. Henri crut un instant qu'il venait lui présenter sa nouvelle compagne. Peut-être la vague réminiscence d'un acte qu'il n'avait jamais osé assumer devant Jeanne.

— Papa, ce que nous allons t'annoncer va te bouleverser. Es-tu prêt à nous écouter jusqu'au bout, sans nous interrompre ?

Le vieil homme, impassible, avait du mal à comprendre la portée de ces mots.

— Je ne saisis pas bien… Que veux-tu dire ?

— Voilà… Sophia m'aide à retrouver une vie normale depuis l'accident.

Il ne s'attarda pas sur leurs rendez-vous.

— Elle est venue me voir il y a dix jours pour m'annoncer que…

Arnaud se réfréna et se tourna vers Sophia, le regard perdu.

— Monsieur Delapierre, dit-elle, fébrile, je suis la fille d'Anna Lewinovski. Ma mère m'a laissé une lettre après son décès…

Henri la fixa du regard. Le vieil homme mit plusieurs secondes à intérioriser ces paroles. Plus de quarante années avaient passé. Pensant qu'il avait enfoui à jamais les souvenirs de sa liaison amoureuse, cette révélation subjugua le maestro. L'image intacte d'Anna, la fougueuse virtuose, refit surface en un éclair. Comment aurait-il pu l'oublier ?

— Je… je ne savais pas qu'elle était décédée… ni qu'elle avait eu un enfant, poursuivit prudemment le vieil homme, ému.

Les images de la divine soliste le replongèrent dans leur tumultueuse relation.

— Papa, Sophia m'a tout raconté, ta liaison avec Anna, vos tournées, enchaîna Arnaud avec la fulgurance de l'éclair de vérité qui doit jaillir. Comprends-tu ce que ça signifie, papa ? Sophia est ta fille.

Sous le choc, le vieil homme lâcha son verre qui se brisa au sol. Il balbutia quelques mots incompréhensibles. Ses mains recroquevillées, à la peau plissée, se mirent à trembler. Il se reprit.

— Non, ce n'est pas possible ! Notre liaison fut trop courte. Et puis Anna me l'aurait dit.

Arnaud ramassa les éclats de verre et épongea le sol avec une serviette en papier.

— Maman est décédée il y a trois mois et demi, reprit Sophia. Elle m'a laissé une lettre et une photo de vous deux. Elle y explique qu'elle a toujours voulu vous protéger, vous et votre famille. Elle m'a élevée seule.

Elle lui tendit la photo d'une main décidée. Henri saisit le cliché et ajusta ses lunettes. Il reconnut la photo, prise ce fameux soir de concert, à Tokyo.

— Vous parliez d'une lettre aussi ?

Sophia tenta de relire le passage où Anna lui révélait le nom de Henri. Sa vue se troubla sans raison. Les maux de tête envahirent son crâne. Elle lui tendit la lettre, qu'il lut. Quelques minutes plus tard, il replia la feuille et rendit les preuves de paternité à Sophia. Puis il se réfugia dans le mutisme.

34

Paris, 28 décembre 2017

Sophia et Arnaud se levèrent pour entourer l'octogénaire silencieux. On entendait son râle caverneux lui soulever les côtes. Il avait du mal à respirer. Submergé, Henri s'effondra en pleurs, libérant des décennies de chagrin et de remords. Il mit plusieurs secondes à prendre toute la mesure de ce qu'il venait d'apprendre.

L'image qui lui revint fut celle où Anna, entre deux concerts, dévalisait les boutiques de mode. Un jour, alors que le duo et l'orchestre se produisaient au Royal Albert Hall, à Londres, la jeune soliste était ressortie d'une échoppe habillée d'une jupe midi aux rayures délirantes, vertes et kaki, et d'un tee-shirt couvert de motifs psychédéliques orange et violets. Si son look avait ébloui la rétine de Henri, il ne détonnait pas dans la jungle bariolée de Carnaby Street.

— Elle était rayonnante et tellement douée, se souvint Henri, encore plus ému. Ce fut un coup de foudre que je ne voulais pas expliquer.

Ses yeux se mirent à briller.

— Racontez-moi votre rencontre, demanda Sophia, impatiente.

— Nous avions besoin d'une pianiste d'urgence, la nôtre s'était blessée et la tournée débutait dans quelques jours. Lors de l'audition, je suis tombé amoureux d'elle, un coup de foudre. Elle jouait à la perfection. Elle était si belle et désinvolte.

— Pourquoi l'avoir quittée, alors ?

— J'ai pris peur, c'est arrivé trop vite, j'étais comme emporté dans un tourbillon. Je ne parvenais pas à comprendre et encore moins à assumer cet amour fulgurant que je croyais passager. Plus tard, j'ai préféré me réfugier dans le souvenir de celle que j'ai aimée d'un amour fou, que je n'ai jamais cessé d'aimer en vérité. Je la sens parfois, elle est là, dans la maison.

Voir son père capable d'être ainsi retourné par ses souvenirs toucha Arnaud. Il découvrait des facettes de lui jusqu'alors inconnues. L'homme énigmatique qu'il avait toujours été à ses yeux se dévoilait peu à peu, pudique et ardent à la fois.

— Pourquoi ne pas avoir divorcé ? insista Sophia.

Elle avait du mal à accepter sa tentative de rédemption. À ses yeux, l'expiation de sa lâcheté ne pouvait effacer les regrets douloureux d'une vie passée aux côtés d'une mère et d'un père.

— À l'époque, ce n'était pas aussi simple. On ne divorçait pas comme aujourd'hui, d'un consentement mutuel. Nous devions inventer de faux adultères. Malheureusement, les miens étaient bien réels, mais ce fut au-dessus de mes forces.

Insatiable, Henri se libérait. Se replonger dans les meilleures années de sa vie lui fit du bien.

— Dans ces années-là, les mœurs étaient plus légères. Le mouvement hippie avait incité les gens à libérer leur corps de toute contrainte. Sortir avec Anna m'extirpait du monde compassé de la musique classique et me rajeunissait aussi, j'avais douze ans de plus qu'elle. Nous écoutions AC/DC et Deep Purple. Anna m'a même entraîné dans un concert mémorable des Sex Pistols où j'ai reçu plus de bière sur moi que j'en ai bu.

— Ah, parce que tu écoutais du hard rock quand tu ne conduisais pas l'orchestre ?

Arnaud tombait des nues.

— Je ne vois pas d'incompatibilité à apprécier Beethoven et le hard rock. Ça me défoulait après les concerts. J'aimais tant me laisser embarquer par les fantaisies d'Anna.

— Et maman ?

— Elle adorait ABBA, surtout *Dancing Queen*.

— Je veux dire : comment a-t-elle réagi à ton aventure ?

— Je la lui ai toujours cachée.

Le vieux maestro, pétri de remords, les joues tristes et flasques, versa de nouvelles larmes.

Sophia se pencha vers Henri et lui caressa la main. La tendresse de sa fille le fit frémir. Méconnaissable, il s'ouvrait comme jamais auparavant.

Le vieil homme poursuivit.

— Avec ta mère, on se respectait sans s'admirer. Cette distance était bien pratique pour tous les deux.

— Aimais-tu vraiment maman ?

— Oui, j'ai aimé et respecté ta mère, au point de renoncer à Anna. Mais je me suis éloigné d'elle, pas juste à cause de mes tournées. Nous étions coupables, par facilité, de nous être habitués l'un à l'autre. Nous nous croisions sans prendre le temps de nous regarder ni de nous toucher. Nous échangions des banalités sans même nous écouter. Nous ne faisions plus attention l'un à l'autre.

Ces mots résonnèrent fortement chez Arnaud, qui se souvenait des mêmes reproches formulés par Maud. Mais cela ne l'empêchait pas d'écouter avec attention cet homme meurtri qui déroulait le fil de sa vie.

— C'est cette flamme que j'ai trouvée chez Anna, sans l'avoir entretenue avec ta mère. Je fuyais la routine que je contribuais à perpétuer et je me délectais de la spontanéité dévoyée d'Anna. Tu ne voyais plus aucun baiser ni de marques d'affection entre ta mère et moi. Je les réservais au centuple pour Anna. C'est ma faute. Mon égoïsme m'aveuglait, je n'emmenais jamais Jeanne en tournée. J'aimais jouer les faux célibataires, ça me donnait un sentiment d'irrépressible liberté.

Arnaud se laissait convaincre peu à peu, prêt à accorder son pardon à un homme meurtri, déchiré par les remords, dont le cœur endommagé était celui d'un homme se consumant depuis trop d'années.

— Ne te le reproche pas, papa.

— J'avais l'impression d'agir comme un autre homme avec Anna. Mais le plus troublant, c'est que j'étais plus que jamais moi-même à ses côtés.

— Je suis allé me recueillir sur sa tombe le 1er novembre dernier. Cela fait vingt ans que maman nous a quittés, tu t'en souviens ?

— Bien sûr.

Arnaud fut touché lorsqu'il vit le désarroi emplir le regard vide et gris de son père.

— Et dire que tu n'as rien laissé paraître de ta tristesse après avoir quitté Anna. J'étais aveugle, confessa son fils.

— Avant, les hommes étaient fiers. Masquer son chagrin était une preuve de virilité.

Arnaud lui sourit, plein d'aménité. Il serra l'épaule de Henri et ressentit la tendresse chaude et enveloppante que son père n'avait jamais osé lui montrer. Ému par sa pudeur, il étreignit Henri. Un sentiment de plénitude l'envahit.

— J'étais incapable de citer tes livres préférés, tes goûts musicaux ou tes films favoris.

— Mais non, c'est ma faute aussi, j'aurais dû faire ce pas vers toi.

— Quand tu étais petit, c'est Jeanne qui t'emmenait au parc floral de Vincennes, te bordait ou acceptait que tu viennes te glisser entre nous quand tu faisais des cauchemars.

— C'était une autre époque, tous les pères se comportaient comme toi, tenta Arnaud pour exonérer son père.

— J'aurais dû être là pour t'amener à l'école, te voir rire avec tes copains lors de tes anniversaires, te raconter tes histoires préférées pour t'endormir, t'encourager pendant tes matchs de rugby. Je me réfugiais derrière la retenue et la lâcheté pour ne pas te serrer dans mes bras. Je me suis reproché mille fois mes silences, mes non-dits, mes esquives quand Jeanne et toi tentiez de sonder le fond de ma pensée ou guettiez mes réactions. J'ai banni le mot « aimer » de mon univers, sauf pour Anna. Mais pourquoi lui ai-je réservé l'exclusivité de mon affection ?

— C'était ton choix, papa.

— Ce temps passé loin de toi ne se rattrapera pas.

— Tu as été un grand chef d'orchestre. Je t'ai toujours admiré, tu sais, sans te le dire.

— J'aurais voulu que tu me ressembles, sans imaginer une seule seconde que tu ne le désirais peut-être pas. Me reconnaître en toi, comme un père modèle, m'a toujours habité. J'étais bien trop orgueilleux, jusqu'au jour où j'ai compris que je devais respecter ton propre chemin. J'aurais dû te dire combien j'étais, moi aussi, si fier de toi, de ton abnégation, de ta vivacité intellectuelle. Au fond, j'avais peur que ta réussite porte ombrage à la mienne, dans une compétition stérile. Jamais je n'ai pensé qu'un fils pouvait apprendre des choses à son père. Seul l'inverse faisait de moi un père digne. Quelle erreur monumentale !

— Moi aussi je voulais avoir raison, t'enseigner des choses et ne plus rien apprendre de toi. Je voulais briller à tes yeux. J'ai souffert que tu ne me dises pas combien tu étais fier de moi.

— Je t'ai aimé avec maladresse, mais ta mère et moi t'avons chéri toute notre vie, avoua Henri, bouleversé. J'ai tremblé et prié pour que ton coma ne t'engloutisse pas à jamais. Je désirais tant te dire enfin, les yeux dans les yeux, ce que la couardise et l'orgueil m'ont toujours empêché de te dire.

— Je t'aime, papa.

Les deux hommes s'enlacèrent pendant plusieurs secondes si denses. L'aigreur du ressentiment avait laissé place à l'apaisement du pardon. Touchée par leur vulnérabilité, Sophia découvrait sa nouvelle famille. Pendant deux longues heures, Henri et sa fille échangèrent leurs souvenirs, leurs blessures, sous le regard attendri d'Arnaud. Sophia s'étonna de sa propre difficulté à rassembler ses souvenirs d'Anna. Sa mémoire lui faisait de plus en plus défaut. Elle le mit sur le compte des émotions accumulées depuis quelques jours. Le maestro n'en voulait pas à celle qu'il avait tant aimée de lui avoir caché Sophia. Il serra sa fille dans ses bras lents et amaigris. Sophia avait désormais ce père qui lui avait tant manqué. Le manque fut en partie comblé ce soir-là.

— La vie reprend le dessus, papa. Tu as une fille désormais, et moi, une sœur, dit Arnaud en serrant son père et sa sœur contre lui.

****

Quelques jours plus tard, Sophia et Henri se revirent en tête à tête. Ils apprirent peu à peu à s'ouvrir l'un à l'autre. À travers le récit de son père, Sophia découvrait une nouvelle facette d'Anna, plus secrète, plus enflammée.

Un après-midi, un courrier du laboratoire parvint au vieil homme et à ses enfants. Les conclusions du troisième test d'ADN étaient irréfutables. Les codes génétiques de Henri et d'Arnaud se confondaient en partie avec celui de Sophia.

35

Paris, printemps 2018

Cette nuit-là fut d'une douceur exceptionnelle. Le printemps, qui s'était tenu en embuscade, prenait enfin ses aises et s'insinuait dans les narines des Parisiens. Les bourgeons explosèrent en une journée, libérant leur parfum fleuri. Arnaud avait besoin de se retrouver avec Maud après ces mois de grands bouleversements. Les révélations faites par Henri l'hiver précédent, à propos de Jeanne et d'Anna, avaient eu l'effet d'un électrochoc. Il lui avait fallu plusieurs mois pour élaborer un plan audacieux : étonner Maud et raviver la flamme vacillante de leur amour. Il en était le seul responsable.

En tapant «*speed dating*» dans le moteur de recherche de son ordinateur, Arnaud tomba sur une dizaine de sites de rencontres. Installé dans le fauteuil de l'angle, il verrait quiconque entrerait dans le salon et risquerait de le surprendre. Il avait cru bon de ne pas mettre ses enfants dans la confidence, et encore moins de leur demander conseil en matière de rencontres amoureuses, de crainte d'éveiller les soupçons.

Il cliqua d'abord sur le site *Les Années d'or*, réservé aux plus de cinquante ans.

— C'est fou, ils savent vraiment tout sur nous ! bougonna Arnaud devant les intrusions des géants d'Internet dans la vie privée des gens.

En réalité, il se sentait vexé qu'on ne lui suggère pas de sites de rencontre pour trentenaires.

— Qu'est-ce qui est fou, Arnaud ? demanda Maud en entrant dans le salon.

— Non, rien, je peste contre ces foutus cookies qui te sautent au visage toutes les dix secondes, râla Arnaud, en s'assurant qu'elle ne pouvait pas voir son écran.

Un autre site attira son attention. On y garantissait un anonymat total. Sur le mur d'images, aucun laideron. Seuls des visages aux sourires dignes d'une publicité pour dentifrice rivalisaient. Il lui inspira confiance. La fenêtre ouverte sur l'écran lui proposait de renseigner s'il était un homme ou une femme et s'il cherchait à rencontrer l'un ou l'autre. Il inscrivit son adresse mail avant de taper sur « envoi ». Pour déjouer la vigilance des organisateurs de la soirée, Arnaud mentionna Maud sous son nom de jeune fille. Il sélectionna dans la photothèque de son ordinateur un portrait où elle apparaissait rayonnante, le jour de ses quarante ans. Il ajouta l'une des anciennes adresses mail de sa femme, à laquelle il avait accès et qu'elle n'utilisait plus, pour finir de remplir le formulaire. Pensant en avoir fini, Arnaud s'aperçut que la partie n'était pas encore gagnée. Une batterie de questions sur ses goûts, ses caractéristiques physiques et celles recherchées l'agaça un peu plus. On lui demandait, entre autres, s'il préférait dormir la fenêtre ouverte ou fermée.

— Et pourquoi pas si je ronfle la nuit !

— Mais enfin, de quoi parles-tu, Arnaud ?

Maud s'attardait devant la bibliothèque pour y chercher un Romain Gary. Elle trouvait de plus en plus bizarres les propos d'Arnaud, sans pouvoir identifier le site qu'il visitait.

— Rien, je remplis un sondage pour les assurances. Les questions sont vraiment farfelues, mentit de nouveau Arnaud.

Il renseigna, à peu de chose près, les mêmes goûts que les siens pour Maud afin de donner toutes les chances à son plan.

L'organisateur prévenait qu'un tri parmi les candidats inscrits serait effectué et que seuls les candidats retenus seraient avertis par mail du lieu, de la date et de l'heure de l'événement.

— Ben voyons, faut vraiment être motivé, marmonna Arnaud.

— Motivé pour quoi ? Tu m'inquiètes.

Maud s'approcha dans le dos d'Arnaud, lequel eut tout juste le temps de basculer sur la fenêtre du site d'assurances. Rassurée, Maud quitta la pièce, et Arnaud put enfin terminer les questionnaires. Quelques minutes après, l'algorithme de compatibilité envoya aux deux adresses mail le lieu et l'heure de la rencontre galante. Soulagé, Arnaud savourait déjà la surprise qu'il offrirait à sa femme.

****

L'horloge du four indiquait dix-neuf heures. Il était temps de passer à la deuxième étape du plan.

— Chérie, je t'emmène dans un restaurant chic ce soir, fais-toi belle, annonça Arnaud d'un ton enjoué.

Maud parut ravie et, à court d'idées, fut soulagée de ne pas avoir à se creuser la tête pour nourrir sa tribu. Ce serait festin de sushis, livrés à domicile, pour le plus grand bonheur des enfants et de leurs copains qui profiteraient aussi de l'aubaine.

Une demi-heure plus tard, perchée sur ses escarpins, Maud apparut dans une élégante robe noire cache-cœur. Son décolleté plongeant la rendait encore plus sensuelle. Elle avait lissé ses cheveux en arrière et portait à l'épaule le sac à main en cuir matelassé qu'Alice avait reçu pour ses dix-huit ans.

— Vous allez où, habillés comme ça ? Mais c'est mon sac ! s'étonna Alice, en les voyant sur leur trente et un.

— J'emmène ta mère en boîte, répondit Arnaud, très sérieux.

— En boîte ? Dans cette tenue ?

— Non, je plaisante, nous allons dîner.

— Oui, tu me le prêtes, ma chérie ? Il va si bien avec ma robe, tu ne trouves pas ?

Maud savait y faire pour obtenir les faveurs de sa fille.

— Tu es magnifique, maman, tu fais dix ans de moins.

Arnaud s'inquiéta soudain de se retrouver parmi les conquérants amoureux les plus âgés. Il en venait presque à regretter son idée, sentant la jalousie poindre. Et si de plus jeunes prétendants se dévoilaient à Maud ? Cette perspective le rendit un peu nerveux.

— Et qu'est-ce qu'on mange, nous ? demanda Alice.

— Ta mère a commandé des tonnes de sushis, répondit Arnaud. Allez, nous devons partir, le taxi nous attend.

Le couple s'engouffra dans la Mercedes noire qui démarra en direction du quartier du Marais. En chemin, Arnaud reçut un SMS de Sophia. Elle lui annonçait de nouveaux résultats prometteurs d'Aiôn. Elle évoquait aussi, sans l'inquiéter, ses vomissements et ses pertes de mémoire. Elle les mettait sur le dos de ses journées de travail harassantes, qui s'étiraient parfois jusqu'à l'aube.

****

Lorsque le chauffeur les déposa devant un bar de la rue Vieille-du-Temple, Maud s'étonna de la devanture banale. En s'approchant, elle aperçut un panneau accroché à la porte, indiquant « Soirée privée ».

— Tu m'expliques ce que nous faisons devant ce bar, alors que tu es censé m'emmener dans un restaurant chic ?

— Voilà, ma chérie, je t'ai fait une surprise. J'espère que tu ne m'en voudras pas, répondit Arnaud, le sourire aux lèvres.

— Une surprise ?

Maud lui rendit son plus beau sourire.

— Je nous ai inscrits à un *speed dating*.

— Un *speed dating* ? Je ne comprends pas.

Maud afficha une moue dubitative.

— Enfin, ce n'est pas tout à fait ce que tu crois.

— C'est-à-dire ?

— Nous allons jouer deux célibataires. Et lorsque nous nous croiserons à la même table, nous revivrons le soir où je t'ai abordée pour la première fois. Je sais, c'est tordu, mais essaye de jouer le jeu, ça va être drôle.

— Mais, chéri, ça ne sera pas un problème pour moi, dois-je te rappeler que je m'apprêtais à redevenir célibataire juste avant ton accident ? répliqua-t-elle sur un ton narquois.

Arnaud encaissa, mutique et fébrile.

Maud n'en revenait pas. Comment une idée si saugrenue avait-elle pu surgir de la tête d'Arnaud ? Il avait vraiment changé. Peu à peu, la surprise laissa place à l'excitation et lui rappela cette douce soirée étudiante pendant laquelle le couple était tombé amoureux.

— Mais pourquoi toute cette mise en scène ? Ton passif est si lourd à effacer ?

Arnaud prit l'uppercut dans l'estomac, sans broncher, et voulut renoncer. Il prit malgré tout la main de sa femme et la regarda dans les yeux.

— Parce que je veux retrouver notre flamme et te prouver que tu es tout pour moi.

Émue, Maud leva les yeux au ciel et déposa un baiser sur sa joue.

— Alors, puisque tu es joueur, allons nous amuser un peu et voir ce que tu as vraiment dans le ventre, Arnaud Delapierre, proposa-t-elle en entraînant son mari par le bras.

— Une dernière chose avant d'entrer… S'ils te demandent ton nom, tu t'appelles Maud Casta. Entre la première, j'arrive dans quelques minutes. Je te rappelle que nous sommes l'un pour l'autre de parfaits inconnus.

Lorsque Maud pénétra dans le bar, un jeune homme vérifia son identité. Il l'invita à prendre un verre au comptoir. Elle fit le tour des lieux et se retourna pour s'assurer qu'Arnaud arrivait à son tour. Son numéro pouvait commencer. Plusieurs célibataires, hommes et femmes, posèrent les yeux sur Maud. Arnaud, resté à bonne distance, se sentit mal à l'aise. Après un quart d'heure, la salle se remplit d'une cinquantaine de personnes, de tous âges. Le maître de cérémonie, un homme élégant d'une quarantaine d'années en costume clair et cheveux gominés, remercia les participants et annonça les consignes.

— La conversation peut porter sur n'importe quel sujet. Je vous rappelle qu'aucune coordonnée ne peut être échangée et que vous ne pouvez pas dire aux participants que vous souhaitez les revoir. Vous disposez de sept minutes pour échanger deux par deux. Mesdames, Mesdemoiselles, vous resterez assises, ce sont ces messieurs qui passeront de table en table. Le tableau que nous vous avons remis à l'entrée vous servira à noter vos appréciations sur les personnes que vous allez rencontrer et à indiquer une suite, si vous le souhaitez. S'il n'y a pas de question, nous pouvons démarrer.

Maud prit place entre une élégante jeune femme blonde, à peine la trentaine, nerveuse, et une autre, plus âgée, qui paraissait sûre d'elle. Un épais fond de teint semblait vouloir masquer ses sillons autour de ses yeux. Elle devait être une habituée de ces rencontres.

Lorsque la première cloche tinta, les battements de son cœur s'accélérèrent. Encore aigrie, oscillant du pardon à la rancœur, Maud hésitait sur les limites qu'elle voulait s'imposer dans ce jeu. Il pouvait être dévastateur. Arnaud, assis trois tables plus loin, face à une sublime femme aux traits asiatiques et au regard charmeur, lui fit un clin d'œil. Arnaud et Maud avaient juste oublié un détail avant d'entrer. Leurs alliances attirèrent le regard de chaque cœur à prendre. Et la question fusa. Était-il encore marié ? Était-elle encore mariée ? Leurs réponses différèrent.

— Oui, enfin, pas tout à fait, bredouilla Maud. Si je suis là ce soir, c'est pour voir si les hommes me font toujours les yeux doux, dit-elle sur le ton sulfureux de Sharon Stone dans *Basic Instinct*.

Maud avait décidé de passer un bon moment, quitte à décontenancer les hommes qui défilaient devant elle. Se jauger et passer Arnaud au gril.

— Oui, répondit Arnaud. Je veux m'assurer d'être toujours séduisant pour reconquérir le cœur de ma femme, inventa-t-il avec malice.

Certaines femmes le trouvèrent touchant, d'autres le dévisagèrent, déçues de perdre leur temps.

Vint le moment où les faux célibataires se retrouvèrent face à face. Maud tendit une main lascive, et ses yeux langoureux déclenchèrent un gloussement nerveux chez Arnaud.

— Bonsoir, Arnaud, c'est bien ça ? dit-elle en se penchant vers le badge épinglé au revers de la veste.

Il eut du mal à garder son sérieux.

— Bonsoir, Maud. Vous êtes ravissante.

— Merci. Voilà une douceur que je n'ai pas entendue depuis une éternité. Et pourquoi êtes-vous là ce soir ?

Ses yeux de biche s'agrandirent. Elle mordit sa lèvre inférieure recouverte d'un baume brillant qui la rendait encore plus glamour. Déconcerté par ses talents insoupçonnés d'actrice, Arnaud laissa monter en lui cet irrésistible désir qu'il espérait.

— Disons que je viens m'entraîner pour reconquérir le cœur de celle que j'aime.

— Parce qu'elle aurait besoin d'être reconquise ? Vous, les mâles, vous êtes assoiffés de conquêtes. Votre virilité vous aveugle. Comment êtes-vous sûr que votre belle est prête à être conquise ?

Maud pencha la tête sur le côté pour attraper le regard gêné d'Arnaud. Son aplomb le déstabilisa un peu plus.

— Vous me troublez par vos questions. Et qu'est-ce qu'une femme si élégante et sûre d'elle fait dans cet endroit ? répliqua Arnaud.

— Elle tente de retrouver sa boussole sentimentale égarée, de se laisser convaincre par l'homme qu'elle a aimé. Une femme de nouveau amoureuse a besoin de sentir vibrer encore plus fort le cœur de celui qu'elle a choisi pour la vie.

— Parce qu'il est dans cette salle ?

Arnaud s'éprenait de nouveau, avec la même intensité originelle, de la femme assise en face de lui.

Le gong sonna après sept minutes qui en parurent trois. Maud appliqua un index sur ses lèvres en se levant.

— Chut !

— À tout à l'heure.

Arnaud souffla un baiser discret au creux de sa main.

Après le dernier tintement de cloche, Maud et Arnaud écourtèrent les formules de politesse et s'éclipsèrent du bar. L'organisateur les interpella.

— Vous partez déjà ? N'oubliez pas de me remettre vos tableaux de préférence si vous voulez vous revoir.

— Pas la peine, c'est un vrai coup de foudre, éclata de rire Maud, en entraînant Arnaud par la main, comme de jeunes amoureux.

Médusé, l'homme n'avait jamais vu une rencontre aboutir aussi vite.

****

Après avoir déambulé dans le quartier du Marais, Maud et Arnaud cherchèrent de quoi rassasier leur estomac vide. Ils repérèrent un restaurant où l'on proposait aussi de danser. Une fois installés, ils commandèrent une coupe de champagne. Il était temps de partager les anecdotes de cette soirée loufoque. Maud estimait avoir assez piqué Arnaud au vif pour ce soir. Il se lança le premier, évitant, lui aussi, d'évoquer les flèches caustiques qu'il avait reçues.

— Qu'est-ce qu'on t'a dit de plus fou ?

— Le type bronzé, aux allures de mafieux, il m'a invitée sur son yacht cet été à Cannes. Et j'ai accepté !

— Tu as quoi ? s'étrangla Arnaud.

— Je plaisante.

Maud prenait plaisir à attiser la jalousie de l'homme en reconquête.

— Et toi, qu'est-ce qu'on t'a proposé de plus dingue ?

— Rien de très fou. La femme asiatique m'a dit qu'elle aime les grands hommes. Elle doit mesurer un mètre cinquante !

— Tu veux dire les hommes grands ? reprit Maud, taquine.

— Elle a dû apprécier mes traits d'esprit et sentir qu'elle avait affaire à un homme exceptionnel, répliqua Arnaud, sans se démonter.

— En sept minutes ?

— Mon charme irrésistible agit dès les premières secondes.

Maud se mit à rire. La voir ainsi combla de joie Arnaud.

— Y en a même une, la brune un peu déjantée, qui m'a demandé si j'aimais dormir la fenêtre ouverte, même l'hiver. Tu le crois, ça ? dit Arnaud.

Pendant le repas, Arnaud ne lâcha plus Maud des yeux. Les siens n'avaient jamais été aussi désireux depuis leur mariage. Maud glissa sa main sous la sienne et entremêla leurs doigts, comme à l'hôpital. Une femme seule, attablée à côté d'eux, sembla envier ce couple amoureux ; elle leur offrit un sourire en coin. Vers vingt-deux heures, le DJ réveilla ses platines par quelques morceaux d'ambiance. Puis des sons disco enflammèrent la piste de danse. Maud et Arnaud se déhanchèrent au rythme des années 1980. Lorsque les premières notes de guitare de *Purple Rain* annoncèrent la série de slows, Maud enlaça Arnaud avec autorité. C'était sur ce tube de Prince que leurs lèvres s'étaient jointes pour la toute première fois. Dans un geste tendre, Maud posa sa tête sur la poitrine d'Arnaud, qui l'enveloppa de ses bras.

Leurs mains brûlantes étreignirent leurs chairs qui ne demandaient qu'à fusionner. Prince hurlait à se casser la voix au sommet rageur et mystique de sa ballade. Arnaud fit alors glisser ses doigts au bas des reins de Maud, attisant un peu plus leur désir charnel. Maud redressa la tête et fit glisser sa langue sur ses lèvres. Une tension sensuelle lui piqua la gorge et l'extrémité des seins. Elle fixa les pupilles d'Arnaud et plaqua sa bouche sur la sienne jusqu'à la toute fin du morceau.

— Je suis le plus heureux des hommes sur terre.

Maud ne quittait plus ses yeux pour y sonder la sincérité.

— Et dire que si tu m'avais fait débrancher à l'hôpital, nous n'aurions jamais pu vivre cette deuxième chance ! Et toutes celles qui vont suivre.

Maud, les yeux humides, voulait y croire.

Il était quatre heures du matin lorsque le couple quitta les lieux.

Dans le taxi qui les ramenait chez eux, Arnaud ressentit cette certitude d'avoir choisi l'être de sa vie. Et cette certitude, on ne l'a qu'une fois.

36

Paris, 12 mai 2018

Les rendez-vous avec Arnaud s'étaient espacés. Sophia poursuivait ses allers-retours transatlantiques. Ses recherches l'accaparaient. Depuis quelque temps, elle avait du mal à mettre ses migraines et ses nausées récurrentes sur le seul compte de son travail trop prenant. Arnaud prenait de ses nouvelles plus souvent. Il lui annonçait ses « petites victoires », comme il les appelait. Mais il s'inquiétait de l'état de santé de sa sœur et lui suggéra de consulter un médecin sans attendre.

Les journées s'enchaînaient, toutes plus ensoleillées les unes que les autres. Cette année-là, le mois de mai ravissait tous ceux qui avaient choisi de prendre du bon temps.

En descendant chercher son courrier, Sophia croisa le sourire intemporel de Rose qui rentrait des « commissions », comme elle disait, les bras chargés. Elle lui rendit son sourire et voulut l'aider. Rose, comme toujours, déclina la proposition, se sentant encore assez forte pour se débrouiller seule. Sophia n'osa lui demander des nouvelles d'Achille.

Au rez-de-chaussée, elle sortit quelques enveloppes et prospectus de la boîte aux lettres. D'un geste rapide, elle passa le courrier en revue et jeta les publicités dans la poubelle du hall.

Son pouls s'accéléra lorsqu'elle s'arrêta sur une lettre de l'hôpital. Entre deux relances de factures, elle découvrit aussi une lettre de la revue *Science.* Le hasard est parfois cruel, il semble jouer avec nous en brouillant les cartes de nos émotions. Sophia glissa son index sous le rabat et le déchira d'un geste impatient. Ses yeux parcoururent la lettre deux fois. On lui annonçait que son article était retenu. Elle serait publiée par l'une des revues scientifiques les plus prestigieuses au monde. Retenant sa joie, elle y vit surtout la juste récompense de tant d'années d'efforts de recherche avec son équipe.

La porte de son appartement claqua derrière elle, et Sophia se laissa tomber dans son fauteuil, les deux lettres à la main. Elle relut plusieurs fois le courrier de *Science* pour retarder la lecture de l'autre lettre, puis elle se décida à décacheter l'enveloppe du service de neurologie. Les migraines à répétition, les vomissements et les troubles de plus en plus fréquents de sa vision l'avaient incitée à consulter son ophtalmologue. Elle pensait qu'elle avait simplement besoin de lunettes, mais le fond d'œil avait révélé une forte hypertension crânienne qui avait provoqué un œdème de la structure oculaire. Il fallait chercher ailleurs, creuser, infirmer ou confirmer des hypothèses.

Son médecin traitant l'avait invitée à suivre un examen neurologique complet. Il suspectait des symptômes de tumeur cérébrale, mais ne lui avait rien dit pour ne pas l'inquiéter. Hélas, le diagnostic du neurologue français qu'elle avait consulté ne lui laissait que peu d'espoir de guérison.

Elle avait demandé un second avis auprès d'un ponte américain, spécialiste du même domaine thérapeutique. Son courrier, qu'elle se résigna à lire, était formel. Le scanner confirmait les examens d'imagerie médicale : Sophia souffrait d'un glioblastome multiforme avancé, une tumeur provoquant l'inflammation du tissu cérébral. Le traitement par chimiothérapie devait démarrer au plus vite. Le courrier l'invitait à prendre rendez-vous pour recevoir ces soins. Sophia était abasourdie, écrasée par la déflagration. Elle refusa d'y croire. Elle avait pourtant décrypté des milliers d'images de cerveaux, mais jamais les siennes. Elle consulta sur son ordinateur plusieurs sites sur le traitement du glioblastome. Elle appela encore plusieurs confrères neurologues des deux côtés de l'Atlantique. Les perspectives s'assombrirent un peu plus.

La stupéfaction laissa place peu à peu à la douleur diffuse qui brûle les entrailles. Une peur insidieuse s'empara de tout son être. « Ce qu'il y a de plus terrible, se dit Sophia, c'est que non seulement on doit encaisser le coup du sort, mais, en plus, puiser la force nécessaire et choisir les mots pour annoncer la nouvelle à ses proches. »

Trouvant cette double peine injuste, elle soupira en relâchant les épaules. Elle ferma alors les paupières et se concentra sur sa respiration pour retrouver un peu d'apaisement. Les bienfaits de sa longue pratique spirituelle seraient mis à rude épreuve devant cette terrible affliction. Elle espérait trouver dans la compassion de Sanjay, qu'elle aurait bientôt au téléphone, l'énergie pour surmonter l'épreuve. Puis elle se souvint des mots qu'il avait prononcés après le décès d'Anna. « En lui survivant, tu lui as *évité* le chagrin qui l'aurait affligée si tu étais partie avant elle. » À son tour, elle allait peut-être plonger ses proches dans un infini chagrin.

Sophia verrait Chloé et Arnaud dans la journée. Trouverait-elle les ressources pour leur révéler la triste vérité ?

****

— Hello, ma biche ! Mon Dieu qu'il est beau, ce petit homme ! s'exclama Sophia en déposant un long baiser sur les boucles blondes du fils de Chloé avant d'enlacer son amie de toujours.

La terrasse du café était bondée, assaillie par les Parisiens et les touristes venus goûter à l'art de vivre à la française. Baigné de soleil, l'endroit avait des airs de bistrot de bord de mer. Il ne manquait plus que l'air iodé et le bleu marine.

Sophia s'était assise à une minuscule table donnant sur le trottoir.

— Que je suis contente de te revoir, ma belle ! lança Chloé.

Elle remarqua, à la mine des mauvais jours de Sophia, que quelque chose n'allait pas.

— Ça va, toi ?

— Mouais… bof. Alors, ton petit homme ? Il a l'air en pleine forme. Il est bien nourri, dit-elle en caressant son visage joufflu à croquer.

Sophia avait suivi de très près, malgré ses déplacements à l'étranger, les progrès de Tom. Elle n'avait pas eu le choix : pas une semaine sans que sa maman lui sature son WhatsApp des derniers exploits de l'homme de sa vie. Le petit garçon de quinze mois n'avait presque aucun secret pour sa marraine. Sophia avait assisté en direct à ses premiers pas ainsi qu'aux nombreuses chutes qui suivirent. La photothèque de son téléphone était pleine, envahie par les innombrables portraits. Tom au parc, Tom à la piscine, Tom chez le pédiatre, Tom en train d'avaler ses premiers vrais légumes, de gribouiller ses premières œuvres d'art, de prononcer ses premiers mots dans une vidéo. Chloé avait fait de son fils l'unique centre d'attention de sa vie. Sophia n'en voulait en aucune manière à sa tendre amie.

— Tu prends un Coca zéro ? suggéra la chercheuse, en faisant signe au serveur.

— Bon, alors, qu'est-ce qui ne va pas, ma grande ? T'as une sale tête !

— C'est moche, tu sais, dit Sophia, la moue triste.

— Quoi ? T'as pris deux cents grammes et tu ne rentres plus dans ton jean ? Ah ! je sais ! Cet Américain, Daniel-Mark, il n'a pas donné suite ?

Sophia retrouva à peine le sourire.

— Bon... J'ai chopé un truc pas terrible. C'est comme ça. Y paraît que je peux m'en sortir, mentit Sophia, redoutant de lui révéler le diagnostic des médecins.

Le visage de Chloé se décomposa. Un instant, elle abandonna du regard Tom, qui jouait autour de la poussette. À l'air grave de son amie, Chloé redoutait la mauvaise nouvelle.

— T'as chopé quoi, ma belle ?

— Une saloperie. Un glioblastome... Des métastases ont commencé à squatter mon cerveau.

— Putain, c'est pas vrai ! C'est pas possible ! s'emporta Chloé, toujours à fleur de peau quand il s'agissait d'injustice.

Sophia expliqua en détail le protocole de soins qu'elle allait entamer et ses chances de s'en sortir. Chloé semblait plus affectée que son amie, inconsciente de l'inversion des rôles. Sophia tenta de la consoler. Elle s'effondra en larmes elle aussi et lui prit les mains.

— Je vais m'en sortir, affirma la chercheuse, tentant de se rassurer elle-même et de rassurer son amie.

— Tu es à Paris encore combien de temps ?

Sans attendre la réponse, elle ne lui laissa pas le choix.

— Je passe te voir demain après-midi ! Oublie tes rendez-vous, on ira se balader au jardin du Luxembourg.

C'est alors que Tom éclata de rire, une coccinelle jaune lui chatouillait la main. La mère et son amie se quittèrent des yeux pour s'émerveiller devant la découverte de l'enfant. « Un éclat de vie, se dit Sophia. C'est fou comme la vie côtoie souvent la mort prochaine. »

Soudain, elle se remémora ce que Sanjay lui avait enseigné au Népal, lors de son voyage initiatique.

La mort fait partie de la vie ; la mort est certaine ; mais son heure est imprévisible.

La mort permet de donner sa valeur incroyable à chaque instant de la vie.

La peur de la mort, c'est la peur d'une vie de regrets, sans aimer, sans donner, futile.

Le dernier souffle, celui qui prolonge la vie.

La mort fait partie de la vie.

Et non l'inverse.

L'écho de ces phrases prononcées plus de vingt ans auparavant se répercutait encore entre les tempes de Sophia. Peu à peu, la peur se dissipa, comme l'eau boueuse et trouble d'un lac qui redevient claire et pure avec le temps.

Plus tard ce jour-là, vers dix-neuf heures, Sophia passa se changer chez elle avant d'aller annoncer à Arnaud la sombre nouvelle.

****

L'appartement des Delapierre se trouvait au cœur du septième arrondissement de Paris. Sophia avait décidé d'annoncer la nouvelle à son frère et à Maud. Elle se sentait désormais assez proche de sa toute nouvelle belle-sœur pour la mettre dans la confidence. Dans l'ascenseur qui l'amenait au dernier étage, l'anxiété ne la quitta plus. Comment allait réagir Arnaud ? En frère, bien sûr, et en ancien médecin aussi. Elle s'aperçut d'à quel point ils avaient, depuis des mois, vécu les mouvements contradictoires et saccadés d'un grand huit émotionnel. Cette fois, elle imagina qu'elle descendait dans les entrailles de la terre. Elle se présenta devant la porte qui sentait la cire d'abeille et prit une profonde inspiration avant de sonner.

C'est Maud qui vint accueillir la chercheuse.

— Bonsoir, Sophia. Entre, je t'en prie.

— Bonsoir, répondit Sophia d'une voix frêle que Maud remarqua.

Les deux femmes se dirigèrent vers le salon, et Arnaud les rejoignit immédiatement. Il embrassa sa sœur et l'invita à s'asseoir.

— C'est bien que tu aies pu venir dîner, dit-il. Les enfants ne t'ont pas beaucoup vue jusqu'à présent, ils ont besoin de rattraper le temps perdu avec leur tante. Alice et Robin sont là, Hugues n'est pas rentré de son *road trip* en Amérique latine. Tu as une drôle de mine, non ?

Depuis qu'il avait rencontré Sophia, Arnaud était beaucoup plus attentif aux autres.

— Veux-tu une coupe de champagne ? demanda Maud. Nous fêtons enfin le diplôme de Robin.

Elle faisait allusion aux deux redoublements que leur second fils s'était octroyés avant de décrocher son diplôme d'ingénieur.

— Avec plaisir, répondit Sophia.

Les bulles donneraient peut-être plus de légèreté à la révélation qu'elle devait leur faire.

— Bon, alors, qu'est-ce qui ne va pas, ma grande ? s'inquiéta Arnaud.

Sophia fut frappée par la similitude entre cette scène et celle qu'elle avait vécue dans l'après-midi avec Chloé. Les mêmes mots claquèrent dans son esprit. Cette fois, elle décida d'aller droit au but. Parce qu'Arnaud était du corps médical, et grâce aux enseignements qu'elle lui transmettait depuis des mois, peut-être contrôlerait-il mieux sa réaction.

— C'est pas terrible, vous savez. Je viens d'apprendre que j'ai un cancer du cerveau. Je dois commencer la chimiothérapie au plus vite.

Un profond malaise se propagea dans la pièce. Maud et Arnaud se regardèrent, stupéfaits.

— T'as fait un scanner et une IRM ? Qu'ont-ils donné ?

Arnaud cherchait à amener Sophia sur un terrain technique. Elle eut à peine le temps de lui répondre qu'il suggérait une autre piste.

— Il faut que tu appelles lundi matin le professeur Levy à Lyon, c'est une pointure en neuro-oncologie. Il te recevra en urgence, c'est un très bon ami.

Il se ravisa.

— Non, je l'appellerai, moi, demain, et tu prendras rendez-vous lundi, d'accord ?

L'empressement de son frère à s'occuper d'elle lui fit du bien. Arnaud masquait comme il pouvait sa profonde douleur. Le cœur meurtri, il ne voulait pas prendre la mesure de la gravité de la maladie. Il préférait attendre un autre avis médical. Maud vint s'asseoir à côté de Sophia et la serra dans ses bras. Ce geste d'affection de celle qui était, il y a encore quelques mois, une inconnue, lui réchauffa la poitrine. Tout en discrétion, Maud se contenta au début de l'échange d'offrir sa présence réconfortante. Sophia pouvait compter sur sa nouvelle famille. Puis Maud entra dans la discussion.

— On va trouver une solution, sois confiante, dit-elle d'une voix affectueuse.

Maud avait cet immense pouvoir de rassurer par des mots simples.

— Merci à vous, je suis désolée de plomber l'ambiance…

L'arrivée bruyante d'Alice interrompit Sophia. La benjamine des Delapierre incarnait la gaieté à toute épreuve. Son enthousiasme et son optimisme contaminaient toute la famille. Elle n'avait pas remarqué la présence de Sophia, c'est pourquoi elle manifestait à tue-tête sa joie d'annoncer à ses parents qu'elle partait à New York cet été, dans le cadre d'un échange avec sa correspondante.

— Oups ! Pardon ! s'excusa la jeune fille en jean troué.

Elle vint déposer un baiser sur le front de sa tante et s'éclipsa aussitôt après avoir lancé un « On mange quand, j'ai grave faim ! ».

Cet éclat de joie insouciante résonna comme un nouvel appel à la vie, pour la seconde fois de la journée. Aux yeux de Sophia, cette coïncidence était un signal fort. « Deux enfants, deux manifestations de la vie sur le chemin escarpé vers la mort ? » se demanda-t-elle en son for intérieur.

Le dîner concocté par Arnaud fut divin. L'homme voulait impressionner sa sœur. Il surprit aussi Maud, qui ne l'avait jamais vu se démener autant en cuisine. Elle émit l'idée d'inviter plus souvent Sophia pour profiter plus fréquemment du talent de chef de son mari ! Mais cette suggestion avait une raison bien plus profonde. Maud avait remarqué qu'Arnaud n'était plus le même homme depuis que sa sœur était apparue dans sa vie. Elle se réjouissait en silence de la spectaculaire métamorphose de son mari.

****

Sur le chemin du retour, Sophia mit un baume sur son cœur en se remémorant les actes de compassion si différents dont elle avait été l'objet. Chacun à sa manière, Chloé, Arnaud et les siens lui avaient témoigné leur tendresse, leur soutien, leur amour. De quoi se ressaisir pour affronter les séances de chimiothérapie qui l'attendaient. Elle vérifia sur son téléphone qu'elle avait bien noté les coordonnées du professeur Levy. Ne se sentant pas la force ni l'envie de prévenir Henri maintenant, elle délégua cette délicate mission à Arnaud qui saurait le ménager. Il lui restait à boucler le triste parcours avec Samir. Ce serait pour demain, par Skype, car son confrère était resté au laboratoire, à Boston.

La mort fait partie de la vie.

« La mort pourrait peut-être attendre », se dit Sophia en s'endormant.

Chloé pria de longues minutes dans son lit pour que Dieu se penche sur le sort de son amie et l'accompagne.

Avant d'éteindre sa lampe de chevet, Arnaud, lui, se jura de tout mettre en œuvre pour faire triompher la vie. Il vivait. Elle vivrait aussi.

37

Montréal, 7 juin 2018

Arnaud se rappellerait toute sa vie ce 7 juin.

Au siège canadien de GenLife, Place Ville Marie, se réunissait le conseil d'administration du groupe. La métropole québécoise, à la pointe des sciences de la vie et des technologies médicales, était toute désignée pour accueillir ce conseil décisif. Depuis plusieurs mois, Arnaud préparait avec ardeur la défense de son projet devant les administrateurs : le rachat de la start-up BioNanoTech. Avec l'annonce de la maladie de Sophia et le maigre espoir de l'éradiquer, Arnaud allait mettre encore plus de rage dans cette acquisition afin qu'elle soit un succès.

La tension était palpable entre Arnaud et Julien. D'habitude assis à sa gauche, en soutien, l'homme des chiffres s'était placé en face de lui. Comme pour marquer sa désapprobation et se préparer à l'affrontement. Julien avait aussi pris soin de s'asseoir à côté d'un des administrateurs les plus influents du conseil pour mieux gagner ses faveurs. L'heure de son accès au trône était peut-être venue. Il faut dire que les mauvais résultats de l'année précédente avaient fragilisé un peu plus Arnaud. Le dirigeant conservait cependant la confiance d'une majorité d'administrateurs, mais pour combien de temps encore ? L'amitié et le respect que lui portaient certains d'entre eux suffiraient-ils à les convaincre de procéder à ce rachat ?

Arnaud se leva et prit la parole.

— Chers administrateurs, chers amis. Notre groupe doit poursuivre sa stratégie de diversification et se positionner sur les marchés d'avenir. Vous le savez, GenLife ne peut pas être absente des nanomédecines. Nous avons plusieurs dossiers de rachat en cours. Les recherches révolutionnaires que nous menons vont nous permettre de concevoir de nouvelles molécules. Certes, pour l'instant, nous investissons des marchés de niche, comme certains cancers des ovaires ou du cerveau, mais, à terme, ces technologies s'appliqueront à de très nombreuses pathologies.

Soudain, un administrateur se leva, déposa ses lunettes sur la table et s'adressa à l'assemblée à la manière d'un procureur.

— Les perspectives sont peut-être prometteuses à long terme, mais il faut reconnaître que nous n'avons aucune idée du potentiel du portefeuille de molécules et de technologies de cette start-up. Cette acquisition serait plus tactique que stratégique. Il y a peut-être mieux à faire à court terme, comme investir dans nos blockbusters en médecine de spécialité.

Personne n'était dupe autour de l'immense table ovale en verre et acier. Le combat avait commencé.

— Quelles sont les applications possibles de ces nanomédecines et quels seraient les débouchés pour GenLife ? demanda l'un des administrateurs indépendants, allié de Julien.

— Les débouchés sont encore incertains, admit Arnaud. Mais la force de cette équipe, c'est d'avoir réussi à fusionner plusieurs disciplines, les nanotechnologies avec la biologie moléculaire, la chimie et la physique. Les débouchés seront nombreux, j'en suis persuadé.

Arnaud se permit une digression technique pour mieux emporter l'adhésion de l'aréopage. L'enthousiasme dans sa voix fit penser à un savant qui cherchait à convaincre le monde entier de l'importance de sa découverte.

— BioNanoTech se sert des nanoparticules comme véhicules des molécules chimiques et comme principes actifs. Ça, c'est inédit. Je ne connais aucun laboratoire plus avancé sur ces sujets. Les applications sont multiples et rejoignent nos domaines, comme les maladies cardiovasculaires, certaines maladies rares et l'oncologie.

Puis il ajouta :

— Il faudra du temps pour identifier les bonnes filières, c'est vrai.

— Il n'est pas certain que nos actionnaires se satisferont d'une hypothétique valorisation d'une petite start-up coréenne qui bricole dans son garage pour tenter de tuer les méchantes tumeurs au cerveau, dit son rival.

Julien révélait peu à peu son vrai visage, plus cynique et cinglant que jamais. Arnaud se surprit à reconnaître en lui l'homme qu'il avait été pendant si longtemps. Avant son accident, il ne se rendait même plus compte qu'il méprisait ses interlocuteurs ou les rabaissait, sans même les regarder.

Une administratrice, représentant l'actionnaire principal canadien, décida de venir en aide au dirigeant de GenLife.

— Arnaud, le conseil a lu le dossier d'acquisition, dit-elle pour lui signifier qu'il était inutile de se perdre dans des détails techniques. Je propose, comme nous en avons l'habitude, de faire un tour de table pour recueillir l'avis de chacun, suggéra-t-elle en se tournant sur sa droite.

Arnaud était écœuré. Depuis son retour, Julien repoussait les frontières du mépris. Comment avait-il pu faire preuve de tant d'impudence en évoquant les « méchantes tumeurs au cerveau » ? Arnaud en avait la nausée et pensait au combat que livrait sa sœur. Contenant sa rage, il savait que Julien connaissait la motivation inavouée d'Arnaud pour le rachat de cette société. C'était devenu une affaire personnelle. Accélérer les recherches pour développer le protocole de nanoparticules et tenter de sauver Sophia. La jeune pousse avait besoin de liquidités pour financer ses coûteuses recherches. Le rachat présentait cette double opportunité inespérée. Mais dans la balance, au moment de la décision, l'intérêt économique de cette acquisition ne pesait guère dans la tête d'Arnaud devant l'espoir infime qu'elle suscitait. Jamais sa part d'irrationnel n'avait tant pris le dessus dans une décision cruciale.

Arnaud frémit à l'idée que Julien révèle au conseil d'administration l'existence de sa sœur malade et des soins qu'elle pourrait recevoir si l'acquisition avait lieu. Julien avait réussi à faire parler l'assistante d'Arnaud pour lui soutirer les moindres détails à propos de sa sœur cachée. Sans une once de scrupule, l'homme était prêt à tout pour conquérir le poste suprême. La souffrance de Sophia n'était qu'anecdotique dans ses calculs.

Chaque administrateur prit la parole à tour de rôle. Julien revint à la charge, tel un pitbull qui s'acharne sur sa proie. Résolu, Arnaud mit toute son énergie pour tenter de faire basculer une majorité de membres de son côté. Le dernier administrateur allait bientôt s'exprimer.

Après une heure de débat tendu, et contre toute attente, une courte majorité d'administrateurs se prononça en faveur du rachat de BioNanoTech. La victoire se lisait sur le visage d'Arnaud. Il avait su les convaincre davantage par les perspectives économiques du rachat que par le retour immédiat sur l'investissement. Il en avait conscience. Julien, lui, ne décolérait pas. Ses rapports avec Arnaud allaient empirer. Il le savait et décida de préparer ses arrières. Il avait commencé à manœuvrer pour sortir Arnaud du jeu. Dans les coulisses, il comptait ses alliés et préparait le putsch. La vengeance serait sanglante. Il quitta le conseil sans saluer Arnaud. Savourant sa victoire, ce dernier remercia chacun des membres.

****

Le soleil finissait sa course dans le ciel québécois. En cette fin de journée de juin, une douce chaleur enveloppait Arnaud lorsqu'il quitta la tour pour marcher le long du canal Lachine. Il savoura l'instant et contempla les derniers rayons qui irradiaient le ciel derrière les rares nuages en forme d'auréoles. Au même instant, comme toutes les fins de journée, et par contraste avec le bonheur qu'il ressentait, les images de l'accident et de la vie ôtée à cette jeune femme venaient se loger dans son crâne. Arnaud implorait le pardon dans l'espoir de soulager ce conjoint, ces enfants, ces parents, cette famille, ces amis, tous meurtris dans leur chair, de l'inconsolable douleur de la perte. Pas dans l'espoir de soulager sa conscience. C'était son fardeau. Sur le chemin du retour, il laissa un SMS à Yun-seo, le fondateur de BioNanoTech, et au professeur Hwang. Il tenait à être le premier à leur annoncer la bonne nouvelle.

Le conseil d'administration vient d'avaliser le rachat. Je souhaitais vous communiquer cette très bonne nouvelle. Mon équipe en charge des acquisitions vous contactera demain pour les démarches administratives. Pour ne rien vous cacher, j'ai hâte de voir vos avancées sur le nouveau protocole de nanoparticules sur le glioblastome. À très vite. Chaleureusement.

Il avait su convaincre les dirigeants de la start-up que GenLife leur apporterait une formidable bouffée d'oxygène. Bien que persuadé de l'intérêt stratégique du rachat, il avait de plus en plus de mal à refréner son impatience. Il ne voulait plus perdre la moindre seconde. Se donner toutes les chances pour ne rien regretter. Un autre défi à l'issue incertaine l'attendait. Une fois que le protocole de soins serait au point, encore fallait-il convaincre Sophia de le suivre.

38

Paris, septembre 2018

Sophia avait renoncé à ses allers-retours entre Boston et Paris. Trop épuisants. Les séances de chimiothérapie rythmaient désormais sa vie. Infatigable bosseuse, elle était capable autrefois d'enchaîner quatorze à seize heures de travail. C'était avant. Aujourd'hui, une heure sur son ordinateur l'épuisait plus qu'un marathon. Alors, la perspective de retrouver Chloé ce soir-là lui redonna l'énergie de la vie. Il fallait aussi qu'elle se change les idées.

Au fond du petit bar de la rue des Canettes, la chercheuse repensait à la promesse d'Arnaud de l'emmener sur son voilier une fois qu'elle serait guérie. Elle s'imaginait au large de Lorient, à la proue du monocoque, façon Kate Winslet dans *Titanic*. Elle pouvait presque sentir ses poumons saturés d'air iodé. En retour, Sophia lui avait promis de se battre. « La promesse est trop déséquilibrée », se dit-elle. Elle aperçut un homme au comptoir, l'air préoccupé devant sa pinte de bière. Assis à une table, trois jeunes parlaient fort. Ils débattaient de la montée des dirigeants populistes dans le monde. Une seconde bouteille de vin accompagnait la discussion passionnée.

Sophia consulta sa montre, il était dix-neuf heures quarante-cinq. Chloé était en retard, encore.

La maman de Tom fit son apparition quelques minutes plus tard. Affublée d'un pull trop grand, dépassant de son blouson, elle arborait son plus beau sourire. Pas question de parler d'elle ou de Tom ce soir. Elle se vouerait sans réserve à son amie.

— *Ciao bella !* lui lança Chloé.

— Salut, Chloé, t'as l'air en forme ! T'as fait garder Tom ?

— Y a une baby-sitter à la maison. Bon, et toi ?

Les deux femmes commandèrent quelques tapas. Sous une alcôve en pierres apparentes, la lumière tamisée invitait à la confidence. Sophia se lança la première.

— On peut parler d'autre chose si tu veux.

— Non, on parle de ce dont toi tu as envie, rectifia Chloé, sans lui laisser le choix.

— J'ai du mal à y voir clair, confessa Sophia.

— C'est-à-dire ?

Chloé chercha à comprendre la piste sur laquelle son amie voulait l'emmener.

— Dans ma philosophie, on apprend l'acceptation. À voir les choses sous un autre angle. Y a rien à faire avec cette foutue tumeur. Je devrais cesser de vouloir changer ma souffrance et l'accepter.

— Tu m'as répété des centaines de fois qu'accepter ne veut pas dire se résigner, remarqua Chloé, fière de jouer la bonne élève.

— C'est bien là le truc qui cloche. D'un côté, je m'efforce d'accueillir ma maladie, un peu fataliste quand même. Elle est là, je ne l'évite pas. De l'autre, en tant que scientifique, je veux continuer à croire aux nouveaux protocoles de soins que le professeur Levy me propose.

— T'es sûre de ce type ? demanda Chloé, telle une louve se méfiant des fréquentations de son louveteau.

— Je te l'ai dit, c'est une pointure en neuro-oncologie. C'est Arnaud qui me l'a fait rencontrer. Il travaille sur des protocoles de soins inédits, je n'en sais pas beaucoup plus pour l'instant, ce n'est pas tout à fait au point.

— Et alors, qui te demande de choisir entre les deux ?

Son franc-parler habituel faisait du bien à Sophia.

Elle enchaîna.

— Ma belle, tu m'as toujours dit que si nous nous raccrochons à nos souffrances, nous les renforçons, non ? Tu peux accepter ta maladie et en même temps envisager des solutions, il n'y a rien d'incompatible.

Son bon sens fit mouche. Chloé enfonça le clou.

— Et puis c'est le moment de lâcher prise. Tu me répètes qu'il faut vivre ses épreuves comme des expériences.

Elle se redressa et adopta les mimiques de Sophia.

— Tu dois permettre à cette maladie d'être là, non ? Tu ressens quoi ? De la colère ? Tu te sens prisonnière ?

Sophia éclata de rire en voyant sa copine singer ses gestes et sa manière de parler. Son public conquis, l'apprentie comédienne prolongea le sketch en forçant encore plus les traits de Sophia. « Après tout, pensa-t-elle, le rire est une excellente thérapie ! »

— Les choses difficiles font partie de la vie elle-même, chère Sophia.

Elle se mit à la vouvoyer d'un ton professoral pour marquer la rupture dans ses propos.

— C'est la manière dont vous les affrontez qui détermine si elles dirigent votre vie ou si vous vous en distancez. Si vous n'avez guère de pouvoir sur ce qui vous arrive, en revanche, vous avez tout pouvoir sur votre réaction devant ces événements, conclut Chloé, certaine de son effet.

Sophia s'inclina et applaudit discrètement la fin de l'acte. L'un des jeunes de la table d'à côté se retourna.

— Merci, ma chérie, tu as bien retenu les principes auxquels je crois tant, la complimenta Sophia.

Son visage s'assombrit de nouveau. Elle sentit son cœur se pincer à l'idée de décevoir son amie. Aurait-elle la force de tenir ? Parviendrait-elle à suivre elle-même les conseils qu'elle prodiguait aux autres ?

Sophia aperçut par-dessus l'épaule de Chloé le type au comptoir avec sa bière, en train d'aborder une jeune femme d'au moins vingt ans plus jeune que lui. Ça sentait le plan drague. Cette image lui renvoya en pleine face sa propre solitude. Sans compagnon, sans enfants, Sophia avait consacré sa vie à la science, à la spiritualité et aux autres. Parfois, elle enviait Chloé et Arnaud quand elle les voyait entourés de leurs proches.

Chloé ne résista pas au plaisir de dégainer son téléphone pour montrer à Sophia les dernières prouesses de sa raison d'être, de son « cadeau du ciel », comme elle l'appelait. Tom, son fils chéri, s'était mis à marcher depuis quelques semaines.

— Tu vois, c'est toi que me l'as dit : un bébé chute deux mille fois avant de savoir marcher. Il ne lâche pas et finit par y parvenir. Alors, toi non plus, ne lâche rien ! ordonna-t-elle à sa copine.

Avant qu'elles se quittent, Chloé insista pour que Sophia vienne bientôt passer quelques jours chez elle, histoire de changer d'air. Elle prétexta, pour la convaincre, que Tom réclamait sa marraine. La chercheuse accepta sans hésiter, reconnaissante à son amie de son dévouement.

Au fond d'elle, Sophia savait qu'elle n'avait d'autre choix que de s'accrocher jusqu'au bout. Chloé avait raison : pourquoi choisir entre les principes fondateurs de la philosophie orientale, qui l'invitaient à accepter son état, et l'espoir de guérison que lui inspirait la science ? La frontière entre accepter et se battre est si souvent mouvante. Elle fluctue selon ses humeurs, vacille comme la flamme d'une bougie dans les courants d'air d'une maison. Et c'est bien ainsi. La vie est précieuse, fragile.

Ce soir-là, Sophia fit un détour par le parc Monceau. D'habitude envahi de joggeurs indifférents, de touristes au pas trop lent et d'enfants braillards, l'écrin de verdure avait retrouvé le calme à cette heure tardive. Elle avait besoin de marcher seule. Besoin de faire silence en elle pour mieux se reconnecter au vivant. Plus elle sentait la vie lui échapper, plus elle avait besoin de se sentir vivante. De nourrir la partie infinie d'elle-même. Et seule la contemplation le lui permettrait.

Dans sa déambulation, Sophia tomba sur le monument dédié à Chopin, difficile à détailler dans la pénombre. « Décidément, le pianiste polonais doit être le fil qui relie le destin des Lewinovski et celui des Delapierre », se dit-elle. Un peu plus loin, sous l'imposante ramure de vieil érable sycomore, la chercheuse se sentit protégée. Elle appliqua, comme elle aimait le faire, les paumes sur l'écorce en fermant les yeux. Reconnectée à la vie végétale, elle y puisa l'apaisement indispensable.

Exténuée au bout de cette journée qui avait commencé par une lourde séance de chimiothérapie, la chercheuse se contenta d'une frugale salade de tomates en guise de dîner. Elle repensa à Chloé et mesura le privilège de l'avoir à ses côtés. « C'est fou comme certaines personnes que l'on croit fragiles se révèlent fortes dans la tempête, se dit-elle. L'inverse est aussi vrai. »

Alors qu'elle s'apprêtait à éteindre sa lampe de chevet après une longue méditation, assise en tailleur sur son lit, elle reçut un SMS d'Arnaud. Il lui annonçait que le laboratoire coréen, racheté quelques mois auparavant, avait lancé une nouvelle phase d'essais cliniques. Il signa tendrement d'un « Tiens bon, je t'aime ».

Sophia décida de s'endormir avec l'espérance pour unique pensée. Laisser l'espoir rester le maître de son refuge, et le doute, son serviteur. Et non l'inverse, se jura la chercheuse dont les semaines étaient désormais comptées.

39

Paris, 5 octobre 2018, 11 h 30

Lorsqu'on frappa à la porte, Sophia traînait encore en pyjama dans son appartement. Pas de chimiothérapie, c'était jour de repos. Elle s'était enfin décidée à classer les photos des deux volumineuses boîtes en carton.

— Qui est là ? demanda Sophia.

— Sanjay ! répondit une voix enjouée.

Sophia ne voulut pas y croire. Elle pensa d'abord à une mauvaise blague d'un de ses amis. Sans judas à sa porte, elle devait l'ouvrir pour en avoir le cœur net. Son cœur se mit à battre plus fort.

Elle entrebâilla la porte. Celui qui l'avait fait basculer dans sa nouvelle vie, sur les contreforts de l'Annapurna, se tenait bel et bien devant elle. Elle lui sauta au cou, folle de joie, oubliant la retenue qu'elle était censée observer devant son mentor.

— Mon Dieu ! Que fais-tu là, Sanjay ?

Le petit homme faillit perdre l'équilibre sous la fougue de la chercheuse. Il se retint à sa taille.

— Je suis venu parler, lui chuchota-t-il à l'oreille, le visage enfoui dans sa chevelure.

Un peu plus voûté qu'autrefois, le crâne fraîchement rasé, le moine était vêtu de sa traditionnelle robe orange et pourpre. Un sac en tissu, accroché à son épaule nue, constituait son seul bagage. Il devait contenir une grande partie de sa vie matérielle, ses papiers, quelques sous-vêtements, un rasoir usé et le nécessaire à couture pour réparer ses vêtements. Ce dépouillement extrême avait toujours ébahi la chercheuse. Sophia était aux anges. Elle se dit que Chloé avait dû être dans le coup pour assurer à Sanjay qu'elle serait bien chez elle le jour de sa venue. Elle le fit entrer pour la première fois dans sa tanière parisienne. Le Népalais n'était jamais venu en France auparavant. Connaissant bien ses goûts, elle fit chauffer de l'eau et prépara du thé noir. Elle l'invita à s'asseoir à côté d'elle. Après avoir échangé sur leurs activités respectives, Sanjay prit la parole.

— Je suis venu te faire part de ce que je n'ai pas eu le temps de te dire en 1996, annonça-t-il d'un ton énigmatique.

Qu'avait-il de si important à lui dire pour traverser à présent lui aussi l'Atlantique ? L'homme résidait aux États-Unis, où il animait une communauté bouddhiste à une centaine de kilomètres à l'ouest de Boston. Puisque Sophia était contrainte par la maladie de rester en Europe, il avait décidé de la rejoindre. La chercheuse se doutait qu'Arnaud, de mèche avec Chloé, avait fait part à Sanjay de la dégradation inquiétante de son état de santé.

— Ah, donc tu vas t'installer chez moi plusieurs mois parce que j'ai encore beaucoup à apprendre, c'est ça ? plaisanta Sophia.

Le moine sourit. Il ne lui demanda aucun détail médical sur la progression de son cancer. Elle ne lui en donna aucun non plus. Sophia comprit vite où Sanjay allait l'entraîner. Sur un ton amical, d'une rare intimité, il dit :

— Tu sais, Sophia, je vais te parler comme si tu étais la fille que je n'ai jamais eue, et non comme à mon ancienne élève. L'intériorité permet à chacun de discerner ce qui dépend de lui de ce qui n'en dépend pas.

Puis il but une gorgée de thé.

Autrefois, Sophia l'aurait déjà interrompu et mitraillé de questions. Sa tasse à la main, assise en tailleur face à lui, elle se nourrissait de chacun de ses mots. Sa présence tranquille lui faisait un bien fou.

— Ta maladie ne dépend pas de toi. En revanche, le jugement que tu portes sur ta tumeur, tu en es la seule propriétaire.

Pour appuyer son propos, le lama cita non pas l'un de ses maîtres tibétains, mais Épictète :

— « Ce qui tourmente les hommes, ce n'est pas la réalité, mais les opinions qu'ils s'en font. »

Sa voix légèrement vacillante, teintée de compassion sincère, toucha Sophia. Il poursuivit.

— La contemplation altruiste de ta propre souffrance décuple ta bonté et ta disposition à soulager tes tourments. Mais au moment où je prononce ces mots, n'ayant moi-même jamais été confronté à la maladie, je me sens si dérisoire, avoua-t-il.

Il la fixa avec son sourire en coin dont il usait pour dissimuler ses émotions. Puis il lui prit les mains et laissa une larme rouler sur sa joue cuivrée.

Sans le montrer, elle avait beaucoup de mal à s'imaginer en quoi cette attitude l'aiderait, en pratique, à surmonter son épreuve. Malgré ses séances contemplatives quotidiennes, elle savait que son chemin spirituel serait encore long, chaotique, sans fin. Son ami, avouant son impuissance, et ce sentiment d'extrême humilité la fragilisèrent. Effrayée, elle sentit le gouffre du doute s'ouvrir en elle. Ce trou béant lui déchira l'intestin.

Prise de nausées, elle demanda à Sanjay de faire une pause et elle se leva. Le Népalais devait pourtant aller au bout de ce qu'il lui semblait utile de confier à Sophia. Quelques minutes plus tard, elle revint s'asseoir en tailleur après avoir pris un cachet et humé l'air à sa fenêtre. Sanjay dit :

— Quand on souffre comme tu souffres, on peut tourner sa compassion vers soi-même.

Ses mains désignaient son ventre pour mieux se faire comprendre.

— Pour cela, Sophia, tu dois vouloir le bien en toi et accueillir avec chaleur et intérêt tout ce qui te vient en tête. Fais de la place à chaque jugement, à chaque peine ou à chaque regret avec beaucoup d'amour.

Sophia se redressa. Elle venait peut-être d'avoir un déclic, tant elle s'évertuait à traduire en actes les paroles de son ami.

— Donc, si je te suis bien, je devrais abandonner tout combat contre ce maudit cancer ?

— Je n'ai pas dit que tu ne devais plus te battre contre la maladie, mais plutôt l'accompagner.

Ses deux mains, paumes vers le sol, se rapprochaient de Sophia. Elle devait faire corps avec sa tumeur.

— Convertis ton énergie pour l'accepter et l'accompagner. Sache que je ressens, en ce moment, beaucoup de sollicitude à ton égard. Je désire plus que tout t'aider à éradiquer cette tumeur, je tiens tant à toi, dit doucement le moine en fermant les paupières.

— Tu m'avais dit à Sarangkot qu'on trouve la sérénité en cherchant à l'intérieur de soi, pas à l'extérieur, se souvint Sophia.

Ses mots et son visage rayonnant avaient tant de fois rasséréné la jeune étudiante.

Soudain, un souffle apaisant pénétra le corps de Sophia. À cet instant, un autre être humain désirait avec tant d'ardeur sa guérison qu'elle pouvait le sentir dans chacune de ses cellules. Sanjay lui prit de nouveau les deux mains. Elle percevait la douceur et la chaleur aimante du Népalais. Les yeux clos, au contact de ses mains rêches, Sophia retrouvait l'odeur rassurante de sa peau. Cette intimité sensorielle avec Sanjay lui donna l'impression qu'un nouvel univers spirituel s'ouvrait à elle.

La journée défila ; les prières alternaient avec les discussions. Les éclats de rire fusèrent par moments. Plusieurs théières furent vidées. Sophia aurait voulu imprégner dans sa chair cette journée décisive. Avant de repartir le lendemain matin pour Pokhara, où Sanjay reverrait enfin son ancienne communauté, il enveloppa la chercheuse dans ses bras maigres, peut-être pour la dernière fois. Elle ne put retenir ses larmes et renonça à l'accompagner au bas de l'immeuble, où l'attendait un taxi. En refermant la porte, Sophia comprit qu'elle avait peut-être passé ses dernières minutes avec son ami.

40

Séoul, 8 janvier 2019

L'année 2018 venait de tirer sa révérence. Un millésime qu'il fallait oublier. Arnaud ne parvenait pas à chasser de son esprit sa visite à Sophia, la veille du réveillon. Quelques minutes avant, il s'était entretenu avec le professeur Levy, directeur de l'unité de neuro-oncologie de l'hôpital Pierre Wertheimer, à Lyon. Celui-ci avait donné son accord pour lancer de nouveaux essais cliniques conjoints avec la start-up BioNanoTech que GenLife avait rachetée plusieurs mois auparavant. Son service était très engagé dans la recherche expérimentale et avait mené plus de trente essais à la pointe des thérapies. Un hôpital de référence pour les tumeurs cérébrales. C'était pourtant là où Sophia s'épuisait, jour après jour, à lutter contre son cancer.

Pendant que l'A330 roulait vers son parking, Arnaud espérait que les efforts conjoints du service du professeur Levy et de BioNanoTech donneraient des résultats positifs. Il aperçut par le hublot l'aéroport moderne de Séoul. Il avait fait le déplacement avec sa petite équipe en charge des acquisitions du groupe. Ce que souhaitait par-dessus tout le dirigeant, c'était de démarrer au plus vite le protocole médical fondé sur les dernières avancées en nanotechnologies.

Le concentré d'innovations technologiques qui accueillent les étrangers dans le hall d'arrivée leur rappelaient qu'ils étaient en Asie de l'Est, dans un pays à la pointe de la modernité.

Pour souhaiter la bienvenue au représentant de leur nouveau propriétaire, Yun-seo, le jeune entrepreneur et fondateur de BioNanoTech, avait convié une partie de son équipe, dont le professeur Hwang.

— Enchanté, monsieur Delapierre. Soyez le bienvenu à Séoul. Avez-vous fait bon voyage ? demanda Yun-seo en tendant une main ferme.

— Bonjour, oui, merci, répondit Arnaud qui salua les six personnes présentes.

Il fixa pendant quelques secondes le professeur Hwang comme pour mieux lui transmettre son espoir, son impatience aussi. Arnaud leur présenta ses collaborateurs.

Quarante-cinq minutes plus tard, le convoi arriva au siège de la société. Rien, à part le logo futuriste à l'entrée du bâtiment, ne laissait penser que l'on était dans l'une des sociétés les plus innovantes de son domaine. Ici, pas de baby-foot ni de bar à smoothies, encore moins de jeunes ingénieurs hirsutes se déplaçant en trottinette. Des bureaux à aire ouverte regroupaient des neurologues, des neurochirurgiens, des ingénieurs, des docteurs en biologie moléculaire, en chimie et en physique. Les salles de laboratoire se trouvaient tout autour, le long d'un couloir circulaire. L'immeuble en forme d'anneau faisait penser à un accélérateur de particules en miniature.

Après quatre heures d'échanges sur les modalités d'intégration de la jeune pousse au géant pharmaceutique, on déjeuna, puis l'équipe se remit vite au travail. Arnaud demanda au professeur Hwang un état des lieux du protocole de soins. Son intérêt fut d'emblée perçu par les autres participants. Le professeur se lança dans un long monologue.

— Je ne reviendrai pas sur les derniers essais cliniques sur les souris, vous avez eu les comptes rendus. Vous savez que notre technique délivre la chimiothérapie au cœur des cellules cancéreuses à l'aide de liposomes bioadhésifs réduits en particules de taille nanométrique. Ces particules se fixent ainsi sur les cellules cancéreuses.

Trépignant d'impatience, Arnaud invita le chercheur à en venir au fait.

— Ce protocole a été testé avec succès sur les tumeurs de plusieurs cancers, comme ceux de l'estomac et de l'ovaire.

Arnaud l'interrompit.

— Cher professeur, vous savez très bien que le glioblastome multiforme est la forme de cancer du cerveau la plus critique et qui demeure incurable à ce jour. Votre protocole n'est pas assez efficace contre ce cancer beaucoup moins sensible à la chimiothérapie. Comment comptez-vous alors vous y prendre ?

— Cher monsieur Delapierre, puis-je vous suggérer de me laisser finir mon exposé ? Vous aurez peut-être les réponses à vos questions.

Arnaud acquiesça en hochant la tête. Le professeur reprit avec le plus grand flegme :

— Ce n'est pas pour rien que la National Academy of Sciences surnomme cette satanée maladie le « Terminator ». Nous avons choisi « Sarah » comme nom de code de notre nouvelle solution, du nom de Sarah Connor, vous savez, celle qui vient à bout du Terminator…

L'image fit sourire Arnaud et les membres de son équipe.

— Avec mes confrères, nous avons combiné plusieurs disciplines, les nanotechnologies, bien sûr, mais aussi la biologie moléculaire, la chimie et la physique.

Arnaud était absorbé par l'audace de la démarche scientifique. Il n'avait jamais entendu parler du projet avec ce niveau de détail.

— Et voilà où je veux en venir.

Il projeta sur l'écran une image faite de symboles incompréhensibles.

— En combinant aux liposomes bioadhésifs des nanoparticules d'oxyde d'hafnium recouvertes de polyéthylène-glycol et injectées au cœur des cellules malades, nous utilisons les nanoparticules à la fois comme véhicules des molécules et comme principes actifs. Ces nanoparticules se lient à l'un des récepteurs exprimés typiquement sur les cellules de glioblastome. C'est révolutionnaire !

Les yeux du professeur pétillaient. Il attendait les réactions et les questions d'Arnaud, lequel voulait y croire, sans s'emballer. D'un ton plus posé, il interrogea le professeur.

— Votre démarche est audacieuse, et j'aimerais partager votre enthousiasme. Quels sont les résultats de vos essais cliniques sur les souris ?

L'atmosphère se figea.

— Deux cents jours après le traitement, qui comporte huit injections sur soixante jours, cinquante pour cent des souris atteintes étaient toujours vivantes. Les souris témoins, elles, sont mortes dans les quarante-cinq jours.

« Cinquante pour cent seulement, se dit Arnaud. Qui plus est sur des souris de laboratoire ! » Une nouvelle vague de déception le refroidit. Il se ressaisit et se tourna de nouveau vers le chercheur.

— Merci, professeur, à vous et à toute votre équipe. Quand pensez-vous être prêt pour faire un essai sur l'homme ?

— D'ici deux semaines, peut-être trois, mais seulement pour un test préliminaire, répondit cette fois Yun-seo, en s'adressant fièrement à son équipe. Nous avons préparé le traitement et le protocole avec l'équipe du professeur Levy à Lyon.

Il enchaîna, histoire d'impressionner Arnaud.

— Pour que la chimiothérapie soit efficace, il faut que le diamètre des nanoparticules ne soit ni trop petit, pour contenir toutes les substances, ni trop grand, pour pouvoir pénétrer au cœur des cellules du cerveau. Jusqu'à présent, nous avions du mal à dépasser les cent nanomètres, mais nous avons réussi à grimper à deux cents ! Mais attention, monsieur Delapierre, je dois vous avertir : pour que ces essais chez l'homme soient vraiment viables, d'autres études cliniques poussées doivent encore être menées chez l'animal. Cela pourrait prendre de six à douze mois. On ne peut pas courir le risque d'appliquer dès maintenant le protocole à un être humain. Notre contrat sera très explicite, affirma Yun-seo, d'un ton ferme.

« Impossible d'attendre tout ce temps », songea Arnaud. Une éternité que ne pourrait supporter Sophia.

— Mais, techniquement, un essai sur l'homme pourrait démarrer sous trois semaines, c'est bien cela ? redemanda Arnaud.

— Oui, en effet, mais seulement pour un test préliminaire aux essais cliniques, insista le jeune dirigeant aux lunettes cerclées d'écaille. Passer immédiatement aux essais cliniques serait très risqué.

C'était un pari insensé. La première manche était incertaine, et pourtant Arnaud se projetait déjà dans la suivante. Au moins, il avait les coudées franches, puisqu'il avait réussi à faire écarter

Julien de son équipe de direction grâce à l'appui d'une partie du conseil d'administration. Son ancien ami avait aussitôt pris les commandes du principal concurrent de GenLife. Malgré tout, Arnaud s'étonnait de ne pas éprouver une once de rancœur à son égard.

Dans le vol de retour vers Paris, le dirigeant n'avait qu'une obsession en tête : convaincre Sophia d'accepter de suivre le protocole de soins, malgré les risques et en dépit de l'avertissement de Yun-seo. Il le fallait.

41

Lyon, 7 février 2019

« Le protocole est prêt. Le protocole est prêt », se répétait Arnaud pour mieux s'en convaincre.

Dans le taxi qui l'amenait de la gare de Lyon Part-Dieu à l'hôpital Pierre Wertheimer, les dernières questions saturaient son esprit. « Si c'était ma femme, voudrais-je courir les mêmes risques ? »

Après avoir interrogé l'équipe du professeur Levy sur les derniers détails du protocole, en présence du professeur Hwang venu exprès de Séoul, Arnaud avait toutes les clés en main pour tenter de convaincre Sophia. C'était la deuxième manche ; elle serait décisive.

Il demanda à l'infirmière les précautions qu'il devait prendre, puis il pénétra dans la chambre 422, le cœur serré. Il avait dix minutes.

— Salut, ma belle, chuchota Arnaud.

Il déposa un baiser tendre sur le front de sa sœur.

— Hello, se contenta de souffler Sophia, très diminuée.

Chaque mot qu'elle prononçait lui coûtait. Elle lui adressa une esquisse de sourire. Son visage s'était encore creusé. Un foulard bleu, noué sur son crâne, cachait les stigmates des traitements. Une grande partie de sa belle chevelure brune n'avait pas résisté.

Sans plus attendre, Arnaud se lança.

— Jure-moi de ne pas m'interrompre, l'implora-t-il.

La chercheuse acquiesça.

— Tu sais que j'étais à Séoul il y a quelques semaines. Nos chercheurs ont mis au point un nouveau protocole pour traiter le type de tumeur dont tu es atteinte.

Arnaud oscillait entre enthousiasme et prudence. Il hésitait sur ce qu'il devait dire à Sophia et ce qu'il convenait d'omettre.

— Bon, je te la fais courte. Lors d'une chimiothérapie, tu sais que le dosage est très difficile à déterminer. Une dose trop faible est inefficace contre la tumeur, tandis qu'une dose excessive est toxique pour le patient. En encapsulant dans des nanoparticules des molécules et de nouveaux principes actifs spécifiques à ton cancer, nous allons cibler ces maudites cellules. Les professeurs Levy et Hwang vont venir te voir demain matin et te donneront tous les détails.

Il poursuivit son plaidoyer. Les traits tendus de son visage témoignaient de la détermination qui l'animait.

— Autant te le dire tout net : les essais cliniques sur les animaux ne sont pas finis, ils donnent un taux de survie de cinquante pour cent, c'est énorme, exagéra-t-il. Ce serait le premier essai clinique sur un être humain. Les médecins m'ont dit que tu as quarante-huit heures pour te décider. Après, il sera trop tard. C'est le moment. C'est à toi seule de décider, annonça-t-il en se plongeant dans ses grands yeux.

Les dix minutes qui lui avaient été imparties s'étaient écoulées. Les paupières de Sophia commençaient à se refermer.

— Tu as transformé ma vie, Sophia. Sans toi, je ne sais pas comment j'aurais survécu à mon accident.

Ému, il lui devait cette seconde vie qui s'offrait à lui. Et il voulait que sa sœur en fasse partie.

— Tu m'as sauvé la vie. Laisse-moi t'aider à sauver la tienne !

Une larme roula sur une joue sèche de Sophia.

— Tu… tu es un amour. Je ne sais pas, je ne sais plus, articula-t-elle, la bouche pâteuse.

Son frère avait fermé les yeux comme pour mieux vivre chaque précieuse seconde. Elle cherchait ses mots, fissurée par le doute.

D'un côté, usée de se battre pour survivre, elle voulait accepter l'inéluctable. Honorer les principes de sa philosophie bouddhique et l'impermanence de la vie. Elle repensa aux dernières paroles de Sanjay lorsqu'il était venu la voir à Paris, quatre mois auparavant. Lâcher prise une dernière fois et disparaître dans le grand champ de conscience pour se réincarner.

De l'autre côté, il y avait la pulsion de vie, l'espoir dans la science, l'envie de contribuer au champ de recherche qui était le sien depuis près de vingt ans.

Une peur sourde et glaçante la pénétra. Une peur paralysante, qui l'empêchait de choisir. Sophia avait l'impression de se trouver sur une crête, tranchante comme une lame de rasoir. À chaque pas, la roche lui lacérait un peu plus la plante des pieds. Sous ses yeux horrifiés, chaque versant, de part et d'autre de l'arête, attendait qu'elle se jette à gauche ou à droite. Il fallait qu'elle se décide.

En rouvrant les yeux après un long silence, Arnaud s'aperçut que sa sœur s'était endormie, terrassée de fatigue. Elle emportait sa lourde décision dans son sommeil. Il éclata en sanglots, affligé de tristesse. Il se remémora la promesse faite à Sophia. Il l'avait honorée. Il espérait que leurs liens de sang l'inciteraient à prendre la bonne décision lorsqu'elle se réveillerait, peut-être.

Les mains jointes, le regard implorant le ciel, Arnaud la supplia d'accepter cette dernière chance, au nom de la vie. Il glissa la main dans la poche de son pantalon et en tira le petit mot que sa sœur lui avait remis lorsqu'ils s'étaient recueillis sur la tombe de sa mère, au cimetière de Grimaud. Il avait eu beau l'avoir relu des dizaines de fois, il avait toujours redouté le jour où il en aurait besoin. Ce jour était arrivé.

À voix basse, il le lut en appuyant sur chaque syllabe dans l'espoir d'insuffler à sa sœur les forces qui l'abandonnaient.

> « *La sérénité n'est pas d'être libre de la tempête, mais de trouver la paix dans la tempête.*
>
> *Ce qui est derrière nous et ce qui reste à venir sont des questions minuscules, comparativement à ce qui est à l'intérieur de nous.* »
>
> *Ralph Waldo Emerson*

L'homme sécha ses larmes. Il devait puiser la paix en lui et accepter que sa sœur soit emportée. Il se pencha sur elle et déposa un long baiser sur son front. Il lui souffla dans le creux de l'oreille, comme à une Blanche-Neige endormie :

— Promets-toi de vivre, je t'en supplie.

42

Quelque part en Asie, printemps-été 2021

Et si toutes ces coïncidences bouleversaient votre vie et la sienne ?

D'abord, l'accident, tragique, qui me rappelait à la vie et au sentiment de ses douleurs : cette jeune femme était morte de ma main. En lui ôtant la vie, je mourus une première fois. J'étais mort en sa mort, moi qui magnifie tant la vie à présent. Malgré mes visites et mes lettres à sa famille, je devais accepter de vivre hanté par son fantôme. Ensuite vinrent le coma, et de nouveau la vie, et le chemin chaotique. Puis l'apparition d'une sœur et son épreuve terrible. Le sauvetage in extremis de mon mariage et de mes rapports désastreux avec papa. Et si cet étourdissant enchaînement n'avait été, en réalité, qu'une étape et non la destination ? Il me fallait chercher encore. Ma tête, toujours encombrée de questions depuis mon coma, bourdonnait comme une ruche. J'avais besoin de faire silence, de taire le bruit intense pour enfin y voir clair et trouver la paix. Il me fallait rassembler toutes les pièces de ce puzzle insensé. Reculer de quelques pas. Comprendre le tableau final de ma vie.

Et mes nuits se chargeaient de brouiller un peu plus les pistes. Durant l'une d'elles, je me suis vu dans l'hôtel Méridien, porte

Maillot. Vêtu de mon pyjama, errant, mal rasé, je balayais d'un regard triste le hall démesuré, plus grand qu'un terrain de football. Maud, les enfants, Sanjay, Chloé, Julien, le professeur Hwang, même Fidèle, ils étaient tous là, éparpillés, à me regarder en silence. Et je tournais sur moi-même à en perdre l'équilibre. Je la cherchais, plein de désespoir. Où était-elle ? Je m'époumonais à crier :

— Aidez-moi à la retrouver au lieu de rester plantés là !

Personne ne réagissait, pas même Maud, qui me toisait de la tête aux pieds. Les autres ricanaient, me plongeant davantage dans mon désespoir, ma solitude. Soudain, quelqu'un me bouscula violemment. C'était une femme pressée, aux traits graves et crispés, qui pouvait avoir une quarantaine d'années. Cheveux bruns au carré. Elle m'invectiva avec fureur :

— Vous ne pouvez pas regarder où vous marchez, imbécile !

Et elle disparut derrière la porte tambour automatique, sans que je puisse la rattraper. C'était Sophia. Mon histoire bégayait.

Lorsque j'ai sursauté, en nage, le réveil affichait trois heures cinquante. J'ai essuyé de ma manche les gouttes qui perlaient sur mon front. J'ai mis quelques minutes à ralentir l'emballement de mon cœur. Maud, lovée, dormait. Seuls les battements métalliques envoyés à travers l'appartement par la vieille pendule du salon rythmaient le silence. Un énième cauchemar. Mais, ce matin-là, j'ai su.

C'était un dimanche, deux jours après Noël. Un irréversible mécanisme s'était déclenché en moi. Je devais marcher sur les traces de Sophia pour éviter que l'histoire ne se répète à l'infini. Mettre fin à cette prophétie auto-réalisatrice. La retrouver et la sauver comme elle m'avait sauvé. Le lien qui nous unissait et la profonde affection que je ressentais pour elle me poussaient à honorer ma promesse. Ce matin du 27 décembre, j'ai demandé à Maud et aux enfants s'ils acceptaient que je parte marcher, seul, pendant trois cent soixante-cinq jours, sur les chemins du monde. Personne n'a été surpris de ma requête. Par contre, la négociation a été difficile : j'ai obtenu six mois pour m'extraire de cette société qui m'étouffait. Maud m'a alors dit, dans un étonnant geste sacrificiel :

— Va, mon amour. Les gens comme toi partent souvent marcher autour du monde pour finir de faire le tour d'eux-mêmes.

Elle avait raison. Je devais achever mon périple intérieur.

Alors, au début du printemps, j'ai fait mon sac, j'ai embrassé les miens et je suis parti. Un aller simple m'a conduit à Vientiane, au Laos. Sans autre but que d'épuiser les pourquoi qui m'assaillaient, j'ai marché et marché encore, pendant des mois, sur les chemins envoûtants de l'Asie du Sud-Est. J'ai décidé de clore mon sentier intérieur par le tour des Annapurnas. Pendant les six dernières semaines, entre montagnes et rizières, j'ai parcouru bien plus que des dizaines de kilomètres et franchi bien plus que les cols enneigés de ces montagnes éternelles. Chaque moine, chaque paysan ou écolier que je croisais me reconnectait un peu plus à la vie. Je prenais tout mon temps pour échanger un geste affectueux ou un sourire. Les gompas et les moulins à prières qui jalonnaient ma route me reliaient un peu plus à moi-même. Je suis resté trois semaines à Lupra, petit village reculé au cœur du Mustang. Ses habitants m'ont offert leur incommensurable hospitalité. Dans leurs maisons traditionnelles aux murs de galets de rivière et aux enduits de terre pigmentée, balayées par un vent glacial, j'étais un des leurs. Leurs visages ronds et joviaux, aux yeux en amande et larges pommettes, m'inspiraient harmonie et humanité. Leur générosité, malgré le dénuement dans lequel ils vivaient, et leur simplicité m'ont marqué à jamais. J'ai compris que leur richesse réside dans leur cœur, et non dans leurs maigres biens. Et puis, avec mon discret guide népalais, nous avons marché en silence, parce que les mots étaient inutiles. Devant les paysages majestueux et lunaires ou aux premières lueurs du jour réchauffant le lac glaciaire du Tilicho, je me sentais si dérisoire, infime. Seul le silence long et profond permet de ne faire qu'un avec son moi le plus intime. J'ai tu le bruit en moi qui m'empêchait depuis tant d'années de voir et surtout d'accepter toutes les dimensions de mon être, les plus glorieuses comme les plus sombres et les plus banales. J'ai compris que, pendant toutes ces années, je n'avais fait que m'agiter au lieu de me contenter. Courir sans fin au lieu d'arpenter, émerveillé, les chemins de la Vie. Je crois que, ce jour-là, j'ai enfin compris qui j'étais. Maud avait vu juste encore une fois : je n'étais pas parti faire le tour de l'Asie ni des Annapurnas, mais bien finir le tour de moi-même pour enfin me révéler. Désormais, j'existais. Aimer et faire le bien autour de moi devint ma philosophie. Je voulais, avant le grand départ, ne rien avoir à regretter si l'on me donnait l'occasion de redémarrer ma vie.

En arrivant à Sarangkot, étape finale de mon périple, je suis passé devant le monastère où Sophia avait fait la connaissance de Sanjay. Je n'ai pas pu m'empêcher de penser à elle. J'ai pénétré dans l'antre de sa quête spirituelle et j'ai croisé un jeune moine qui m'a salué. Elle me manquait terriblement. En redescendant vers Pokhara, je me suis arrêté pour contempler le soleil terminer sa course sur l'eau calme du lac Phewa. Avant de repartir pour Katmandou, j'ai laissé les larmes déborder de mes yeux. Le visage de Sophia ne me quittait plus.

De retour en France, je m'étonnais de ne plus appréhender l'accueil que me ferait ma tribu ni les justifications que je fournirais à mon entourage professionnel. Je n'envisageais même pas de donner des explications convenues à un cercle d'amis qui allait, de toute manière, fondre comme neige au soleil. J'avais laissé en Asie ma part d'ombre. Je rentrais délesté de mes questions sans réponse. Allégé de mes doutes et de mes craintes, je regagnais mon foyer. Mes regrets et mes remords, je les avais abandonnés sur les sentiers des Annapurnas. Je sentais mon âme presque impassible. Prêt à commencer enfin ma seconde vie.

Je n'ai pu refréner l'envie de raconter et de transmettre ce que j'avais vécu depuis cinq ans. Non comme un récit d'aventures détaillant les rencontres que j'avais eu la chance de faire, mais comme une invitation à traduire en mots ce voyage intérieur. Comme un hommage à Sophia. Cette envie me coûterait mon poste et ma carrière. Alors, j'ai décidé de quitter la direction de GenLife pour devenir écrivain et témoigner. Une décision d'une radicalité libératrice. Mettre fin à toute cette mascarade de vie artificielle. Pour me réveiller chaque matin, un peu plus près de moi-même, le ventre léger. Pour écrire et continuer à faire silence en moi afin d'écouter murmurer mon âme. Pour écrire et soulager mes tourments, combler mes manques. Pour écrire et me reconnecter à l'essentiel.

Il me fallait à présent restituer fidèlement les précieux enseignements et les instants de vérité que j'avais vécus aux côtés de Sophia. Je lui devais cela. J'avais promis.

Épilogue

Paris, 6 juin 2023

L'auditorium était plein à craquer. Son bourdonnement faisait penser à une ruche. L'excitation était palpable. Lorsque, peu après dix-neuf heures, la journaliste se saisit du micro pour réclamer le silence, le brouhaha se tut instantanément, les lumières faiblirent. Deux cœurs synchronisés battaient plus fort dans les coulisses.

— Mesdames et messieurs, je vous prie de bien vouloir accueillir à présent les deux intervenants de la soirée. Je vous demande d'applaudir la professeure Sophia Lewinovski et Arnaud Delapierre.

Des applaudissements d'impatience envahirent l'espace. On aurait dit l'entrée en scène de deux rock stars. Il faut dire que, depuis quelques mois et la sortie triomphale de leur roman intitulé *La nuit qui a changé mes jours*, Sophia et Arnaud goûtaient au plaisir de la tournée promotionnelle et à l'immense jubilation de communier enfin avec leurs lecteurs. Délaissant pour une fois l'ambiance des congrès scientifiques et des salons du livre, Sophia et Arnaud affectionnaient le bain de foule avec leurs admirateurs de la « vraie vie », comme ils aimaient les appeler. La sœur et le frère s'installèrent dans le confortable sofa qui les attendait au milieu de l'immense scène en linoléum noir. Les projecteurs braqués sur eux les empêchaient de bien mesurer la densité de la foule présente dans la pénombre. La journaliste chuchota un mot à l'oreille de Sophia pour s'assurer qu'elle était d'accord pour répondre à la première question. Au premier rang, Maud, Alice, Robin et Hugues s'étaient installés à côté de Chloé, elle-même assise aux côtés de Henri, de Sanjay et de Samir. Impatiente, Alice serrait la main de sa mère. Impossible de savoir qui transmettait son énergie à l'autre.

Après le long récit que donnèrent Sophia et Arnaud de leurs destins croisés, la journaliste offrit la parole à la salle. Une forêt de bras se dressa devant eux.

— Où avez-vous puisé vos forces pendant toute cette épreuve ? demanda à Sophia une jeune adolescente.

— Dans l'amour, la foi et la science ! répondit du tac au tac la chercheuse rescapée. L'amour de mes proches, celui de mon frère et de ma nouvelle famille, précisa-t-elle, en adressant un sourire au premier rang. La foi dans une force supérieure, dans les promesses de la science et des nouvelles technologies. Je sais, l'alliance des trois peut surprendre ! J'ajouterais l'espérance, aussi. Même si, parfois, elle me torturait plus qu'elle ne m'aidait à tenir. Souvent, nos objectifs peuvent nous sembler inatteignables. J'ai imaginé continuer à vivre pendant mon cancer. Malgré ma longue pratique spirituelle, je vacillais entre l'espoir infime et le lâcher-prise. J'étais comme la flamme d'une bougie, fragile, prête à s'éteindre au moindre souffle. Pourtant, une force en moi me répétait que la vie est plus honorable que la mort. J'ai même eu l'audace de projeter la meilleure vie possible, la plus belle que je pourrais avoir, alors que tout laissait croire que le meilleur était derrière moi.

Sophia se retourna vers Arnaud, l'œil complice.

— Si vous me demandiez si j'ai douté de ma survie, du protocole, je vous répondrais que oui, bien sûr, des centaines de fois. Mais du mieux que j'ai pu, je me suis efforcée de me concentrer sur mon futur idéal, même si mon passé frôlait déjà la perfection !

Les rires fusèrent dans l'auditorium.

— J'ai compris que j'avais le choix entre subir et accepter. J'ai compris qu'à la souffrance physique j'ajoutais une autre souffrance, mentale cette fois. Et résister à la maladie, c'était lui donner plus de prise sur moi. Alors, j'ai accepté d'être ce cobaye. Je me sentais partie prenante de l'équipe du professeur Hwang, même si c'était bien mon corps, et non celui des chercheurs, que colonisaient ces minuscules particules.

Les rires éclatèrent de plus belle, à la joie de Sophia.

— Au point que je suis devenue l'observatrice de ma tumeur. Curieuse de mes progrès et des constats techniques que faisait l'équipe, dont je ne comprenais pas tout d'ailleurs, je me surprenais à rester présente à chaque phase des soins. C'est comme s'il n'y avait eu ni passé ni futur, mais juste l'instant, et puis l'instant d'après, et celui encore d'après.

Sophia claqua plusieurs fois des doigts. Elle s'abreuvait de l'atmosphère de fascination qui régnait sur la salle.

— Ce qui est fou, c'est que je me sentais en paix par moments. Et c'est pour ça que les nanoparticules et moi, on a réussi à buter la tumeur. Elle n'avait plus d'adversaire en face d'elle. Je dois vous avouer que ce protocole était une partie de roulette russe un peu spéciale.

Une onde d'incrédulité envahit la coupole, se répandit chez les spectateurs.

— Lorsque j'ai collé le canon du revolver contre ma tempe, il y avait une balle dans cinq des six cylindres du barillet. Personne ne savait lequel était vide, celui qui me sauverait. Et j'étais la seule à jouer. Alors, j'ai accepté d'appuyer sur la détente, et ça a sacrément bien marché, conclut Sophia, les yeux rougis par l'émotion.

Devant la foule dense et conquise, elle prit alors conscience de son immense privilège d'être encore sur terre. Une hôtesse s'empressa de passer le micro à un homme qui trépignait en contrebas de la scène.

— Monsieur Delapierre, comment expliquez-vous vos hallucinations pendant votre coma ?

L'homme devait s'attendre à une explication ésotérique ou strictement médicale. Arnaud prit son temps pour saisir le micro que lui tendait Sophia, puis il dit :

— Ce n'étaient pas des hallucinations, c'était un dialogue avec ma sœur.

La stupeur envahit la salle. L'aplomb avec lequel il avait dit ces mots fut suivi d'une rumeur diffuse. Il compléta son propos.

— D'un strict point de vue scientifique, il n'y a pas d'explication, je vous l'accorde. Mais le fait est que j'ai bien vu et entendu Sophia pendant cette longue nuit. Ça a pris du temps, croyez-moi, mais elle me l'a confirmé ensuite, sourit Arnaud, en se tournant vers sa sœur.

De nouveau, des rires résonnèrent un peu partout dans l'auditorium.

Une fillette, qui pouvait avoir dix ans, agitait les deux mains pour réclamer la parole. Elle l'obtint facilement.

— Monsieur Arnaud, que représentait cette promesse faite à Sophia ?

Elle témoignait d'une rare maturité.

— J'ai fait une double promesse. Une à Maud, ma femme. L'autre à Sophia. Mais les deux se rejoignaient. L'engagement de tout faire pour me rattraper et honorer la seconde chance qu'on m'offrait. Vivre est le plus beau cadeau qui puisse être donné. Je ne parle pas de sentir son cœur battre. Je veux parler de vivre chaque instant avec la même intensité, la même envie. De vivre chaque matin comme si c'était le premier. De s'endormir sans regret, en ayant savouré la chance d'être entouré de ceux que l'on chérit. N'en déplaise à Henri Queuille[1], une promesse est un pacte inviolable. Elle engage autant celui qui la fait que celui qui l'écoute.

Pendant que les hôtesses, perchées sur leurs talons, peinaient à remonter les marches de l'amphithéâtre pour satisfaire tous les bras tendus, une femme se leva et s'adressa à Arnaud sans micro. Sa voix était forte et posée. On devinait qu'elle ne se contenterait pas d'une réponse superficielle. Elle ne connaissait pas le nouvel Arnaud et lui demanda d'expliquer sa métamorphose. Elle n'avait pas lu leur livre.

— Cette nuit de long coma et les jours qui l'ont suivi ont changé à jamais ma vie, dit Arnaud. Je le dois bien sûr aux prouesses des médecins et à ces infirmières d'un dévouement admirable. Mais aussi à Sophia, à ma femme et à mes enfants. Je le dois aussi à un homme d'une infinie sagesse, qui est parmi nous ce soir.

Son pouls s'accéléra. À cet instant, il savait qu'il devait résumer en quelques mots en quoi sa vie avait basculé. La sueur perla sur son front. Il avait répété cent fois la réponse à cette question qu'il espérait. Il regarda au loin, dans la lueur dorée de la salle, marqua une pause et se libéra.

1. Henri Queuille (1884-1970), homme d'État français, affirmait que les promesses n'engagent que ceux qui les écoutent.

— Je suis enfin devenu moi. J'ai exploré avec frayeur mes zones d'ombre, mes failles. J'ai fait de mes doutes mes plus fidèles alliés pour révéler mon intériorité, un territoire qui m'était inconnu alors qu'il faisait partie de moi. J'ai appris à regarder sous un nouvel angle ce que j'avais déjà vu ou ce que je croyais connaître. J'ai fait silence en moi pour suivre ma boussole intérieure et rejoindre ainsi ma trajectoire de vie. Mais que ce fut difficile ! Que de renoncements, de doutes et de désespoirs !

Il marqua une pause. Sa voix devint plus intime. Les yeux humides, il poursuivit.

— On m'a toujours dit qu'il fallait un ego fort pour réussir. Cet ego, comme un airbag, était censé me protéger. Au contraire, il m'a asphyxié. Il m'empêchait de voir la route que je devais emprunter. Grâce à Sophia, grâce à mes proches, je me suis allégé, délesté de tout ce qui ralentissait mon accomplissement. Je me suis enfui de ma prison matérielle.

Il marqua une nouvelle pause pour essuyer une larme, dans un silence d'une rare intensité. Il ne déplia pas le bout de papier qu'il avait déposé sur la console en verre à côté de lui. Nul besoin, ces mots étaient devenus son mantra.

Il prit une grande inspiration et marqua un silence entre chaque mot.

Découvrir, devenir et accepter ce que nous sommes, telle est la grande aventure de l'existence.

Puis, de nouveau, le silence remplit la salle. L'onde provoquée par la puissance de ces paroles fit frémir l'assistance. Elles résonnèrent si fort dans la tête des spectateurs que chacun pouvait sentir courir sur sa peau l'incroyable qualité de présence qui les reliait. Arnaud conclut.

— Je souhaite à chacun, sur cette terre, de trouver cette paix infinie.

Il reposa le micro sur la table basse, serra fort la main de Sophia et prit son temps pour balayer du regard les deux mille visages tournés vers eux. Il s'arrêta un moment et désigna du doigt Maud, les enfants, Sanjay. Il leur devait tant.

À la fin de la conférence, Sophia et Arnaud rejoignirent leurs proches dans la salle. Ils furent vite encerclés par une foule compacte d'anonymes silencieux, avides de questions plus personnelles.

De longues étreintes scellèrent l'union de cette famille impensable à peine quelques années auparavant. Elle fut l'un des cadeaux révélés par cette nuit du 21 juin 2016. Sophia enlaça Sanjay, Chloé et Samir.

Pendant la séance de dédicaces qui suivit, un jeune homme timide, en tenue sombre, s'avança vers le duo d'auteurs.

— Ma mère souffre de la même tumeur que vous. Votre livre nous a remplis d'espoir, elle et moi. Merci, bredouilla-t-il, ému.

Sophia et Arnaud le remercièrent du fond du cœur. Ils s'enquirent de l'état de santé de sa mère et écrivirent chacun quelques mots dans le livre du jeune homme. Lorsque ce dernier tourna les talons, il rouvrit vite son exemplaire, impatient de découvrir la dédicace.

N'attendez pas qu'une nuit change vos jours, marchez dès maintenant vers la lumière.

Amitiés,

Sophia et Arnaud

C'est alors qu'un homme d'à peine trente ans se présenta à eux. Hésitant, il posa le livre sur la table et l'ouvrit à la dernière page. Sophia s'en étonna.

— Bonjour, dit-elle, comment vous appelez-vous ?

— Thomas.

— C'est original, ça, demander une dédicace à la dernière page.

Alors qu'Arnaud s'apprêtait à signer la page à son tour, l'homme bredouilla quelques mots.

— Votre histoire… Elle m'est arrivée aussi. Je sais, c'est à peine croyable.

Sophia et Arnaud se regardèrent, dubitatifs.

— Ah bon ! fit Arnaud.

Le visage crispé, troublé par la coïncidence, l'homme précisa son propos.

— J'ai failli mourir. Quelqu'un aussi m'a sauvé. C'est dingue, mais votre histoire, c'est aussi un peu la mienne. Comme si elle se répétait.

Interloquée, Sophia tarda à répondre.

— Je vous crois, Thomas. Il faudrait que nous prenions le temps d'en parler. Je vous écris mon adresse électronique.

Elle tendit le livre en adressant au jeune homme un sourire empreint de l'impatience de le revoir. Arnaud lui fit un clin d'œil. Il repartit rassuré, le livre serré contre la poitrine.

Et si chacun d'entre nous, sur cette terre, avait une âme duale ? Qui soit à la fois notre exact opposé et notre parfait complément ? Indispensables l'un à l'autre pour accomplir notre destinée et affirmer, dans la solitude de notre âme : oui, j'étais vivant ?

Sophia fixa un moment la silhouette de Thomas qui s'éloignait. Elle se tourna ensuite vers la joue d'Arnaud et y déposa un baiser en lui chuchotant à l'oreille :

— Il n'y a plus belle promesse que celle de vivre.

GRATITUDE

J'exprime ici ma plus profonde gratitude à Sophie Le Bihan, avec qui j'ai imaginé cette histoire, ainsi qu'à celles et ceux qui m'ont permis d'écrire et de publier ce premier roman.

Erwan Leseul, mis sur ma route par une délicieuse coïncidence, à qui je dois ma « seconde vie » d'écrivain, qu'il accepte ici l'hommage de ma gratitude qui, si sincère qu'elle puisse être, ne sera jamais comparable à la confiance qu'il m'a accordée.

Claude et Jeannine.

Anaé, Alexandre, Arthur.

La formidable équipe des éditions Édito.

Stéphanie Ricordel, Marie Allavena et toute l'équipe des Éditions Eyrolles : Joanne Mirailles, Capucine Delattre, Clara Viarisio.

Céline Charon et Serge Marquis.

Aurélie Devaux, de la librairie Grande Rue, à Sainte-Foy-lès-Lyon.

Sophie Enault, de la librairie Decitre Confluence, à Lyon.

Michel, Marie-Paule, Simonne, Delphine.

Ivana, Vincent, Sandra, Philippe, Dominique.

Nicolas Bordas, Isabelle Karastamatis, Nicolas Chemla.

Clara Gaymard, Thierry Frémaux.

Anne-Laure Cornibert, Catherine Le Bel, Catherine Meyer.

Grégoire Delacourt, Christophe André.

Édouard-Malo Henry, Catherine Verplaetse, Céline Bonis.
Eric Legouhy.

Promettons-nous de rester en contact…

Par courriel :
yves@yveslebihan.com

Sur mon blog :
www.yveslebihan.com

Sur Instagram :
yves.le.bihan

Sur Facebook :
Yves Le Bihan

Merci d'avoir choisi ce livre Eyrolles.
Nous espérons que sa lecture vous a intéressé(e) et inspiré(e).

Nous serions ravis de rester en contact avec vous
et de pouvoir vous proposer d'autres idées de livres
à découvrir, des nouveautés, des conseils, des événements
avec nos auteurs ou des jeux-concours.

Intéressé(e) ? Inscrivez-vous à notre lettre d'information.

Pour cela, rendez-vous à l'adresse go.eyrolles.com/newsletter
ou flashez ce QR code (votre adresse électronique sera
à l'usage unique des Éditions Eyrolles pour vous envoyer
les informations demandées) :

Vous êtes présent(e) sur les réseaux sociaux ?
Rejoignez-nous pour suivre d'encore plus près nos actualités :

Eyrolles Bien-être

eyrolles_romans

Merci pour votre confiance.
L'équipe Eyrolles

Dépôt légal : novembre 2024
Achevé d'imprimer en octobre 2024
En France par Normandie Roto Impression s.a.s.
Numéro d'impression : 2404660

Cet ouvrage a été imprimé sur du papier bouffant Enso Classic 65 g,
papier issu de forêts gérées durablement.